Ilse Gräfin von Bredow
Glückskinder

SERIE PIPER

Zu diesem Buch

Waren es Glückskinder, die zu Beginn des Jahrhunderts aufwuchsen? Komtesse Feli von Flottbach war es sicherlich nicht unbedingt: Nach einer unbeschwerten Kindheit auf preußischen Landgütern wird sie nach Berlin geschickt. Dort soll sie sich zur Säuglingsschwester ausbilden lassen, gerät aber an ihren Vetter, einen Luftikus und Frauenhelden, der sich, als Feli schwanger ist, aus dem Staub macht. Schließlich heiratet sie den Gutsherren Viktor von Wiedenbrück und gründet eine Familie. Doch durch den Zweiten Weltkrieg verliert sie alles, was ihr lieb und teuer ist, und sie muß fliehen. Ilse Gräfin von Bredow erzählt das Leben, wie es war, und sorgt dafür, daß vergangene Zeiten nicht vergessen werden. Ein liebenswertes Stück Zeitgeschichte voller Nostalgie, aber ohne Sentimentalitäten.

Ilse Gräfin von Bredow wurde am 5. Juli 1922 in Teichenau/Schlesien geboren. Sie wuchs im Forsthaus von Lochow in der Märkischen Heide auf und besuchte später ein Internat. Während des Krieges war sie im Arbeitsdienst und mußte Kriegshilfsdienst leisten. Seit Anfang der fünfziger Jahre lebt Gräfin von Bredow als Journalistin und Schriftstellerin in Hamburg und hat zahlreiche Bücher veröffentlicht, darunter die berühmten Erinnerungen «Kartoffeln mit Stippe».

Ilse Gräfin von Bredow
Glückskinder

Roman einer märkischen Adelsfamilie

Piper München Zürich

Die in diesem Buch geschilderten Menschen sind nicht identisch mit bestimmten lebenden oder verstorbenen Personen. Eventuelle Ähnlichkeiten wären rein zufällig.

Von Ilse Gräfin von Bredow liegen in der Serie Piper außerdem vor:
Willst du glücklich sein im Leben (2438)
Denn Engel wohnen nebenan (2439)
Willst du glücklich sein im Leben / Denn Engel wohnen nebenan (Doppelband, 2866)
Familienbande (2911)
Ein Fräulein von und zu (2912)

Ungekürzte Taschenbuchausgabe
Piper Verlag GmbH, München
1. Auflage September 2000
2. Auflage März 2001

Umschlag: Büro Hamburg
Stefanie Oberbeck, Katrin Hoffmann
Umschlagabbildung: Alexander Mann («Picking up Silver and Gold», 1906; Archiv für Kunst und Geschichte, Berlin)
Foto Umschlagrückseite: Gudrun Drews
Gesamtherstellung: Clausen & Bosse, Leck
Printed in Germany ISBN 3-492-22913-1

1

«Buß' und Reu', Buß' und Reu' knirscht das Sündenherz entzwei.» Plötzlich habe ich Tante Agnes' kräftigen Alt wieder im Ohr. Er läßt die durcheinanderfließenden Bilder der Vergangenheit in meinem Kopf zum Stillstand kommen und nur eines davon deutlich werden. Ich sehe meine Tante in ihrer großen Gutsküche vor dem altersschwachen Herd stehen und voll verzweifelter Inbrunst diese Arie aus der Matthäuspassion singen, weil ihr mal wieder der Karpfen zu zerkochen droht. Ich sehe Onkel Peter terrierhaft in der Küche herumwuseln und schnauzen: «Fisch darf nur ziehen. Zie–hen! Lernt ihr das denn nie?»

«Aber ich hab ihn gerade erst ins Wasser gelegt», verteidigt sich Tante Agnes und versucht vorsichtig, den Fisch mit einer Schaumkelle aus dem Sud zu heben. Doch er zerfällt, kaum daß sie ihn berührt. Vielleicht wird es auch mir bald so ergehen wie in meiner Kindheit diesem Karpfen, und Buß' und Reu' kommen zu spät. Vielleicht. Der Tod schreckt mich nicht. Noch nicht. Er ist mir nah und doch unendlich fern.

Viele Wochen liege ich nun schon auf diesem zu kurzen Sofa, das man am Fußende mit einem Stuhl verlängert hat.

Fieber und Schmerzen kommen und gehen wie die Erinnerungen. Die winzige Stube mit der niedrigen Decke dient uns jetzt nach der Flucht als Wohnzimmer. Es ist beruhigend, die Familie wieder um sich zu haben. Die ganze Mischpoke, wie Onkel Paul uns nennt. Die Eltern, die Schwester, die Onkel und Tanten. Ihnen zuzuhören, wie sie reden, von früher, die alten Geschichten. Ich hab sie lange entbehren müssen. Dazu ihre unbekümmerte Selbstsicherheit, die ihnen auch die schrecklichsten Erlebnisse nicht rauben konnten. Sie haben sich abgefunden und angepaßt und verbieten es sich, über Unabänderliches nachzudenken. Mein Bekenntnis, zu dem es mich immer häufiger drängt, wollen sie nicht hören. Die einzigen Zeugen haben längst ein passendes Bild von mir entworfen. Sollen sie sich nun selbst der Fälschung bezichtigen? Mein Versuch, über Viktors furchtbares Ende und darüber, was ich Flunki angetan habe, zu reden, stößt auf Unbehagen.

«Was sollen wir dazu sagen, Feli. Der arme Viktor ist ja nun tot. Und überhaupt, du hast getan, was du konntest.»

Es fällt uns nun mal schwer, über Dinge zu sprechen, die uns wirklich an die Nieren gehen. So ein Seelenmatsch könnte leicht zur Angewohnheit werden, ist die Familienmeinung. Immerhin sind sich alle in einem Punkt einig: Es war einfach zuviel für das Kind, wie sie mich trotz meiner vierzig Jahre immer noch nennen. Sie sitzen um mein Bett herum und bemühen sich, mich abzulenken.

Onkel Peter dröhnt zu mir herüber: «Tapferes Mädchen, eine echte Flottbach.»

«*Meine* Vorfahren», sagt Mama, die auf ihre Sippe nichts kommen läßt, «waren auch nicht von Pappe.»

Onkel Paul versucht mal wieder, mich mit einem seiner

skurrilen Erlebnisse aufzuheitern. «Habe ich dir jemals die Sache mit dem Leoparden erzählt?»

Papa ist es anzusehen, daß er ihr Mitleid für leicht übertrieben hält. «Kindern» soll man nicht soviel Beachtung schenken. Er nickt mir aufmunternd zu. «Na, wenigstens bist du Glückskind ja noch heil aus dem Schlamassel herausgekommen.» Das findet Mama auch. Sie streicht fürsorglich über das schwere Oberbett. «Es wird schon werden. Was du vor allem brauchst, ist Ruhe.» Sie gehen aus dem Zimmer und überlassen mich meinen quälenden Gedanken.

Tante Käthe ist die einzige, die weiß, daß es Flunki war, der mich aus der gemächlich in ausgefahrenen Gleisen des Lebens dahinschaukelnden Familienkutsche schleuderte. Ein Sturz mit unabsehbaren Folgen. Und während die Familie ganz damit beschäftigt ist, nach der Flucht wieder Boden unter die Füße zu bekommen, bleibt mir reichlich Zeit, um darüber nachzudenken.

Heute ist ein warmer Junitag; die Sonne hat den kleinen, weißgekalkten Raum tüchtig aufgeheizt. Das Nachthemd klebt mir am Körper. Ich stoße das Oberbett zurück. Durch die Tür dringt Essensgeruch. Tante Agnes ist gerade dabei, das Abendbrot für uns zu richten: Kartoffeln, in Lebertran gebraten. Vergnügt summt sie einen Choral vor sich hin. Es riecht penetrant nach Fisch. Wie früher zu Hause, wenn der Teich zum Fischen abgelassen wurde. Bei diesem Ereignis bin ich Flunki zum erstenmal begegnet.

Ich war acht und fühlte zwischen meinen nackten Zehen den kalten Schlamm des Schloßteiches, während eine milde Oktobersonne mir den Rücken wärmte. Jedes zweite Jahr wurde der Teich zum Fischen abgelassen, und die Hofeleute zogen ein Schleppnetz voll zappelnder Karpfen durch das seichte Wasser zum Ufer, wo sich die halbe Gegend zum Zugucken versammelt hatte. Auch Onkel Peter mit seiner Familie und Onkel Paul, die beiden Brüder von Papa, waren zu diesem großen Ereignis von ihren nahe gelegenen Gütern herübergekommen und begutachteten nun kritisch die Beute.

«Bißchen mickrig, dieses Jahr.»

Der Teich erstreckte sich an der Rückfront des Schlosses weit in den Park und endete in einem Sumpfgebiet, während rechts und links des Ufers gepflegte Kieswege die Anlagen durchschnitten. In seiner Mitte befand sich eine kleine, schilfbewachsene Insel. Hier nisteten Enten, Wasserhühner und Rohrspatzen und sogar ein Schwanenpaar. Daher war es uns Kindern streng verboten, dort mit dem Kahn zu landen, so daß unsere Phantasie diese Insel mit unheimlichen, verzauberten Fabelwesen ausstattete, die sich im Winter, wenn der Teich zugefroren war, oder jetzt, wo man hinüberwaten konnte, enttäuschend als dürres Gestrüpp von Heckenrosen, Schilf und Holunderbüschen entpuppten.

Ich hatte mich von den Hofekindern entfernt und stapfte allein um die Insel herum auf der Jagd nach dem sagenhaften Karpfen Gerolin, der lang wie ein Mehltrog und schwer wie ein Ferkel sein sollte und so bemoost, daß man ihn leicht mit einem im Wasser liegenden, verfaulenden Baumstamm verwechseln konnte.

Der Südwind löste die Blätter von Bäumen und Büschen, die uns wie Zitronenfalter umflatterten und auf dem trüben Wasser schaukelten. Das auf einem Granitblock erbaute Schloß war bis unters Dach in Efeu gehüllt und sah wohlwollend aus seinen vielen Fenstern auf mich herab. Eines davon öffnete sich gerade. Die anklagende Stimme unserer Nana schallte zu mir herüber: «Feli, komm da raus! Du wirst dir den Tod holen in dem kalten Wasser!»

Ich trat auf etwas Glitschiges, das sich unter mir zu bewegen schien. «Hierher! Ich hab ihn», schrie ich und wäre fast ausgerutscht.

Ein fremder Junge, der plötzlich hinter mir stand, hielt mich fest. Ich war klein für mein Alter, und so sah er gönnerhaft auf mich herunter. «Nun mal nicht so stürmisch. Du ißt wohl noch mit dem Schieber.»

Verdutzt sah ich ihn an. Er mußte mit Onkel Peter und dessen Familie gekommen sein, die ich bisher noch nicht begrüßt hatte. «Wer bist du denn?» fragte ich. Mein Vetter Georg, Onkel Peters zweitältester Sohn, wie immer von seiner Wichtigkeit tief durchdrungen, kam mit seiner Schwester Irene quer durch den Teich gestapft.

«Warum schreist du denn so?»

«Ich habe Gerolin gesehen!»

«Quatsch mit Soße!»

Ich deutete auf den anderen Jungen: «Wer is'n das?»

«Na, Flunki, unser Vetter. Du weißt schon, der aus Berlin. Da gibt's 'ne Menge Häuser», setzte er etwas zusammenhanglos hinzu.

«Wie alt bist du eigentlich?» wollte Flunki von mir wissen.

«Acht!»

Er lachte. «Züchten deine Eltern Liliputaner?»

Neugierig musterte ich den Jungen, mit dem auch ich weitläufig verwandt war. Über Flunki, der eigentlich Heinrich hieß, kursierten in der Familie viele Geschichten. Er war der Schrecken jedes Kinderfräuleins und, wie Onkel Peter behauptete, ein rechter Satansbraten. Er gehörte zur Sippe der trutzigen Anna, ein beliebtes Gesprächsthema in der Verwandtschaft. Ein «Little Lord Fountleroy» war er gerade nicht. Das kräftige, dunkle Haar war ziemlich struppig, und für seinen mageren Körper wirkten die Füße zu groß und die Arme zu lang. Außerdem hatte seine Nase eine Delle. Angeblich war er als Baby von der Wickelkommode gefallen. Die Ohren sahen irgendwie merkwürdig aus, was wohl an ihrer unterschiedlichen Größe lag. Mit seinem durchlöcherten Filzhut im Genick glich er einer fröhlichen Vogelscheuche. Auch hatte er etwas Keckes, Verschmitztes, Unberechenbares an sich, das mich sofort für ihn einnahm. Er verdrehte seine blanken Dohlenaugen, so daß man nur noch das Weiße sah, berührte mich mit tastenden Händen und murmelte: «Blind, blind! O Gott, wo bin ich?» Ich lachte entzückt.

Georg gab ihm einen Schubs. «Laß die Faxen!»

«Schnauze, Knalli!» Flunki bückte sich und warf einen Klumpen Schlamm nach ihm, der Georg um Haaresbreite verfehlte, aber dafür Irene voll ins Gesicht traf. Ihr kreischendes «Ich sag's Mama!» ließ die Tauben zu Dutzenden aus den Platanen flattern und das Schloß umkreisen.

«*Vite, vite!*» Die französische Mademoiselle, von uns «die Made» genannt, stand auf der Schloßbrücke. Sie winkte uns heftig. «In zwanzig Minuten gibt's Vesper, und ihr seid noch nicht umgezogen.»

Wir wateten ans Ufer. Mit einem alten Kartoffelsack wischten wir uns den Schlamm von den Beinen, zogen Strümpfe und Schuhe an und rannten zur Brücke, wo sie uns erwartete. Vor dem Schloßportal blieb Flunki stehen, legte den Kopf zurück und las laut den dort angebrachten Spruch: «Des Hauses Ehr' ist Gastlichkeit.»

«Los, beeil dich! Rein mit dir in die gute Stube.» Georg, der Knaller, machte seinem Namen mal wieder Ehre. Er ließ hinter Flunki die schwere Eichentür krachend ins Schloß fallen, so daß seine Schwester ein zweites Mal aufkreischte.

Die Mademoiselle trieb uns vor sich her durch die Halle die Treppe hinauf. «*Vite, vite!* Nicht herumgetrödelt. Und leise, *s'il vous plaît!*» Wir hatten die Treppe zum oberen Stockwerk erreicht. Hier fehlten die Läufer mit den Messingstangen. Das Holz war nicht weiß gestrichen, sondern braun gebeizt.

Im Erker unserer Kinderstube saß meine Schwester Jutta im Schaukelstuhl in ein Buch vertieft und weinte leise vor sich hin.

«Was is'n hier los?» fragte Georg.

«Was nicht angebunden ist», antwortete Jutta mit ganz normaler Stimme, um gleich darauf weiterzuheulen. Ich sah auf den Buchtitel: «Heimatlos». Es begann mit dem Satz: «Meine Eltern kenne ich nicht.» Jutta liebte die traurige Geschichte eines von seinem Pflegevater verkauften Jungen mit Namen Remi über alles. Sie hatte das Buch bestimmt schon ein dutzendmal gelesen und kannte ganze Passagen auswendig. Das hielt sie jedoch nicht davon ab, sich jedesmal wieder aufs neue ergreifen zu lassen.

Unsere Nana, Fräulein Therese Mahlfuß, kam hereingeschossen, wie immer in einer Art Schwesterntracht mit blütenweißer Schürze. Dürr und flink, das dünne Haar zu einem Dutt zusammengedreht, schien sie mit ihrer Himmelfahrtsnase jede Unart schon im voraus zu wittern. Ihre knochige Hand griff nach mir; wortlos zerrte sie mich aus dem Zimmer, den Flur entlang, in meine Schlafstube. Sie war wütend über mein Aussehen. Das von ihr liebevoll mit Zuckerwasser gewellte Haar hing schlapp herunter und war genau wie mein Matrosenkleid mit Schlamm bespritzt. Unsanft drückte sie mich auf einen Stuhl. Ohne auf meinen Protest zu achten, begann sie mir Schuhe und Strümpfe auszuziehen. Vergeblich versuchte ich mich dagegen zu wehren.

«Laß mich, ich bin kein Baby ...» Weiter kam ich nicht; da hatte ich schon den nassen Schwamm im Gesicht. Sie rubbelte darauf herum wie unser Diener Erwin auf einer angelaufenen Silberkanne. Ich hielt still. Verderben wollte ich es nicht mit ihr. Sie war nun mal im Hause eine Respektsperson und hatte bereits Papa und den Onkeln kräftig den Hintern versohlt. Noch heute genügte ein mißbilligender Blick von ihr, um Papa gehorsam wieder umkehren und die Schuhe wechseln zu lassen, wenn er von seinem Rundritt über die Felder hungrig nach Hause kam und mit schmutzigen Stiefeln dem Eßzimmer zustrebte.

Die Nana zog mir ein rotes Samtkleid mit breitem weißen Kragen an, hieb mir die Bürste so unsanft ins Haar, daß mein Kopf nach hinten flog, und flocht mir trotz des festlichen Kleides zwei stramme Zöpfe.

«Ich will aber keine Zöpfe!» maulte ich.

Sie ziepte mich heftig. «Was du willst, ist mir wurscht! Mit so zotteligem Haar laß ich dich jedenfalls nicht rumlaufen.» Etwas besänftigt schob sie mich aus der Tür. «Nun sau dich gefälligst nicht gleich wieder ein!»

Im Kinderzimmer hatte sich inzwischen auch Georgs älterer Bruder Bernhard eingefunden. Er war fünfzehn Jahre alt, besuchte die Ritterakademie und wuchs und wuchs, als hätte man ihn als Baby in den Regen gestellt. Sehr zum Staunen der Familie, denn die Flottbachs besaßen alle kein Gardemaß. Er hatte die Angewohnheit, sich ständig etwas zu brechen, Handgelenk, Schlüsselbein und den rechten Knöchel, was den Kutscher zu der tiefsinnigen Bemerkung veranlaßte: «Wie gut, daß du kein Pferd bist, sonst müßten wir dich erschießen.»

Bernhard gab sich gern zackig militärisch und hatte bereits das Gehabe eines pensionierten Artillerieoffiziers. Während er Flunki und Georg mit Kügelchen aus Knetgummi bewarf, malte er genüßlich aus, was man mit ihnen beiden in der Ritterakademie anstellen würde. «Erst mal verbringt ihr eine Nacht auf dem Schrank», belehrte er sie. «Zum Frühstück, sozusagen als Willkommensgruß, müßt ihr dann ein großes Stück Speck unzerkaut runterschlucken, mit einem Bindfaden dran.»

«Warum denn mit einem Bindfaden?» fragte Georg und schüttelte sich.

«Na, damit man den Speck wieder rausziehen kann, du Dussel! Aber wahrscheinlich nimmt man solche Schlappiers wie euch erst gar nicht auf. Ihr habt doch viel zuwenig Mumm in den Knochen. Ganz famose Kiste, diese Ritterakademie!»

«Wieso bist du dann jedesmal fast am Flennen, wenn die Ferien zu Ende sind?» wollte seine Schwester Irene wissen.

«Ich?» Er stürzte sich empört auf sie. «Bei dir piept's wohl!»

Der Gong in der Halle mußte erst ein zweites Mal mahnen, um ihrem Streit ein Ende zu machen. Während sich Irene noch schnell ihren aufgegangenen Zopf flocht und Jutta und ich auf sie warteten, waren die drei Jungen bereits die Treppe hinuntergetobt. Wir rannten hinterher und betraten als letzte das Kaminzimmer.

«Da seid ihr ja endlich, ihr Trödeltanten!» Mama, die selbst noch so aussah, als hätte man sie gerade von ihren Puppen weggeholt, blickte uns tadelnd an und spielte mit ihrem rechten Ohrring. Ihr blondes, hinten eingeschlagenes Haar war mit der Brennschere über der Stirn in schwungvolle Wellen gelegt. Sie trug etwas Nilgrünes, ziemlich Ausgeschnittenes mit einem großen Kragen. Vor dem brennenden Kamin lag, so nah, daß ihm die Flammen fast das Fell versengten, Onkel Pauls geliebter Schnuffi, eine richtige Promenadenmischung. Er schleppte den Hund überallhin mit, sehr zum Leidwesen der jeweiligen Gastgeber, denn Schnuffi war ein großer Kläffer, vor allem nachts.

Onkel Peter runzelte die Stirn: «Ich sage dir, lieber Paul, eines Tages wird dieser Köter in Flammen aufgehen!»

Wir machten artig unseren Knicks. Als ich vor Tante Agnes stand, zwickte mich Jutta kräftig und mahnte in Mamas Tonfall: «Handkuß, Feli!», wofür ich ihr am liebsten einen Tritt versetzt hätte. Aber ich traute mich nicht.

Im Zimmer war es angenehm warm. Das knisternde Feuer, der vertraute Geruch nach Buchenholz, Bohnenkaffee, frischem Hefekuchen und Tabak verstärkte die gemütliche Atmosphäre. Onkel Paul kniff mich leicht in die Backe. «Deine Tochter embelliert sich, liebe Helene», sagte er zu Mama.

«Sie müßte sich nur besser halten», meinte Tante Käthe, wie immer in Schwarz, weil gerade wieder irgend jemand bei Hof gestorben war.

«Vielleicht sollte man ihr einen Geradehalter verpassen», schlug Onkel Peter vor. Er war sehr dafür, mit Kindern nicht lange zu fackeln, und jagte seine eigenen sogar im Winter im Schnee zum Frühsport nach draußen.

Tante Käthe, unser Dauergast und deswegen «die Hausmaus» genannt, fuhr mir mitleidig übers Haar: «Wie furchtbar, das arme Kind!» Voller Interesse musterte sie Flunki, der neugierig durchs Zimmer strich und sich auf dem Beisetztischchen neben ihr eingehend eine kleine Spieluhr betrachtete. «Du bist also Annas Sohn.» Er blieb ihr die Antwort schuldig und starrte auf den gerade unter Tante Agnes' langen Rock gekrochenen Schnuffi, und Schnuffi starrte ebenso intensiv zurück.

Im Gegensatz zu Mama war Tante Agnes recht rundlich und steckte in einem fest geschnürten Korsett aus Fischbein. Sie rückte den Stuhl etwas von Schnuffi ab und beugte sich zu ihm hinunter, um ihn zu streicheln. Angewidert richtete sie sich auf: «Dieser Hund ist ja voller Zecken!» Flunki lachte, und Onkel Paul sagte so stolz, als wäre es ein besonderes Schönheitsmerkmal: «Weiß Gott, das ist er!» Tante Agnes hatte gleich ein Patentrezept zur Hand. Sie schlug Petroleum vor oder Ballistol. Das würde jeder Zecke den Appetit verderben.

Mit lautem Getöse fiel eines der schweren Alben mit Familienbildern, in dem Flunki gerade blätterte, zu Boden. Papa, eben noch straff und lebhaft in seinem Sessel sitzend, sackte sofort leidend in sich zusammen und griff sich ans Herz: «Himmel, was für ein Krach!» Er machte eine scheuchende Bewegung zu uns Kindern: «Was steht ihr hier noch rum, diese Unruhe ist ja nicht auszuhalten!»

Eilig verzogen wir uns durch die offene Schiebetür ins Eßzimmer und machten uns über den noch warmen Streuselkuchen her. Auch hier war der Raum von der untergehenden Sonne in ein rötliches Licht getaucht. «Bekleckert mir nicht das Tischtuch», warnte uns Erwin, der Diener, während er uns Kakao eingoß. «Ich hab's gerade erst frisch aufgelegt.»

Während ich den Kuchen in mich hineinmampfte, hörte ich mit halbem Ohr auf die Gespräche im Nebenzimmer. Onkel Peter und Onkel Paul stritten sich wieder einmal heftig über die Symbole in unserem Wappen. «Jedes Kind in der Familie weiß», rief Onkel Peter laut, «daß die wellenförmigen Linien einen Fluß darstellen sollen, aus dessen reißendem Wasser unser Vorfahr seinen schwerverwundeten Fürsten in letzter Minute rettete und dafür zum Ritter geschlagen wurde.»

«Blödsinn!» brummte Onkel Paul. «Der Fürst war stinkbesoffen und ist mitsamt der Rüstung in einen Bach voller Entenflott gefallen. Daher der Name Flottbach.»

«Das ist doch wohl die Höhe!» erregte sich Onkel Peter. «Hast du schon einmal einen solchen Unsinn gehört, Albi?»

Papa lachte. «Mehr als einmal. Übrigens, Peter, mit den Zuckerrüben, das wird dies Jahr nicht aufregend.» Damit waren sie bei ihrem Lieblingsthema, der Landwirtschaft, und beklagten, daß auch die diesjährige Getreideernte leider nur so lala gewesen sei. Danach wechselten sie zur Politik über und sprachen von einer beachtlichen Rede von S. M., wie der Kaiser in unserer Familie nur genannt wurde, und über die Ernennung Lettow-Vorbecks zum Kommandeur der Schutztruppe in Deutsch-Ostafrika. An Afrika interessierte Onkel Peter nur die Jagd. Er hatte dort sogar einmal eine Safari mitgemacht.

Ihre Stimmen schwollen auf und ab, bis nur noch Onkel Peter zu hören war, der zum hundertstenmal die Geschichte von dem sagenhaften Hirsch berichtete, den er bei einem Freund in Österreich geschossen hatte. Dieses kapitale Tier war doch tatsächlich bei der Pirsch schnurgrade auf ihn losgezogen.

An dieser Stelle stieß mich Georg an und zitierte halblaut: «Nur wem die Lieb' das Herz durchglüht zum Wald in seiner ganzen Weite, kann fühlen, was das Herz durchzieht...», und wie ein Trompetensignal ertönte die Fortsetzung aus dem Kaminzimmer: «... vor solcher edlen, starken Beute.»

Wir Kinder kicherten. Waren wir bis dahin noch verhältnismäßig ruhig gewesen, so redeten auch wir jetzt laut durcheinander. Flunki kasperte herum und führte das große Wort, während ich ihm fasziniert zusah, wie er mit verschränkten Armen lässig auf den hinteren Stuhlbeinen balancierte, dann jäh nach vorne kippte, um sich mit flinker Hand löffelweise Zucker in den Kakao zu schaufeln. Er tischte uns die unglaublichsten Geschichten auf und erzählte uns unter anderem von dem Schloß eines Fürsten aus regierendem Haus, einem entfernten Verwandten der trutzigen Anna, wo er ein Jahr zur Miterziehung gewesen war. Einfach phänomenal, dieses Schloß! Dagegen sei unseres richtig poplig. Eine Hundehütte, sozusagen, und unser Park ein Schrebergarten. «Es gab da 'ne Gouvernante», fuhr Flunki fort. «Ein schreckliches Weib! Jeden Morgen hat sie uns beide mit kaltem Wasser abgegossen. Und im Winter mußten wir bei weitgeöffnetem Fenster schlafen. Mal war es so kalt, da sind mir meine Haare am Kopfkissen festgefroren.»

«Wie war denn der Prinz so?» wollte Georg wissen.

«'ne ziemliche Napfsülze.»

«Wie du!» Bernhard schlug ihm mit dem Teelöffel auf die Hand.

«Er war ein bißchen plemplem.»

«Wahrscheinlich hast du ihn angesteckt», bemerkte Georg.

«Sein Lieblingsspielzeug», fuhr Flunki unbeleidigt fort, «war ein Stoffzwerg mit roter Zipfelmütze und grüner Schürze, so ein richtiges Spielzeug für Mädchen! Was er über den alles zusammengesponnen hat! Er glaubte doch wirklich fest daran, daß der Zwerg nachts, wenn wir schliefen, in den Wald zurückkehren würde. Überall hat er ihn mit herumgeschleppt, dieses alberne Ding. Eines Tages ist der Zwerg nicht mehr aus dem Wald zurückgekehrt. Wir haben das Schloß von oben bis unten durchsucht und im Park fast hinter jeden Baum geguckt. Der Prinz hat fürchterlich herumgeheult, bis ihm die Gouvernante schließlich erzählte, wahrscheinlich sei der Zwerg ausgewandert. Ihr wäre jedenfalls so gewesen, als hätte sie ihn in der Kleinbahn am Fenster sitzen sehen, von wo aus er ihr im Vorbeifahren mit der Zipfelmütze zugewinkt habe.»

«Und das hat der Prinz geglaubt?» fragte ich hingerissen.

Flunki sah mich verschmitzt an und gab mir einen Nasenstüber. «Klar doch, du Liliputaner! Du hast dir ja den halben Kakao ins Gesicht geschmiert.» Er zog ein Taschentuch hervor, und als mich seine tintenbekleckstеn Finger mit sanfter Festigkeit berührten, verfiel ich ihm wie vor ein paar Jahren dem schieläugigen Bettler, dem ich durch die Felder hinterhergetrottet war, obwohl der Mann in seiner Verzweiflung, mich loszuwerden, mit Ästen und Steinchen nach mir warf, aus Angst, man könnte falsche Schlüsse aus meiner Anwesenheit ziehen. Erst der zufällig vorbeireitende Inspektor hatte ihn von mir befreit. Zu Hause bekam ich von der Nana einen tüchtigen Klaps, und Papa meinte kopfschüttelnd: «Das Kind hat den Zug nach unten.»

Ich stand auf und ging zu den Erwachsenen hinüber. Ich kauerte mich neben Mamas Sessel. Sie strich mir, ein wenig abwesend, wie es ihre Art war, übers Haar. «Na, was hast du auf dem Herzen?»

«Könnte Flunki in den Weihnachtsferien nicht zu uns kommen?»

«Ein Wunsch an den Weihnachtsmann?»

Ich nickte.

«Meinetwegen! Aber keine Klagen, wenn ihr euch dann nicht vertragt! Dein ewiges Gezanke mit Jutta reicht mir schon. Ich werde es mit Papa besprechen.»

«Aber bitte nicht jetzt», sagte mein Vater.

Das Kaminfeuer war heruntergebrannt. Die Dämmerung kam durch den Park gebummelt. Im Teich war Ruhe eingekehrt. Über dem niedrigen Wasser lag ein leichter Nebel. Der arme Gerolin und seine Kinder in ihrem Sumpfloch konnten sich von ihrem Schrecken erholen.

Tante Agnes sah auf die Uhr. «Feli, sag dem Kutscher, er soll anspannen.»

Nachdem ich den Auftrag ausgeführt hatte, ging ich ins Eßzimmer zurück. Dort hatte Erwin bereits die Vorhänge zugezogen und die Hängelampe über dem Eßtisch angezündet. Ich setzte mich neben Flunki. «Komm doch bitte in den Weihnachtsferien zu uns.»

Er griff nach meinem Handgelenk und verdrehte es spielerisch. «Mal sehen, ob ich euch die Ehre gebe.»

Vetter Georg zog mich sanft am Zopf. «Du wirst dein blaues Wunder erleben, Kusinchen.»

2

Flunkis Mutter, die trutzige Anna, kümmerte sich herzlich wenig um ihren Nachwuchs. Sie schlief gern bis in den Mittag hinein, las viel oder malte und überließ leichten Herzens ihre vielen Kinder einem hinkenden Geschöpf namens Lissy, das mehr mit dem Stock als mit Güte regierte. Auch Mama opferte sich nicht gerade für Jutta und mich auf. Ihre Ehe war ganz auf Papa abgestimmt. Wir liefen nur so am Rande mit. Aber im Haus, im Garten oder auf dem Hof fand sich immer jemand, der uns die Tränen abwischte und uns tröstend auf den Schoß zog, über Wunden und Schrammen Melkfett strich und uns Süßigkeiten in den Mund stopfte. So vermißten wir nichts. Während Flunki und seine Geschwister in der Furcht vor Lissy und ihren harten Ohrfeigen lebten, durften Jutta und ich von niemandem geschlagen werden.

Bis zu ihrem achtzehnten Lebensjahr hatte Anna den Ruf, ein ungewöhnlich braves, folgsames und bescheidenes Geschöpf zu sein. Ihre wechselnden Erzieherinnen lobten sie über den grünen Klee. Dies aber wohl mehr, um sich lieb Kind bei ihrer fürstlichen Mutter zu machen, denn Annas ungewöhnliche Pomadigkeit, aber auch ihre Hartnäckigkeit war schon damals nicht zu übersehen. Natürlich durfte Anna, die Prinzessin, vom Personal nur in der dritten Person angeredet werden. «Wenn Durchlaucht sich vielleicht endlich auf den Topf bemühen würden...» Auch erlaubte ihre ängstliche Mutter ihr nicht, sich bei schlechtem Wetter im Freien aufzuhalten. Statt dessen mußte sie mit dem Kindermädchen eine Stunde lang bei weit geöffnetem Fenster den Tisch im Eßsaal umrunden.

Wie ungewöhnlich sie wirklich war, bewies sie zur Schadenfreude anderer Mütter jedoch erst, als herauskam, daß sie eine Affäre mit dem jungen Hauslehrer auf dem Nachbargut angefangen hatte. Eines Tages war dieses «Subjekt», wie der Fürst sich später entrüstete, auf die Terrasse gestürmt gekommen, wo Annas Vater gerade über dem dramatischen Bericht eines Kampfes zwischen einem Wildschwein und einem Schafbock in einer Jagdzeitung eingenickt war, und hatte ihn, vor Aufregung brüllend, um die Hand seiner Tochter gebeten. Der Fürst schmiß ihn wutentbrannt raus und sorgte dafür, daß er auf der Stelle gefeuert wurde. Doch Trutz Wagner gab nicht auf. Heimlich schrieb er an die Prinzessin: «Trutz, treue Anna! Wer trutzt, hat recht, wer nicht trutzt, hat alles Recht verwirkt.» Die sonst so phlegmatische Prinzessin raffte sich tatsächlich auf und brannte mit ihm durch, worauf sie prompt enterbt wurde.

Ihre Familie stand kopf, als sie von diesem «Subjekt» auch noch zehn Kinder bekam. «Von einem Pauker!» sagte jedesmal an dieser Stelle indigniert Onkel Peter, als wäre diese Tatsache allein schon unanständig. «Einfach degoutant.» Onkel Paul war da anderer Meinung: «Immerhin ein studierter Mann! Die Schwester von Annas Mutter ist mit einem Geiger durchgebrannt und soll später sogar in einem Zirkus aufgetreten sein.»

Onkel Peter nickte vielsagend: «Ja, ja, der Apfel...»

Trutz Wagner war Lehrer an einer Berliner Schule und sein Gehalt bescheiden. Mit Nachhilfestunden versuchte er die Finanzen aufzubessern, um die vielen Mäuler stopfen zu können. Wenn Lissy erkrankt war, was so gut wie nie vorkam, oder in ihr heimatliches Dorf fuhr, schickte Annas Mutter ihrer Tochter hinter dem Rücken des Fürsten eins ihrer Stubenmädchen zur Hilfe. Es war drei Tage nur damit beschäftigt, schmutziges Geschirr abzuwaschen, das sich von der Küche den Flur entlang bis zum Wohnzimmer stapelte.

Nein, eine gute Hausfrau war die trutzige Anna wirklich nicht. Dafür besaß sie das große Talent, ihre Kinder der weitverzweigten Verwandtschaft in den Ferien aufs Auge zu drücken. Vor den Familientagen fragte man deshalb besorgt herum: «Kommen Wagners auch?» Denn diese Treffen waren Annas bevorzugtes Jagdrevier, wo ihr das sozusagen eingegatterte Wild nicht entfliehen konnte.

Was man über sie redete und über sie dachte, kümmerte sie so wenig wie Armut und Enge. Sie hatte ihren Trutz und vermißte nichts. Schon gar nicht den gesellschaftlichen Rahmen. Anders Flunki: Ihn drängte es sein Leben lang in den Stall zurück, aus dem seine Mutter stammte.

Das mir von Georg prophezeite «blaue Wunder» blieb nicht aus. Aber es war nicht Flunki, der es mir bescherte, sondern Papa. Nachdem er zuerst einem Besuch von Flunki zugestimmt hatte, war er drauf und dran, mir einen Strich durch die Rechnung zu machen. Plötzlich fand er, Weihnachten sei ein Fest der Familie und dabei hätte ein fremdes Kind nichts zu suchen.

«Ein fremdes Kind?» wiederholte Mama. «Heinrich Wagner ist ein Neffe von dir!»

«Ach, wirklich?» Papa tat, als höre er das zum erstenmal. «Mit so einem Lümmel ist man nun verwandt!»

«Ein armes, rumgeschubstes Kind.»

«Peter war jedenfalls heilfroh, als er ihn wieder los war.»

«Peter?» Mamas Lippen kräuselten sich spöttisch. «Der Junge hat wohl seine Gehörne nicht genug bewundert.»

«Aber er ist so überdreht und redet einen in Grund und Boden.» Papas Stimme bekam den mir nur zu gut bekannten klagenden Unterton, auf den Mama so prompt reagierte wie eine Ricke auf das Fiepen ihres Kitzes. «Hast du etwa wieder deine Kopfschmerzen?»

«Es geht», sagte Papa matt.

Ich hörte nicht weiter hin; ich wußte, wie es ausgehen würde. Ich mußte auf diesen wundervollen Jungen, der soviel interessantere Geschichten als alle Onkel erzählte, verzichten. Wütend rannte ich aus dem Zimmer und wollte gerade Erwin mein Leid klagen, als mich Papa zurückrief. Offensichtlich war seine Stimmung wieder umgeschlagen. «Ich will dir ja die Freude nicht verderben, mein Kleines», sagte er milde.

Mama blinzelte mir verschwörerisch zu. Sie tat, als sei sie von soviel Selbstlosigkeit ganz überwältigt. «Dein guter Vater ist einverstanden. Du bist wirklich ein Glückskind!»

«Danke, Papa», sagte ich gehorsam und tanzte singend vor Vorfreude den Korridor entlang, an dessen Ende Jutta wie ein Zerberus stand und mir befahl, sofort und auf der Stelle meine Spielecke im Kinderzimmer aufzuräumen.

Jutta war zwei Jahre älter als ich und kommandierte mich nach Strich und Faden herum, wobei die Made sie unterstützte. Sie bevorzugte meine Schwester, weil diese sich bereits in tadellosem Französisch mit ihr unterhalten konnte. Auch erzählte die heimwehkranke Mademoiselle meiner Schwester unter Tränen ihre vielen dramatischen Liebesgeschichten, die Jutta dann herablassend, wenn auch reichlich verworren, an mich weitergab. Die beiden hockten viel zusammen oder schlenderten tuschelnd Arm in Arm durch den Park, und Jutta bedeutete mir dann, ich solle mich wegscheren, sie wolle mit der Mademoiselle Vokabeln lernen.

Ich begann also gehorsam, meine Schätze im Nippesschrank vorsichtig herauszuholen, um die Fächer auszuwischen. Dabei entdeckte ich, daß ein Teil meines hauchdünnen, mit Röschen verzierten Puppengeschirrs zerbrochen war. Es stammte noch von Großmama Alice Flottbach, und ich liebte es sehr. «Das kommt eben davon, weil du deinen Schrank nie ordentlich zumachst», tadelte Jutta streng. «Bestimmt haben die Mäuse sich darin ausgetobt. Ich habe erst neulich eine zwischen dem Geschirr rumhuschen sehen.»

Ich geriet außer mir. «Warum hast du mir das nicht gesagt?» heulte ich.

«Hab's vergessen – nun stell dich bloß nicht so an!»

Ich rannte zu Mama, aber die konnte das Unglück auch nicht so groß finden. Doch Papa war in leutseliger Stimmung und brachte mir schon am nächsten Tag aus der Stadt ein neues Geschirr mit. Er überreichte es mir mit großer Geste: «Ich weiß doch, was dir gefällt, mein Kleines.» Ich fand es scheußlich, und meine Tränen begannen schon wieder zu fließen, was Papa ärgerte.

«Warum bist du nicht im Kinderzimmer?» fragte Mama ungehalten.

«Sehr richtig», pflichtete ihr Papa bei.

Wahrscheinlich waren sie überhaupt nicht meine richtigen Eltern, und ich war tatsächlich ein Wechselbalg, wie Jutta behauptete. Während ich die langen Flure entlangtrottete, sagte ich mir den ersten Satz aus dem Buch «Heimatlos» – «Meine Eltern kenne ich nicht» – so oft vor, bis ich vor Schluchzen einen Schluckauf bekam und fast Erwin umgerannt hätte. Er nahm mich tröstend in die Arme und spielte mir zuliebe den «Glöckner von Notre-Dame». Die Schultern hochgezogen, mit Humpelschritt und heraushängender Zunge und mit furchtbaren Grunzlauten jagte er hinter mir her, und ich flüchtete, vor Entzücken kreischend, in die Nähstube, wo die Nana gerade unsere Strümpfe stopfte und anklagend auf riesige Löcher in den Fersen wies.

«Sie sind ja so gemein!» heulte ich.

«Wer?» Sie hielt die Nadel zum Einfädeln gegen das Licht.

«Jutta – und die Made auch. Weißt du, was sie von dir sagt? Du wärst ja nur eine Domestique.»

«Je höher der Affe klettert, um so mehr sieht man seinen Hintern», bemerkte die Nana. Sie holte für mich einen Malzbonbon aus der Schürzentasche, und ich sah ihr, an sie gelehnt und zufrieden an dem Bonbon lutschend, beim Stopfen zu.

Meine Nana war nicht grausam wie die Gouvernante aus Flunkis Geschichte, auch wenn sie uns mit ihrem Aberglauben gern in Schach hielt. «Verdreh gefälligst nicht die Augen, sonst schlägt die Uhr, und sie bleiben dir für immer so stehen. – Fuchtle nicht so mit der Gabel herum, du spießt sonst deinen Schutzengel auf. – Sei nicht so bockig, sonst wächst dir ein Horn aus der Stirn.» Mich liebte sie wirklich. Ich war ihr Herzepimpel und durfte zu ihr ins Bett, wenn Sturm und Regen das Schloß zu unheimlichem Leben erweckten oder mich schlechte Träume plagten. Ich gierte nach ihren Gute-Nacht-Geschichten, obwohl ich dabei oft vor Schreck unter die Bettdecke kroch. Vor allem die vom «Blondel» Hans konnte ich nicht oft genug hören, den die Zigeuner bei Vollmond aus dem Zimmer gestohlen hatten. Die Zigeuner waren mir viel unheimlicher als unser angebliches Schloßgespenst, ein freundliches, kleines Geschöpf, das sich mit Vorliebe im Weinkeller aufhielt oder in der Speisekammer herumwaberte und dort unnütze Dinge trieb, Eier zerschlug, den Zuckerguß von den Torten leckte oder gerade erst geöffnete Marmeladengläser im Handumdrehen leerte. Im Dienstbotentrakt, der über den Kinderzimmern lag, gab es des Nachts gelegentlich merkwürdig verzückte Schreie von sich, was meistens dann geschah, wenn Onkel Paul sich entschloß, bei uns zu übernachten. Vielleicht hatte ja das Gespenst mein Puppengeschirr zerbrochen!

Die Nana schob das Stopfei aus dem Strumpf und rollte meine Söckchen zusammen. «Du kannst sie gleich mit in dein Zimmer nehmen.»

Nur noch wenige Fenster in unserem Adventshäuschen waren zu öffnen. Weihnachten stand vor der Tür. Das Schloß sog sich voll mit Gerüchen. Es duftete nach Geschlachtetem, Gebackenem, nach Bohnerwachs, Harz und Kernseife und frischte auf, was sich davon seit Generationen in Teppichen, Portieren, Sesseln, Kommoden und Schränken festgesetzt hatte.

Großmama Semlin kam mit ihrer Jungfer angereist. Sie warf ihren Zobel achtlos auf den Billardtisch, wo er sich wie ein beleidigtes Tier zusammenkringelte, und umarmte uns der Reihe nach. «Ach, Helene, ich kann dir gar nicht sagen, wie glücklich ich bin, bei euch zu sein.»

In seiner Jugend war unser Großvater Semlin selbst für damalige Verhältnisse extrem arm gewesen, aber dank seiner Energie und großen Tüchtigkeit hatte er es später zu beträchtlichem Reichtum gebracht. Er besaß Kupfer- und Kohlenbergwerke, Brauereien, Mühlen und mehrere Güter, als deren Besitzer er unter Kaiser Wilhelm II. geadelt worden war. Seit seinem Tode lebte Großmama mit ihrer ältesten, unverheirateten Tochter Renata allein in der «Bonbonniere», wie Papa das Schloß seiner Schwiegereltern getauft hatte. Es strotzte nämlich nur so vor Gerüschtem, Gerafftem, Quastenverziertem, Getäfeltem und Geschnitztem, wie es dem Geschmack der Zeit und meiner Großmutter entsprach. Renata mißbilligte die Verschwendungssucht ihrer Mutter. Sie war sehr für soziale Gerechtigkeit und blickte daher mit der Bemerkung: «Von diesen Klunkern könnte eine ganze Arbeiterfamilie leben!», vorwurfsvoll auf den vielen Schmuck, den Großmama mit Vorliebe trug. Zum Glück nahm ihr Engagement für die Armen sie voll in Anspruch, so daß sie nur selten zu Hause war und die beiden Frauen leidlich miteinander auskamen; was allerdings Tante Renata nicht daran hinderte, ihre Mutter in regelmäßigen Abständen an unsere Urgroßeltern zu erinnern, die nach ihren Schilderungen so arm gewesen waren, daß sie sich die Steckrüben vom Felde klauten, um satt zu werden.

Großmama belebte mit ihrer Fröhlichkeit das Haus, und ihr schweres französisches Parfüm wies uns mühelos den Weg, wo immer wir sie suchten.

Flunki, den wir als nächsten erwarteten, sorgte bei seiner Ankunft gleich für die nötige Aufregung. Der Dienerjunge, der ihn abholen sollte, kam ohne ihn vom Bahnhof zurück. Papa erregte sich über die Unzuverlässigkeit der trutzigen Anna: «Wahrscheinlich hat sie den Jungen mal wieder nicht rechtzeitig zur Bahn gebracht.»

Enttäuscht quengelte ich im Haus herum und fragte jeden, wann Flunki denn nun käme. «Du machst mich noch wahnsinnig, Comtesse!» schimpfte Erwin und schob mich von dem Teppich im Wohnzimmer, den er gerade zusammenrollen wollte. Er war sichtlich schlechter Laune, weil Mama ihm befohlen hatte, den Teppich zu klopfen. Die Frau Gräfin wußte doch genau, daß das nicht zu seinen Pflichten gehörte. Dafür waren die Hofeweiber zuständig. Im selben Augenblick polterte ein Ackerwagen die Auffahrt hinauf. Ein Junge mit einem Schulranzen kletterte hinunter. «Man mechte sprechen, es is nich meeglich!» murmelte Erwin, der mit mir zum Fenster gelaufen war. Er eilte, mich im Gefolge, in die Halle, die Flunki gerade betrat. Trotz des Wintertags war er in kurzen Hosen und hatte einen abgeschabten, von Georg geerbten Matrosenmantel an, den vorher bereits Bernhard und Irene getragen hatten; seine Knie waren blaugefroren, seine Hände so kalt, daß ich bei seiner Begrüßung richtiggehend zurückschreckte.

«Hast du denn keine Handschuhe?»

«Ich hab sie liegenlassen.»

Natürlich wollten die Eltern wissen, wieso er den Dienerjungen verpaßt hatte. Flunki rückte nur ungern mit der

Sprache heraus, gestand dann aber doch, daß er sich mit seinem Billett für die vierte Klasse in die erste Klasse gesetzt habe. «Da war's schön warm und ganz leer.» Dort hatte ihn der Schaffner kurz vorm Aussteigen entdeckt und ihn sofort zu unserem Stationsvorsteher geschleppt, der Flunki wieder laufen ließ, als er hörte, daß man ihn auf dem Schloß erwartete. Inzwischen war aber der Dienerjunge mit den Ponys schon wieder umgekehrt, weshalb der Stationsvorsteher Flunki kurzerhand auf einen Ackerwagen aus dem Dorf verfrachtete.

Jutta und ich begleiteten ihn in sein Zimmer, das auf unserem Flur lag. Wir sahen ihm zu, wie er seine paar Habseligkeiten aus dem Ranzen holte und in der Kommode verstaute.

«Wirklich merkwürdig, dein Koffer», bemerkte Jutta.

Zwischen seiner Wäsche sah ich etwas Grünes leuchten. Neugierig griff ich danach und hielt eine Stoffpuppe mit grüner Schürze und roter Zipfelmütze in der Hand. «Mensch, Jutta, guck mal! Ist das der Zwerg vom Prinzen?» Flunki ließ meine Frage unbeantwortet. Er entriß mir den Zwerg und warf ihn aufs Bett.

Jutta rieb sich mit dem Zeigefinger nachdenklich die Nase und verschwand stillschweigend. Mir ging die Sache mit dem Zwerg durch den Kopf. «Ihr habt ihn also doch noch gefunden? Und dann hat ihn der Prinz dir sicher zum Abschied geschenkt?»

Flunki warf mir einen kurzen Blick zu. «Nicht direkt.»

«Aber?» fragte ich. Doch ich bekam keine Antwort mehr. Er war schon aus dem Zimmer gerannt, und ich lief hinter ihm her ins Kinderzimmer. Dort war Jutta gerade dabei, den Schlüssel von ihrem Nippesschrank abzuziehen.

«Warum tust du das?» fragte ich erstaunt.

«Los, los», drängte Jutta statt einer Antwort. «Wir müssen zum Mittagessen. Habt ihr nicht den Gong gehört?»

Während Mama die Suppe austeilte, betrachtete Großmama Semlin mitleidig unseren Gast. Ich fand, er wirkte ein bißchen wie Oliver Twist, dessen Leidensgeschichte uns Tante Käthe gerade vorlas. Das, was Flunki trug, war entweder zu lang oder zu kurz, und sein Haar sah aus, als sei es mit der Sichel geschnitten. Großmama bot sich an, mit ihm in unsere Kreisstadt zu fahren und ihm ein paar wärmere Sachen zu kaufen, was er gönnerhaft zur Kenntnis nahm. «Knickerbocker wären knorke!»

Tante Käthe rutschte auf ihrem Stuhl unruhig hin und her. Es war ihr anzusehen, daß sie vor Neugierde auf Flunki fast platzte, sich aber vor den Eltern schämte, ihn auszufragen. «Wißt ihr was», schlug sie uns vor, «wollt ihr heute nachmittag nicht bei mir vespern? Ich habe zufällig etwas gebacken.»

«Was denn?» fragten wir.

«Windbeutel.» Nicht nur wir leckten uns die Lippen. Tante Käthe war selbst sehr auf Kuchen versessen und backte in ihrer kleinen Küche die herrlichsten Sachen. «Das gnädige Fräulein», stichelte die Nana, «ist zu schwach, um eine Handtasche zu tragen. Aber stundenlang Tortencreme rühren, Eiweiß schlagen oder Hefeteig kneten, das macht ihr überhaupt nichts.»

«Gibt's auch Schlagsahne?» wollte Flunki wissen.

«Soviel ihr wollt, Kinder!»

3

Niemand wußte so recht, wie Tante Käthe eigentlich mit uns verwandt war und wieso sie bei uns lebte. In gewissen Abständen erklärte sie Papa, daß sie seine Gastfreundschaft nicht noch länger in Anspruch nehmen wolle. Ihre Abreise stünde nun endgültig fest. «Mach, wie du denkst», sagte Papa – und alles blieb beim alten.

In stiller, unauffälliger Weise hatte sie sich im Laufe der Jahre ihren eigenen, wenn auch sehr bescheidenen, kleinen Lebensraum geschaffen, zu dem unter anderem zwei kleine Kammern neben ihrem Zimmer gehörten, die sie sich eines Tages von Papa erbat.

«Was willst du denn damit?» fragte Papa verwundert.

«Ich möchte so gern eine eigene Küche haben, in der ich ein bißchen was brutzeln kann.» Sie sah ihn aus sanften Augen bittend an.

«Du willst dir doch nicht etwa die Mahlzeiten selbst zubereiten», rief Mama, «und allein einnehmen? Du gehörst doch zur Familie!»

«Wie lieb du das sagst, Helene», wisperte die Hausmaus mit der geflissentlich gezeigten Dankbarkeit der Armen. «Aber ihr wollt schließlich auch mal unter euch sein.»

«Unsinn», sagte Mama.

Schließlich einigte man sich darauf, daß Tante Käthe sich Frühstück und Vesper selbst zubereiten sollte. Da sie so gut wie mittellos war, legte ihr Mama einmal im Monat diskret einen Umschlag auf den kleinen Sekretär in ihrem Zimmer.

Nach und nach hatte Tante Käthe sich ihr Nest behaglich ausgepolstert, wie es ihrem Geschmack entsprach. Hier verschwand ein Stuhl, dort ein Regal, irgendwann fehlte eine kleine hübsche Brücke in einem der Gästezimmer, ein Spiegel mit Goldrahmen, eine reichbestickte Tischdecke, eine kleine Porzellanfigur oder ein Silberschälchen, was aber von niemandem so recht bemerkt wurde, denn das Schloß war vollgestopft mit diesen Dingen. Nur Mama betrachtete sich, wenn sie Tante Käthe besuchte, hin und wieder etwas erstaunt einen Gegenstand und fragte: «Sag mal, Käthe, dieser Stuhl da, stammt der nicht aus der Bibliothek?»

«Ganz recht, liebe Helene», sagte Tante Käthe mit gerade soviel Gekränktheit in der Stimme, um sich bei Mama durchzusetzen – eine Kunst, die sie meisterhaft beherrschte. «Aber ich habe dich vorher gefragt.»

Mama machte prompt ein verlegenes Gesicht und entschuldigte sich: «Du weißt ja, ich bin etwas vergeßlich.»

Nur Papa wurde einmal richtig ärgerlich, als er eine hübsche Rötelzeichnung, die er sich gekauft und in seinem Arbeitszimmer aufgehängt hatte, über Tante Käthes Schreibtisch entdeckte. Diesmal mußte sie ihre Beute wieder herausrücken, was sie widerstandslos unter vielen Entschuldigungen – «Da muß ich dich irgendwie falsch verstanden haben, Albi» – sofort tat. Papa machte Mutter gegenüber seinem Ärger Luft: «Das geht nun wirklich zu weit! Nimmt sich einfach das Bild!»

«Ach, laß sie doch!» sagte Mama.

Das Schloß war groß genug, daß man sich nicht dauernd auf die Füße trat, und so lebte Tante Käthe friedlich vor sich hin, ohne irgend jemandem zur Last zu fallen. Sie saugte ihren Lebensstoff aus der Umgebung, besonders aus Unglück und Katastrophen, für die sie eine Nase hatte, wie die Nana für unsere Unarten. Wenn Tante Käthe ganz aufgelöst ins Zimmer gestürzt kam, fragten wir daher schon automatisch: «Ist jemand vom Dach gefallen oder in die Kreissäge gekommen?»

Tante Käthe war durchaus keine Drohne. Sie half beim Wäschelegen und Mangeln, beim Bettenbeziehen, Stopfen und Flicken. Die Monogramme, die sie stickte, hätten keiner Weißnäherin akkurater gelingen können. Wenn wir krank waren oder an den langen Winterabenden las sie uns vor. Sie war nicht gerade eine Meistervorleserin, verhaspelte sich häufig und konnte, wenn ihr etwas einfiel, mitten im Satz abbrechen. «Verflixt noch mal, ich sollte ja eure Mutter daran erinnern, daß wir kein braunes Stopfgarn mehr haben!» Wenn die Zeit drängte oder manche Stellen ihr zu grausam erschienen, überschlug sie gern mehrere Seiten, was den Zusammenhang der Märchen und Sagen sehr verwirrte, uns aber nicht weiter störte, da wir den Inhalt fast auswendig kannten.

Außer den Kammern hatte Tante Käthe sich von Papa auch ein winziges Gärtchen geben lassen, das an den Obstgarten anschloß und in dem sie vorwiegend Himbeeren, Erdbeeren, Stachelbeeren und Johannisbeeren zog. Papa sagte, es ginge bei ihr zu wie in der Bibel mit der Speisung der Fünftausend. Ein Körbchen Himbeeren oder Erdbeeren reichten wunderbarerweise aus, ganze Batterien von Eingemachtem auf den Regalen in ihrer Kammer wachsen zu lassen. «Bei den Früchten des Feldes nimmt sie halt das Mein und Dein nicht so genau», seufzte Papa.

Über Tante Käthes Vergangenheit wurde vor uns Kindern nicht gesprochen. Erst Flunki lüftete das Geheimnis für uns, während wir bei ihr zum Tee waren.

Wir hatten uns umgezogen und klopften höflich an, ehe wir das Zimmer betraten. Flunki küßte ihr mit einer tadellosen Verbeugung die Hand, worauf die Hausmaus ihm gnädig erlaubte, sie «Tante Käthe» zu nennen, was er mit einem verschmitzten Lächeln zur Kenntnis nahm.

Das Zimmer war ein gruftartiger, schmaler Schlauch mit meterhoher Decke. Die dunkelbraune Tapete war mit Erinnerungsstücken bedeckt: ungerahmte Postkarten, auf Porzellan gemalte Sprüche, von Kinderhand geklebte Kalender, Scherenschnitte und Fotos. Zu Füßen eines fliegenbekleckstens, über das Meer wandelnden Jesus im Goldrahmen hingen zwei Biedermeiersträußchen an goldenen Haken. Zwischen zwei Rehgehörnen, auf die sie ihre Hüte zu stülpen pflegte, sah ein holzgeschnitzter Hampelmann mit einfältigem Grinsen auf uns herab. Anscheinend besaß er für sie eine große Bedeutung, denn es war uns streng verboten, ihn zu berühren. Das sarkophagähnliche Bett war hinter einem schweren Samtvorhang verborgen.

Mama nannte dieses Zimmer «schauderös» und bot Tante Käthe immer wieder an, sie umzuquartieren. «Auf der Südseite hättest du's doch viel heller!» Aber davon wollte sie nichts hören, obwohl eine riesige Kastanie vor dem Fenster ihr das meiste Licht wegnahm. Dafür lag das Zimmer direkt über dem Schloßportal, und sie konnte beobachten, was so rein- und rausging. «Vielen Dank, liebe Helene, aber ich hab mich nun mal an diese Umgebung hier gewöhnt.»

Ich liebte dieses Zimmer. Es stand soviel herum, was man betrachten konnte, und ich fand es so gemütlich wie unsere Verstecke in der Scheune oder im Stroh.

Wir setzten uns um den Tisch mit der eingelegten Inschrift «Nimm und iß, der Armen nicht vergiß!» Es war das einzige Möbelstück, das ihr selbst gehörte. Sie hatte den Tisch hübsch gedeckt und stellte die Windbeutel neben den brennenden Adventskranz. Während wir uns reichlich Schlagsahne in den Kakao kleckster, versuchte Tante Käthe so ganz nebenbei, Flunki ein wenig auszuhorchen. Wie es denn den Geschwistern ginge und dem lieben Vater, der sich doch sicher sehr für sie abplagte und keinen leichten Beruf hätte; auch nach seiner Mutter erkundigte sie sich, der lieben Anna, die sie ja noch aus ihrer Mädchenzeit kenne.

Flunki durchschaute ihre Absicht und drehte den Spieß sofort um: «Wo wohnst du eigentlich sonst?» Er wischte sich den Sahneschnurrbart mit einer handgestickten Serviette ab. «Oder hast du kein Zuhause?»

«Jeder Mensch hat ein Zuhause. Die liebe Helene braucht mich halt.» Dabei sah sie mich und Jutta etwas verlegen an. «Gestern erst sagte ich zu eurer lieben Mutter: Wenn du mich jetzt entbehren kannst, würde ich gern im neuen Jahr meine Zelte abbrechen.»

Meine Schwester gab Flunki unter dem Tisch einen kräftigen Tritt, was ihn nicht im geringsten störte. Ungerührt fuhr er fort: «Meine Eltern behaupten, du lebst mindestens schon zehn Jahre bei den Flottbachs.»

Tante Käthes Gesicht verfärbte sich. «Nun, wenn man es so besieht...» Sie vollendete den Satz nicht, sondern rief mit forcierter Lebhaftigkeit: «Ich bin vielleicht eine schöne Gastgeberin. Ihr habt ja gar keinen Kakao mehr!»

Flunki war inzwischen aufgestanden und strich durchs Zimmer. Er blieb vor dem Hampelmann stehen und zog an seiner Schnur. «Laß das, Heinrich», sagte Tante Käthe ungewohnt scharf.

Er tat, als hätte er sie nicht gehört, hakte den Hampelmann ab und drehte ihn um. «Für Niko», las er laut.

Wir sahen Tante Käthe fragend an. «Niko war ein kleiner Junge. Ich war seine Erzieherin», erklärte sie ergeben.

«Und was ist aus ihm geworden?» Flunki ließ nicht lokker.

«Er ist tot!» Ihr Gesicht verzog sich. Bestürzt bemerkte ich, daß sie nahe daran war, in Tränen auszubrechen. Erwachsene, die die Fassung verloren, waren mir unheimlich. «Durch meine Schuld», rief sie heftig. «Durch meine Schuld!»

Hemmungslos sprudelte sie nun ihr trauriges Schicksal heraus. Ihr Vater, ein hoher Beamter, hatte seinen besten Freund zum Duell gefordert, weil er ihn mit seiner Frau ertappte. Bei diesem Duell war er von dem Liebhaber erschossen worden. «Und dann», sagte sie, und ihre Stimme zitterte, «hat man meine Schwester Thekla und mich einfach unserer Mutter weggenommen und uns bei Verwandten untergebracht.»

«Durftest du deine Mutter nie mehr sehen?» fragte ich ungläubig.

«Nie mehr!» bestätigte sie. «Nur manchmal hat uns ein mitleidiges Dienstmädchen einen Brief von ihr zugesteckt. Dann sind wir zum Bahndamm gerannt und haben ihr zugewinkt, wenn sie in der Kleinbahn an uns vorbeifuhr.»

Tante Käthes Schwester bestimmte man zur Diakonisse. Sie selbst wurde als billige Arbeitskraft in der Familie herumgereicht, mal als Gesellschafterin, mal als Kindermädchen oder Erzieherin. Zuletzt war sie bei Nikos Eltern gelandet, wo sie seine nach einer Fehlgeburt kränkelnde Mutter entlasten sollte. Trotz des heruntergekommenen Gutes – Nikos Vater verbrachte seine Tage lieber im Spielkasino als auf den Feldern – und des verlotterten Haushalts wurde es ihre glücklichste Zeit, liebte sie doch diesen kleinen Jungen über alles. Nur eins machte ihr Sorge: Niko entpuppte sich als Schlafwandler, der nachts im Haus herumgeisterte und dabei schon einmal die Kellertreppe hinuntergefallen war. Seitdem achtete Tante Käthe darauf, daß auch die Bodentür fest verschlossen blieb.

«Dann ist es mir selbst passiert», sagte sie mit belegter Stimme. «Ich war dabei, Wäsche auf dem Boden abzunehmen, als ich ihn unten brüllen hörte. Ich bin die Treppe hinuntergerannt und hab in der Eile vergessen, den Schlüssel umzudrehen. In dieser Nacht ist er durch die Luke aufs Dach geklettert und abgestürzt.»

Wir waren kein sehr geeignetes Publikum für diese Lebensbeichte. Auch verstand ich damals nur Bruchteile von dem, was sie uns so aufgelöst erzählte. Doch ich begriff instinktiv, wie sehr sie unter diesem Erlebnis noch immer litt. Das vertraute Zimmer mit den friedlich flackernden Adventskerzen bekam für mich plötzlich etwas Bedrohliches. Unwillkürlich rückte ich näher an Jutta heran.

Tante Käthe sah uns an: «Ihr geht jetzt besser, Kinder.»

Schweigend trotteten meine Schwester und ich den Korridor entlang, während Flunki vergnügt vor uns herhüpfte. «Was meint ihr, ob er sich das Genick gebrochen hat?»

«Paß bloß auf, daß ich dir deins nicht breche!» Im Kinderzimmer warf Jutta sich in den Schaukelstuhl und beobachtete eine Weile stumm mit zornigem Gesicht Flunki, der sich auf unser altes Schaukelpferd gesetzt hatte. Plötzlich sprang sie auf, riß ihn vom Pferd herunter und drosch auf ihn ein, was er völlig perplex über sich ergehen ließ. Meine sonst eher nüchtern und praktisch veranlagte Schwester neigte hin und wieder zu vulkanartigen Gefühlsausbrüchen, oder sie bekam – wie Papa es nannte – einen Rappel. «Mein Gott, das Kind bekommt schon wieder seinen Rappel!»

Ebenso plötzlich ließ sie von Flunki ab und kehrte zu ihrem geliebten Schaukelstuhl zurück, ohne ihn weiter zu beachten. Als Flunki aus seiner Erstarrung erwachte und sich nun seinerseits auf sie stürzen wollte, betrat die Mademoiselle das Zimmer.

In dieser Nacht weckte Tante Käthes Geschichte von neuem meine Ängste, auch mich könnte man eines Tages fortgeben. Im Grunde wäre ich nur untergeschoben, sagte Jutta doch oft genug; so dämlich wie ich könnte eine richtige Schwester gar nicht sein. Ich wälzte mich im Bett unruhig hin und her und fand immer neue Beweise, weshalb ich nicht hierhergehörte. Für Jutta hatte Mama ein Tagebuch geführt, ihre ersten Löckchen eingeklebt – bei mir nicht. Jutta hatte noch für jeden herausgefallenen Milchzahn eine Belohnung bekommen – bei mir interessierte sich niemand dafür. «Meine Eltern kenne ich nicht», sagte ich vor mich hin und malte mir aus, wie die Nana gleich schluchzend hereinkommen würde, um mir mitzuteilen, daß wir uns für immer trennen müßten.

In diesem Augenblick öffnete sich die Tür. Jemand kam ins Zimmer. Ich schrie vor Schreck auf und tastete nach den

Streichhölzern. Es war Flunki. Schlaftrunken, den prinzlichen Zwerg an sich gedrückt, ein Bein fröstelnd am anderen reibend, stand er im Nachthemd vor meinem Bett, sah mich aus verstörten Augen an und beschwerte sich mürrisch: «Hab nicht mal 'nen Nachttopf!»

4

Ich kann nicht behaupten, daß dieser so sehnlich von mir erwünschte Junge mich mit Freundlichkeiten überschüttete. Er hielt es offensichtlich für unter seiner Würde, sich mit einem Mädchen meines Alters abzugeben, und trieb sich lieber mit den Hofejungen in den Ställen und im Dorf herum. Aber ich ließ mich nicht abwimmeln, klebte an ihm und fragte ihn ständig: «Was machst du jetzt? Wo gehst du hin?» Manchmal lohnte sich meine Beharrlichkeit, und er ließ sich herab, sich mit mir zu beschäftigen. Dann lagen wir im Kinderzimmer auf der Erde, banden die Holzpferdchen vor die Heuwagen und trieben die Holzkühe auf die mit Dominosteinen markierten Koppeln.

Flunkis Phantasie war mächtig wie ein Element: fruchtbar und zerstörerisch zugleich. Eines Tages behauptete er, mein Lieblingspferdchen, ein stolzer, aus Blei gegossener Rappe, sei an einer Kolik eingegangen, öffnete die Ofentür und warf ihn hinein. Ich sah mit offenem Mund zu, wie sich mein Pferdchen in der Glut noch einmal aufbäumte, ehe es zerschmolz. Jutta riß es förmlich aus dem Schaukelstuhl: «Bist du verrückt, Heinrich Wagner! Dieses Pferdchen hat ihr die Nana geschenkt!»

Flunki hielt sich mit dem Ausdruck der Abscheu die Nase zu. «Es fing doch schon an zu stinken.»

Flunki hatte sofort begriffen, daß Papa das Hätschelkind im Hause war. «Seid leise, Papa hat seine Kopfschmerzen! Seid ruhig, Papa ist heute sehr nervös! Seid nicht so hängerig, Papa liebt fröhliche Kinder», mahnte man uns den lieben langen Tag.

Seine Stimmungen wechselten wie das Licht über dem Teich. Mal gab er sich sensibel, weltfremd und depressiv und erwartete, daß er umhegt und gepflegt würde; dann wieder war ihm unsere Fürsorge lästig. Trotz bellendem Husten rannte er bei schneidendem Ostwind über den Hof und behauptete, es sei geradezu lachhaft, wie wir uns bei dem bißchen Kälte anstellten, und zwang mich, ihn bei zehn Grad unter Null in Lackschuhen und Wadenstrümpfen in den Stall zu begleiten.

Seit Großvaters Tod war er der absolute Hahn im Korb und konnte sich unter den vielen Frauen die jeweils passende Klagemauer aussuchen. «Der arme Papa», sagte ich zur Nana, «er hat so furchtbare Sorgen.»

«Man hört's», sagte sie trocken, denn Papa ging gerade fröhlich pfeifend durch die Halle.

Auch Tante Käthe schüttete er hin und wieder sein Herz aus, besuchte sie in ihrem Zimmer, ließ sich mit kleinen Kuchen verwöhnen und gab ihr das wohltuende Gefühl, die einzige zu sein, die ihn wirklich verstünde.

«Nicht wahr», sagte Papa so eindringlich, als hinge sein Seelenheil davon ab, «nicht wahr, du kommst doch heute mit mir in die Stadt? Ich brauch einfach mal vernünftige Gesellschaft. Wäre es dir so gegen drei Uhr recht?»

Tante Käthe war es sehr recht. Ab zwei Uhr saß sie

gestiefelt und gespornt im Sessel und wartete – vergeblich. Papa hatte sie längst vergessen und war mit Mama in die Stadt gefahren.

Flunki hatte Papas Schwächen schnell heraus und behandelte ihn sehr geschickt. Er sprang auf, wenn der Hausherr ins Zimmer kam, und war sofort mit dem Gewünschten zur Stelle, ehe Papa überhaupt eine Bitte ausgesprochen hatte. Unser Vater registrierte es wohlwollend. «Du hattest recht, Helene, der Junge ist gar nicht so übel. Man muß ihn nur richtig anfassen.»

Unsere hübsche Mama wurde von Flunki geradezu vergöttert. Sie nahm sich auch, ganz gegen ihre Gewohnheit, erstaunlich viel Zeit für ihn, schenkte ihm regelmäßig das Hütchen vom Ei und das von uns so sehr begehrte Stanniolpapier von Zigaretten und Schokolade. Sie hielt ihm die Stange, wenn wir uns über seine merkwürdige Angewohnheit mokierten, den Docht der Lampe so weit herunterzuschrauben, daß wir kaum noch lesen konnten, oder jedes abgebrannte Streichholz wieder in die Schachtel zurückzustecken, worüber Papa außerordentlich in Wut geriet. «Was soll denn dieser Unsinn!» herrschte er ihn an, nachdem er das fünfte abgebrannte Streichholz in der Hand hielt. Flunki wurde rot und murmelte etwas vor sich hin. Mama strich ihm begütigend übers Haar. «Ich weiß gar nicht, was du willst, Albi», sagte sie süffisant. «Sparsamkeit war doch auch bei deiner Mutter die oberste Devise.»

Mama besaß ein ausgeglichenes, heiteres Temperament. Meinungsverschiedenheiten und Mißstimmungen waren ihr ein Greuel. Deshalb ließ sie, im Gegensatz zu ihrer Schwiegermutter, im Haushalt lieber die Zügel schleifen.

Bei Alice Flottbach hatte da ein anderer Wind geweht. Sie betrat die Küche so gut wie nie und bestellte sich die Mamsell und die Hausmädchen für eine Aussprache grundsätzlich in den Salon. «Keine Auseinandersetzung mit dem Personal in der Küche!» wurde Mama von ihr belehrt. «In dieser Domäne fühlen sie sich stark. Es ist ihr Reich.» Mama hatte diesen Rat nicht beherzigt. Sie liebte es, sich von der Mamsell die Karten legen oder den neuesten Dorfklatsch erzählen zu lassen.

Der Nana, geprägt durch Großmutters Ära, paßte das nicht. «Jetzt trinkt sogar schon das Küchenmädchen zum Frühstück Bohnenkaffee, Frau Gräfin», beschwerte sie sich.

Mama zuckte die Achseln: «Von mir aus» – eine Antwort, die sie auch ihrem Vater gegeben hatte, als der verzweifelt versuchte, ihr Papa als Bräutigam auszureden.

«So glaube mir doch, Helene! Er nimmt dich nur des Geldes wegen.»

«Von mir aus», sagte Mama unbeschwert, die schon als junges Mädchen wenig Neigung verspürte, sich mit möglichen Unerfreulichkeiten auseinanderzusetzen.

«Von mir aus!» wiederholte unser Großvater fassungslos.

«Ist denn das so wichtig, wo er mich doch liebt?» fragte Mama unschuldig. «Und außerdem schenkt er mir einen Hund!»

«Einen Hund», wiederholte Großvater Semlin noch fassungsloser. «Was soll man dazu sagen!»

Mama sprach gern von ihrer Jugend. Auch Flunki bekam als erstes die Geschichte von diesem Hund und ihrer Verlobung zu hören. Was sie ihm jedoch verschwieg, war, daß sie im letzten Augenblick fast gescheitert wäre. Eine ihrer

Freundinnen behauptete nämlich, sie solle sich bloß nicht einbilden, sie sei die einzige Favoritin. Dieser gutaussehende Graf mit seiner Reiterfigur und den von dichten Wimpern umrahmten, seelenvollen braunen Augen hätte auch noch andere Eisen im Feuer.

Diesmal war Mama zu sehr getroffen, um sich, ihrer Veranlagung entsprechend, über diese unangenehme Tatsache hinwegzusetzen. Sie reagierte prompt und ließ ihren Verehrer links liegen, der sofort alle Register seines Charmes zu ziehen begann, um sie wieder zu versöhnen. Als er sich dann an den Flügel setzte und mit wehmütiger Stimme sang: «Ich liebe dich so wie du mich, am Abend wie am Morgen», schmolz jedoch Mamas Widerstand. Ergriffen warf sie sich in die Arme ihres Vaters und hauchte: «Ist er nicht göttlich?» Und Großvater Semlin, selbst mit leicht aufgeweichter Seele, brummelte: «Er singt ja wirklich recht nett. Aber wir sind hier schließlich nicht in der Oper.»

Allmählich gewöhnte er sich an den Gedanken, diesen Grafen zum Schwiegersohn zu bekommen. Auch beruhigte es ihn, daß Papa eine Menge von wirtschaftlichen Zusammenhängen verstand und daß man sich sehr vernünftig mit ihm darüber unterhalten konnte. Das hätte er dem eher leichtsinnig wirkenden jungen Offizier gar nicht zugetraut.

Als ihnen während eines gemeinsamen Revuebesuches eine der Ballettratten fröhlich zuwinkte und Mama erstaunt fragte: «Woher kennt die uns denn?», nahm er Papa daher väterlich beiseite und gab ihm den Rat, nun endgültig seine Verhältnisse zu ordnen.

Auch dieses Kapitel wurde Flunki vorenthalten. Dafür schilderte Mama, während sie dabei war, ihren Nähkasten aufzuräumen, und vergeblich versuchte, eine goldene Stickschere aus einem Knäuel von Spitzen, Seidenfäden und Manschettenknöpfen zu befreien, noch heute belustigt ihren Antrittsbesuch als Braut bei den Flottbachs.

«Du hättest bloß mal sehen sollen, Junge, wie das hier aussah. Das Dach überall undicht und nur ein einziges Badezimmer mit einer Zinkbadewanne auf Kufen, eine Erfindung meines Schwiegervaters.» Diese Badewanne spielte in den Erzählungen der Eltern ebenfalls eine große Rolle. Großvater Flottbach liebte es, darin so heftig zu schaukeln, daß das überschwappende Wasser häufig durch die Decke tropfte.

Mama lächelte Flunki an: «Und so was von Mäusen! Weiß Gott, wo die alle herkamen.»

«Das ist wohl euer eigentliches Wappentier», hatte sie Papa geneckt, als sie von einer über den Frühstückstisch rennenden Maus begrüßt worden war – eine Bemerkung, die Papa sehr verstimmte. «Dafür, liebe Helene», antwortete er steif, «tropft bei uns die Farbe nicht mehr vom Wappenschild.» Mama hatte ihn nachdenklich angesehen. Da saß er nun, ihr Märchenprinz, und schmollte. «Ach Albi», sagte sie zärtlich.

Der alte Flottbach zeigte sich begeistert über die neue Schwiegertochter. Er nannte sie «mein Schneckchen» und war äußerst galant zu ihr, sehr zum Mißfallen seiner Frau, die fand, daß mit diesem hübschen siebzehnjährigen Ding zuviel hergemacht wurde, eine Ansicht, welche die älteren Herren der Nachbarschaft nicht teilten.

Die Meinung der Dienerschaft über Flunki war recht unterschiedlich. Während die Nana sich über sein unverschämtes Grinsen beklagte, mit dem er jede Schelte von ihr quittierte, konnte die Made ihm nicht verzeihen, daß er ihr einen vorzeitig aus dem Winterschlaf erwachten kleinen Igel in den Nachttopf getan hatte. Die Mamsell nannte ihn wiederum ein «goldiges Jungchen» und fütterte ihn mit Köstlichkeiten, die sie mir und Jutta verwehrte. Er trieb sich häufig in der Küche herum und brachte sie mit seiner Imitationsgabe und seinen kecken Antworten zum Lachen. Der Hauptgrund ihrer Bevorzugung war wohl, daß sie damit der Nana eins auswischen konnte, von der sie fand, daß sie ihre spitze Nase völlig unangebracht überall hineinsteckte. Manchmal hörte ich Flunki nachts leise an meinem Zimmer vorbeitappen, die Treppe hinauf zu den Kammern der Dienstboten. Dann wußte ich, er würde zu Mamsell ins Bett kriechen, sich daumenlutschend an sie kuscheln, wie es mir nur die Nana erlaubte. Mein Instinkt sagte mir, daß es besser wäre, den Mund zu halten und meiner Schwester nichts davon zu erzählen.

Respekt hatte Flunki nur vor Papa und vor dem Diener. Erwin war früher bei Papa Bursche gewesen und der zweite Pascha im Haus. Er hatte das gute Aussehen und den Charme seiner polnischen Mutter, gepaart mit der Zuverlässigkeit seines Vaters, eines erstklassigen Gespannführers auf dem Nachbargut, der den Pflug nie zu flach und nie zu tief schnurgerade über den schwierigsten Acker führte.

Erwins Passion waren Abendessen mit allem Drum und Dran. Wenn Mama das Wort «Diner» aussprach, flammten seine dunklen Augen auf. «Erwin macht das schon», pflegte Mama zu sagen und legte sich in aller Seelenruhe ein Stündchen aufs Ohr, bevor die Gäste kamen. Sie wußte, Erwin sorgte für alles. Der Tisch war tadellos gedeckt, Teller und Bestecke wie zur Parade ausgerichtet, jeder Stuhl auf seine Festigkeit geprüft.

Mit seiner Pingeligkeit trieb Erwin die Hausmädchen oft zur Verzweiflung. Er keifte mit ihnen und dem Dienerjungen entsetzlich herum; manchmal kam es sogar fast zu Handgreiflichkeiten. Der Diener rangelte sich gern ein wenig mit dem weiblichen Personal, bis Papa, über das Treppengeländer gebeugt, herunterschrie: «Ruhe da unten! Wohl verrückt geworden.»

Um diesen Diener beneidete uns die ganze Gegend. Immer wieder wurde von reichen Fabrikanten heimlich der Versuch gemacht, ihn abzuwerben, was er Papa gern unter die Nase rieb. Bleiben tat er trotzdem. Er war sich durchaus seiner Wirkung bewußt, wenn er in seiner Dienerjacke mit den Flottbachschen Wappenknöpfen die Schiebetür öffnete und verkündete: «Frau Gräfin, es ist angerichtet.»

Gelegentlich bekam Papa seine patriarchalischen Anwandlungen. Er bestellte Erwin zu sich ins Herrenzimmer, nannte ihn einen Schürzenjäger und las ihm die Leviten. Dabei war es Papa im Grunde ziemlich schnuppe, was der Diener so trieb. Erwin hörte sich mit unbewegtem Gesicht die Strafpredigt an und sagte nur gemessen, als ihm Papa unterstellte, der Junge vom Kutscher sehe ihm aber verdammt ähnlich: «Ich arbeite immer mit Schutz, Herr Graf.»

In Wirklichkeit konnte sich Erwin eine ganze Menge herausnehmen. Nicht selten tauchte Papa in der Anrichte auf; dann sprachen sie mit gesenkter Stimme recht vertraulich miteinander, und wir hörten sie herzhaft lachen. Jutta und mir gegenüber fühlte er sich sozusagen als Papas Stellvertreter. So fackelte er auch nicht lange, als er Flunki dabei ertappte, wie er mit einem Strick Schiffsknoten an meinen schon ganz blau angelaufenen Handgelenken übte. Er versetzte ihm eine kräftige Ohrfeige. Flunki gab natürlich mir die Schuld. Warum hatte ich auch so herumgewimmert. Um ihn zu besänftigen, versprach ich ihm zitternd für die nächsten Tage meinen Nachtisch.

Die Nana war baß erstaunt, als ich ihm beim Mittagessen den Teller mit der Schokoladencreme hinüberschob. «Warum tust du das?»

«Weil sie Schiß hat», sagte Jutta entrüstet und nahm ihm den Pudding wieder weg. Er ließ es sich schweigend gefallen, und ich ließ erleichtert meine Lieblingsspeise auf der Zunge zergehen.

5

Jutta besaß einen ausgeprägten Sinn für Gerechtigkeit. Wenn sie es für richtig hielt, nahm sie ohne lange Erklärungen, und wenn es sein mußte, sogar handgreiflich, Partei. Bis auf ihren gelegentlichen Rappel und die Heulerei über «Heimatlos» war sie überhaupt ein vernünftiges, unsentimentales Mädchen, das, ohne groß von Ängsten oder Zweifeln geplagt zu werden, mit kühlem Blick durch die Kindheit marschierte. Nur mit ihrer Wahrheitsliebe übertrieb sie es und brachte sich damit beim Personal hin und wieder in Mißkredit.

Als Papa den Diener während des Mittagessens fragte, ob von dem Rotwein vom letzten Abend nicht noch etwas da wäre, und Erwin den Kopf schüttelte, rief Jutta sofort: «Aber in der Anrichte steht doch noch eine Flasche!» Erwin war sehr gekränkt. Er ging mit ihr streng ins Gericht: Das hätte er von der Comtesse nicht gedacht! Schließlich könne man ja auch mal was übersehen. Wie stünde er nun da! Jutta wurde ganz rot und rief sichtlich zerknirscht: «Es tat's mit mir, es tat's mit mir! Ich weiß auch nicht, warum.» Denn eine Petze war sie nicht, da konnte der Diener so oft an die Kognakflasche gehen, wie er wollte.

Dagegen nahm sie es bei sich mit der Wahrheit weniger genau. Ein gefundenes Fressen für Flunki, der erbarmungslos diese Schwäche bei ihr aufdeckte. So kam auch heraus, was es mit Juttas großzügigem Weihnachtsgeschenk für mich auf sich hatte.

Jutta besaß einen Puppenjungen, um den ich sie glühend beneidete. Er trug einen Seppelanzug und einen Seppelhut mit Perlhuhnfeder. Seine einstmals rosigen Wangen waren im Laufe der Zeit so oft abgeschrubbt und abgeküßt worden, daß er inzwischen etwas kränklich aussah. Keiner durfte mit ihm spielen, auch unsere gemeinsame Dorffreundin, Kutscher Antons Martel, nicht, die seit Ewigkeiten davon träumte, mit dieser wundervollen Puppe wenigstens ein einziges Mal durchs Dorf zu gehen und sich von den anderen Kindern darum beneiden zu lassen. Martel selbst hatte nur eine schäbige aus Lumpen, die sie in einer Zigarrenkiste hinter sich her zog. Vergeblich versuchte sie, Jutta mit Oblatenblättchen und Liebesperlen zu bestechen. Meine Schwester gab ihren Hans nicht her.

Eines Tages war die Puppe verschwunden. Die Nana schimpfte Jutta einen Schussel, der nicht nur Strümpfe, Haarschleifen, Zopfspangen und Mützen verlor, sondern jetzt als neuestes auch noch Puppen! Mit dem tragischen Gehabe einer Niobe saß Jutta bei Tisch und verweigerte das Essen. Nicht mal die «Mühle am rauschenden Bach», die Papa auf dem Klavier für sie besonders laut klappern ließ, linderte ihren Schmerz. Papa knallte beleidigt den Deckel zu und meinte, hysterische Mädchen wären jedem Mann ein Greuel.

Zwei Tage später erschien Martel weinend im Schloß, die Puppe im Arm. Sie hatte sie einfach entführt und war von ihrer Mutter dabei erwischt worden, als sie heimlich mit ihr im Holzschuppen spielte. Martel heulte Rotz und Wasser, teils aus Angst, sie dürfe nun nicht mehr zum Spielen ins Schloß kommen – was für sie eine ebenso große Auszeichnung bedeutete wie das Privileg, als Klassenbeste in der Schule den Spucknapf des Lehrers zu reinigen und mit frischem Sand zu füllen –, teils aus Angst vor ihrem «Vattel», der mit seinen Gespannen liebevoller umging als mit seinen Kindern.

«Er schlägt mich tot, er schlägt mich tot!»

Die Nana kannte kein Erbarmen. «Recht geschieht dir, du Kröt'!»

Das fand Jutta auch: «Laß sie man ihre Senge kriegen!» Ungerührt legte sie Puppe Hans in sein Bett.

Für einen Moment vergaß Martel die Furcht vor ihrem Vater. Bewundernd strich sie über die rosa Bettdecke, befühlte andächtig das mit Lochstickerei verzierte Kopfkissen mit dem eingestickten Namen «Hans». «Was für'n scheenes Bett!» Sie selbst besaß kein eigenes und mußte ihren Strohsack mit zwei kleineren Geschwistern teilen.

Inzwischen war es dunkel geworden. Martel mußte dringend nach Hause. Sie war schließlich unsere Freundin, und so bot ich ihr tapfer an, sie zu begleiten.

Es war ein düsterer Regentag, die Tonnen unter den Dachtraufen schwappten über, es roch nach Jauche, und auf dem Hof und der ungepflasterten Dorfstraße hatten sich riesige Pfützen gebildet. «Tritt nicht in die Lusche!» sagte Martel und faßte mich fürsorglich an der Hand. Wir konnten bei dem schwachen Licht der Petroleumlampe, das durch das Küchenfenster des Kutschers nach draußen drang, nicht erkennen, ob der «Vattel» schon zu Hause oder noch in den

Ställen war. So schlichen wir leise in den finsteren Flur und öffneten vorsichtig die Küchentür. Zu unserem Schreck saß er am Tisch, vor sich einen Teller mit Bratkartoffeln. Wir wollten umkehren, aber er hatte uns schon erblickt.

«Halt!» schrie er seine Tochter an. «Komm her, du Lärge!» Er stand auf, zog seinen Leibriemen aus der Hose und kam, ihn wütend schwingend, auf uns zu. «Dir werd ich helfen, mir Schande zu machen!»

«Nu sei ook ni assu!» versuchte ihn Martels Mutter, die gerade ihren Jüngsten in einer Blechschüssel abseifte, zu besänftigen. Aber es war ihr anzusehen, daß sie gegen eine kräftige Ohrfeige durchaus nichts einzuwenden hatte. Entsetzt klammerte sich Martel an mich.

«Laß sie los, Comtesse!» brüllte Anton. Als ich nicht gehorchte, versuchte er uns auseinanderzuziehen, doch je mehr er zog, um so fester umklammerten wir uns. Eng umschlungen stolperten wir über den Flur, quetschten uns aus der Haustür und rannten durch den kleinen Vorgarten die Dorfstraße entlang. Wir rannten und rannten, bis wir vor Seitenstechen nicht mehr konnten und umkehren mußten.

Diese Begebenheit lag jetzt ein Jahr zurück. Inzwischen war Martel über so was wie Puppen hoch erhaben. Sie mußte jetzt für das jüngste Brüderchen sorgen, es windeln, ihm die Flasche geben und aufpassen, daß es nicht in die Jauche oder sonstwohin fiel. Mit vor Anstrengung verzerrtem Gesicht schleppte sie den Kleinen überall mit sich herum und erlaubte mir gnädig, ihn hin und wieder auf den Arm zu nehmen, was ich Jutta triumphierend unter die Nase rieb. Meiner Schwester imponierte das keineswegs. «Von mir aus», sagte sie wie früher Mama, «aber Hans rührst du mir trotzdem nicht an.»

Daher war ich völlig überrascht, als ich diese geheiligte

Puppe am Weihnachtsabend auf meinem Gabentisch entdeckte. Dagegen war mein Geschenk für Jutta, eine von schwarzweißroten Adern durchzogene Glasmurmel, eher poplig. Mama war ebenso erstaunt und meinte einschränkend: «Das gilt wohl nur für die Feiertage?» Meine Schwester schüttelte den Kopf: «Geschenkt ist geschenkt!» Mama war ganz gerührt über ihre älteste Tochter: «Wie großzügig von dir!» Und ich bekam wieder mal zu hören, was für ein Glückskind ich sei. Nur die Nana traute dem Frieden nicht: «Da steckt doch bestimmt etwas dahinter!»

Flunki tanzte um uns herum, wobei er gefährlich nahe an die brennenden Kerzen des Weihnachtsbaums kam, und rief: «Sag's, sag's!» Jutta sah ihn verächtlich an: «Mach dich bloß nicht so mausig!» Sie fingen an zu rangeln, bis Papa drohte: «Ich schick euch gleich ins Bett!» Mir waren Juttas Beweggründe schnuppe. Ich hatte nur Angst, sie könnte ihre Großzügigkeit doch noch bereuen. Und Hans lächelte verzweifelt vor sich hin, als ahnte er, was ihm bevorstand.

Am ersten Weihnachtstag fuhren wir traditionsgemäß zum Mittagessen zu «Klein, Dick und Schick», wie Onkel Paul von Mama getauft worden war. Während Onkel Peter und Papa im Sommer in ihren abgetragenen, ausgeblichenen schilfleinenen Jacken herumliefen, kleidete ihr Bruder sich nach der neuesten Mode, bevorzugte helle Anzüge mit flachen Strohhüten und trug stets ein Stöckchen mit Goldknauf unter dem Arm. Seinen Anzügen hatte er die Namen der Kurorte gegeben, die er regelmäßig aufsuchte: Kudowa, Kissingen, Gastein oder Marienbad.

Als jüngster Sohn konnte Onkel Paul mit einem Gut nicht rechnen. Trotzdem war er ein «Glückskind» und brauchte sich um einen standesgemäßen Beruf keine Sorge zu machen. Er heiratete rechtzeitig eine wesentlich ältere Witwe, die als Ausgleich für dieses Manko einen stattlichen Besitz mit in die Ehe brachte. Sie starb bereits ein halbes Jahr nach der Hochzeit.

Inzwischen war er bereits zweifacher Witwer, was ihm bei den Brüdern den Spitznamen «Bruder Blaubart» eintrug. Onkel Paul fand's nicht komisch: «Ihr seid mal wieder richtig roh!»

Sie belächelten sein sonderbares Faible, das er nach und nach für Beerdigungen und alles, was damit zusammenhing, entwickelte. Wer immer in der Gegend starb, konnte gewiß sein, daß Onkel Paul nicht nur unter den Trauergästen zu finden war. Er stand auch den Angehörigen tatkräftig und fachkundig zur Seite und beriet sie vom Leichenschmaus bis zur Auswahl des Grabsteins.

Mit Vorliebe beschäftigte er sich aber mit seinem eigenen Begräbnis. Vier Meter tief sollte das Grab sein, die Rede des Pastors auf dem Friedhof dürfe nicht länger als fünf Minuten dauern, sonst holten sich womöglich die alten Herrschaften im Winter den Tod. Auf junge Frauen, denen er die Cour machte, wirkten solche Gespräche befremdlich. «Sie sind doch nicht etwa krank, lieber Graf?» fragte erschreckt eine der Umworbenen.

«Wie kommen Sie denn darauf, gnädiges Fräulein?» Onkel Paul sah sie verdutzt an. «Darf ich jetzt einen kleinen Spaziergang vorschlagen? Ich möchte Ihnen gern unsere Familiengruft zeigen. Da können Sie gleich sehen, wo meine zukünftige Frau» – er warf ihr einen verliebten Blick zu – «mit mir zusammen, so Gott will, bestattet werden wird.»

Das gab der Fastverlobten den Rest. Noch am selben Tag reiste sie mit ihrem Chaperon, einer ältlichen Tante, ab und ließ einen völlig entgeisterten Onkel Paul zurück, der sich bitter bei Papa beklagte. «Wieso, Albi, ich weiß nicht, was in sie gefahren ist. Wir waren uns so gut wie einig. Was kann ihr nur so mißfallen haben?»

«Ja, was wohl?» fragte Papa orakelhaft.

Trotzdem gab Onkel Paul die Hoffnung nicht auf. Mama tröstete ihn: «Und sonst hast du ja noch deinen Schnuffi.»

«Der ist auch nicht mehr der Jüngste.» Er sah schwermütig vor sich hin. «Er läuft nicht mal mehr beim Reiten mit!»

«Weißt du denn schon, wo du ihn begraben willst?» neckte ihn Papa. «Vielleicht gibt es ja auch bei uns bald so was Neumodisches wie ein Krematorium. Eine Urne braucht nicht viel Platz. Du könntest sie auf einen kleinen Sockel in die Gruft stellen.»

«Mach dich nur darüber lustig!» Onkel Paul war beleidigt.

Der erste Feiertag war kalt und windstill. Einige Fasanen duckten sich in den mit Rauhreif überzogenen Furchen, als wir mit Anton, dem Kutscher, der sich mit Zylinder und Livree festlich herausgeputzt hatte, in Fußsäcke gehüllt, im Zuckeltrab durch die Felder fuhren. Ich hatte mein schönstes Weihnachtsgeschenk auf dem Schoß. Jutta neben mir runzelte die Stirn, als ich ihren geliebten Hans auf meinen Knien tanzen ließ. «Du hast ihm ja nicht mal Schuhe angezogen. Er wird noch Frostbeulen kriegen. Steck ihn wenigstens ihn den Fußsack!»

Flunki, der ihr gegenübersaß, sah sie herausfordernd an: «Ich krieg's noch raus!»

«Was denn, Junge?» fragte Mama.

Wir waren in die Kirschenallee eingebogen, die zur Parkeinfahrt führte. Hinter der Mauer sah man das Schloß liegen. Es war nicht ganz so wuchtig wie unseres, aber mit seinen vierzig Zimmern für einen alleinstehenden Witwer immer noch zu groß. Die Räume heizte man hier mit Heißluft. Sie wurde durch Klappen im Kamin in die Zimmer geleitet.

Onkel Paul empfing uns auf der Freitreppe, sich fröstelnd die Hände reibend: «Da seid ihr ja!» Er lächelte uns an: «Schön, daß ihr gekommen seid!» Jutta und ich begrüßten ihn stürmisch. Er war unser Lieblingsonkel und erlaubte uns so ziemlich alles. Wir durften die Weintrauben in seinem Gewächshaus, seine Erdbeerbeete, Himbeersträucher und Kirschbäume plündern und das ganze Haus auf den Kopf stellen, ohne daß er darüber ein Wort verlor. Nur als Vetter Bernhard auf den genialen Einfall kam, die Fasanen direkt am Futterplatz im Park zu schießen, wurde er böse: «Du bist schon genauso schießwütig wie dein Vater!»

Während des Mittagessens – es gab Fasan mit Sauerkraut, Preiselbeeren und Apfelmus – unterhielten sich die Erwachsenen lebhaft. Großmama erzählte von ihren Reisen. Im Sommer war sie in Nizza gewesen und hatte dort im selben Hotel wie seinerzeit Queen Victoria gewohnt. «Wirklich exquisit, dieses Hotel!» Großmama ließ sich darüber aus, wieviel Parvenus und Demimonde sich heutzutage in den Badeorten herumtrieb. Nur die ligurische Küste bilde da noch eine Ausnahme. Da wäre man wenigstens noch *entre nous*!

«Onkel Paul», sagte Jutta, geziert an einem Beinchen

knabbernd, «erzähl uns doch noch mal die Geschichte von dem Leoparden!»

Das ließ sich unser Onkel nicht zweimal sagen.

Onkel Paul war ein Mann von Welt. Er war nicht nur schon in einem Zeppelin geflogen, sondern auch schon in Indien gewesen, als Gast eines Maharadschas. «Und als ich am Nachmittag auf der schattigen Veranda sitze, spüre ich plötzlich, wie etwas heftig meine Hand beleckt. Was glaubt ihr wohl, was für ein Tier das gewesen sein könnte?»

«Ein Leopard!» sagten Jutta und ich wie aus einem Munde.

«Richtig!» Onkel Paul nickte zufrieden. «Als ich meine Hand wegziehen wollte, begann er wütend zu knurren. Gott sei Dank ist noch rechtzeitig ein Diener gekommen und hat mich von dem Raubtier erlöst.»

«Meinst du, Onkel Paul, er hätte dich sonst gefressen?» fragte Flunki ganz aufgeregt.

«Bestimmt!» Er stocherte sich diskret mit einem kleinen goldenen Zahnstocher zwischen den Zähnen. «Leoparden lecken so lange, bis Blut kommt. Der Blutgeruch macht sie ganz toll. Dann beißen sie zu. – Ich denke, wir gehen jetzt ins Wohnzimmer und trinken dort unseren Mokka. Ihr Kinder werdet euch schon die Zeit vertreiben.»

Großmama fröstelte ein wenig und meinte: «Das Essen war wirklich exquisit, lieber Paul, aber sehr warm hast du es gerade nicht.»

«Die verdammten Holzwürmer haben wohl mal wieder vergessen, rechtzeitig nachzulegen.» Er schickte eines der Stubenmädchen in den Keller, wo zwei Hofefrauen den ganzen Tag nur damit beschäftigt waren, Holz herbeizuschleppen, um den Ofen in Gang zu halten.

Wir trollten uns und beratschlagten, was wir machen sollten. Erst mal ein bißchen die Mauken durchstöbern. Das waren Kammern, in denen sich allerlei Gerümpel stapelte: Waschkörbe, Reisekoffer, schadhafte Spazierstöcke, ausrangierte Pfeifen, Zigarrenkisten und Kartons. Und vor allem alte Briefe, die wir nach interessanten Briefmarken durchsuchten. Dann gingen wir auf den Hof. Er sah wie immer wie geleckt aus. Die Ackerwagen standen in Reih und Glied, und die Deichseln waren aufgebockt. Der Onkel hatte es nicht nur im Park gern hübsch, und so gab es im Sommer auf dem Hof sogar Blumenrabatten.

Wir schlenderten zur Schmiede, wo der Schmied trotz des Feiertags Onkel Pauls Reitpferd neue Eisen verpaßte. Onkel Pauls Kutscher leistete ihm dabei Hilfestellung, und Anton sah ihnen zu. Wir liebten den Geruch nach verbrannten Hornspänen und glühendem Eisen. Wir grüßten höflich, und Onkel Pauls Kutscher sagte zu Flunki: «Du kommst mir irgendwie bekannt vor.»

«Das ist doch der junge Herr Wagner!» Antons Stimme klang geringschätzig. Bürgerliche waren für ihn keine Herrschaften.

«Ah, richtig, der junge Herr Heinrich», wiederholte Onkel Pauls Kutscher gedehnt. Die beiden sahen sich vielsagend an. Sie waren besser als jeder andere darüber informiert, was sich in den Familien abspielte. Beim Servieren oder auf den langen Kutschfahrten bekamen sie eine Menge mit, auch wenn bei den Gesprächen jedesmal gewarnt wurde: *«Pas devant les domestiques!»*

Flunki wurde rot. Instinktiv spürte er, daß er für sie nur ein hergelaufener Habenichts war, und er wehrte sich auf seine Weise. Er machte eine heftige Handbewegung, so daß das Pferd erschreckt zusammenfuhr und der Kutscher Mühe hatte, den Huf festzuhalten, während ich viel zu sehr mit meiner wundervollen Puppe beschäftigt war, um Flunkis Wut mitzukriegen.

Inzwischen war er zur Leiter gerannt, die zum Heuboden führte, und hinaufgeklettert. Jutta und ich folgten ihm. «Wenn das der Herr Graf sehen würde!» riefen die Kutscher uns nach. Wir kümmerten uns nicht darum, gruben Gänge durch das Heu, was streng verboten war, und setzten uns dann vor die offene Luke.

«Du hättest Hans nicht mitnehmen sollen», tadelte mich Jutta und nahm ihn liebevoll in den Arm.

Mit einer unerwarteten Bewegung entriß ihr Flunki die Puppe. «Los, sag's, warum hast du sie Feli geschenkt?»

«Warum? Darum!» Sie versuchte sie ihm zu entreißen. Vergeblich.

«Sag's!» Er schwang die Puppe hoch über seinem Kopf.

«Was geht's dich an?»

Flunki hielt die Puppe an einem Arm aus der Luke. «Sag's, oder euer Hans wird sich das Genick brechen wie dieser Niko von Tante Käthe.»

Gemeinsam stürzten wir uns auf ihn, aber es gelang uns nicht, ihm die Puppe zu entwinden. Er gab mir einen kräftigen Tritt, so daß ich auf den Rücken fiel, und wehrte mit der rechten Hand Jutta ab.

«Du timpliche Lärge, du Findelkind, du Wechselbalg!» tobte Jutta.

«Ich zähle bis drei. Eins, zwei, drei!»

«Ich habe ihr Puppengeschirr zerbrochen.»

Ihr Bekenntnis kam zu spät. Hans war bereits durch die Luft geflogen und sein Kopf an einem Stein auf dem Hof zerschellt. Mit rasender Geschwindigkeit kletterte Flunki die Leiter wieder hinunter und jagte über den Hof an der Schmiede vorbei zum Haus. Unmöglich, ihn einzuholen. Jutta heulte, ich heulte, die beiden Kutscher nickten sich vielsagend zu. «Was für'n tälsches Jungchen!»

Ich hob den zerschmetterten Hans auf. «Laß man», schniefte Jutta, «den kriegen wir schon. Das hast du nun davon, du wolltest ja unbedingt, daß er Weihnachten herkommt.»

Als wir ins Wohnzimmer kamen, saß Flunki bereits bei den Erwachsenen und hatte ihnen eine phantasiereiche Geschichte aufgetischt, wieso die Puppe kaputtgegangen war. Er wußte genau, petzen taten wir nicht.

«Ich bin ja auch noch da», tröstete uns Großmama, was hieß, daß sie jeder von uns eine neue schenken würde.

«Erst die vielen Weihnachtsgeschenke und jetzt auch noch zwei neue Puppen! Was seid ihr doch für Glückskinder», sagte Mama.

Onkel Paul schlug vor, Hans feierlich zu begraben. Er hatte im Park für uns einen kleinen Tierfriedhof angelegt, wo wir unsere toten Goldhamster, Kaninchen, Kanarienvögel und Goldfische bestatten durften. Den verhältnismäßig weiten Weg für den Trauerzug die Chaussee entlang empfanden wir als besonderen Reiz. Der Onkel opferte für Hans eine sehr schöne Blechschachtel, auf der S. M. und I. M. Kopf an Kopf abgebildet waren, und hackte ein Loch in die gefrorene Erde zwischen den Gräbern eines gegen die Scheibe geflogenen Spatzen und einer von Schnuffi erlegten Katze. Am liebsten hätte er noch eine Grabrede gehalten. Aber das ging Papa zu weit. «Übertreib nicht wieder, Paul!» sagte er. «Außerdem bekomme ich schon Eisbeine.»

Für Jutta schien die Angelegenheit damit erledigt zu sein, und ich tröstete mich mit der Aussicht auf eine neue Puppe.

Am Tag darauf waren die Erwachsenen zum Abendbrot bei den Nachbarn eingeladen. Die Mademoiselle war über Weihnachten in ihre Heimat gefahren, und die Nana besuchte in der Kreisstadt eine Kusine. So bekam eins der Stubenmädchen den Auftrag, sich um uns zu kümmern und dafür zu sorgen, daß wir rechtzeitig ins Bett gingen. Während sie mit Erwin in der Anrichte herumscherzte, sagte Jutta, Papa hätte Rattenfallen im Kohlenkeller aufgestellt und sie beauftragt, nachzusehen, ob sich inzwischen eine Ratte gefangen habe.

«Jetzt, im Dunkeln?» fragte ich verwundert.

«Du brauchst ja nicht mitzukommen. Dann gehe ich eben mit Flunki allein. Der ist bestimmt nicht so ein Angsthase.»

Sie zündete eine Kerze an, hakte sich bei Flunki unter und zog mit ihm los. Beleidigt trottete ich hinter ihnen her. Sie lachten und schwatzten, und Jutta flüsterte ihm dauernd etwas ins Ohr, mit einem Seitenblick auf mich, worüber er lachte. Wir gingen ins Souterrain. In der Küche war niemand mehr. Wir tasteten uns den langen, nur durch eine schwache Karbidlampe erhellten Gang entlang bis zum Kohlenkeller.

Plötzlich blieb Jutta stehen. «Ich höre was klappern», flüsterte sie. «Bestimmt 'ne Ratte in der Falle!» Sie schloß die Kellertür auf. Ehe Flunki es sich versah, hatte sie ihn in den Keller geschubst, die Tür hinter ihm zugeschlagen und abgeschlossen.

«Schreien nützt nichts! Hier hört dich niemand, Höchstens die Ratten. Paß auf, daß du nicht in eine Falle trittst!» Sie lief davon, ich zögerte.

«Feli, schließ auf», flehte Flunki.

«Sie hat den Schlüssel mitgenommen», log ich.

«Bitte!» Seine Stimme klang wirklich sehr ängstlich.

Sonst schnippte er nur mit den Fingern, und ich flitzte, aber jetzt genoß ich seine Hilflosigkeit. Ich drehte mich um und lief meiner Schwester nach. «Wie lange soll er denn da unten bleiben?» fragte ich sie im Kinderzimmer.

«Abwarten und Tee trinken. Erst mal lassen wir ihn zappeln.»

Aber aus dem Zappeln wurde nicht viel. Es waren kaum zehn Minuten vergangen, da stand ein rasender Mohr vor uns. Über seine schmutzige Hose zog sich eine feuchte Spur.

«Du hast dir ja in die Hosen gemacht!» rief ich.

«Das zahl ich dir heim. Ich zahl's euch heim! Ich schwör's!»

Jutta betrachtete ihn ungerührt. «Bubi, lach mal, kriegst 'nen Keks!» Aber ich erschauerte vor seiner kalten Wut.

6

Solange ich denken kann, stand das Datum für Onkel Peters große Treibjagd fest, wie der Tag von Christi Geburt. Und unser Onkel hätte es als Sakrileg empfunden, wenn einer seiner Brüder nicht dazu erschienen wäre. Seine Jagdleidenschaft war in der Familie ein ebenso beliebtes Thema wie die geniale Haushaltsführung der trutzigen Anna. Mama frotzelte ihn gern damit, aber nur gerade soviel, daß es ihn nicht verstimmte. Sie hatte längst gelernt, mit den etwas mimosenhaften Männern der Flottbachs umzugehen. Sie rechnete es ihrem Schwager aber auch hoch an, daß er ihr ritterlich beigestanden hatte, als sie Jutta erwartete und in einer Privatklinik entbinden wollte, was Papa geradezu als Affront bezeichnete. Schließlich seien alle Flottbachs in diesem Haus geboren worden. Es gebe überhaupt keinen Grund, mit dieser Tradition zu brechen. Mamas Einwand, daß gerade in dieser Zeit die Öfen im Schlaftrakt neu gesetzt werden müßten, ließ er nicht gelten. Erst Onkel Peter gelang es, ihn umzustimmen: «Laß sie, Albi! Wo sich die Bache einschiebt, frischt sie gut.»

Onkel Peter, dieser großspurige, aber im Grunde gutmütige Mensch, besaß außer einem hitzigen Temperament auch einen sprunghaften, unruhigen Geist. Dauernd mußte er etwas planen oder ändern, und wenn es auch nur um Tante Agnes' sorgfältig ausgeknobelte Tischordnung ging – was immer erst in dem Moment geschah, wenn die Gäste schon vor ihren Plätzen standen. «Also, ich denke, liebe Helene, du sitzt doch besser dort und du, Paul, ihr gegenüber», bestimmte er, was viel Konfusion anrichtete. Nicht anders war es mit den Jagden. Und so seufzte Papa auch diesmal: «Hoffentlich schmeißt er vor dem Treiben nicht in letzter Minute alles wieder um!»

Ausgerechnet an diesem geheiligten Tag hatte sich Tante Renata überraschend angesagt und mußte in aller Frühe von der Bahn abgeholt werden. Papa wollte das Ponygespann zur Station schicken, aber Mama war damit nicht einverstanden. «Du weißt doch, wie supsonnös sie ist. Dann fühlt sie sich von uns gleich wieder schlecht behandelt, und es gibt eine Piquage.» Mama wurde von ihrer Schwester gern ein wenig gegängelt. Als man, dank ihrer Mitgift, bereits vor der Hochzeit mit umfangreichen Renovierungsarbeiten begann, war Tante Renata ganz entsetzt darüber gewesen. «Dafür hat nun unser armer Vater so geschuftet, daß du hier Seidentapeten an die Wände klebst! Es ist ja schließlich nicht ein Schloß von Ludwig XIV.!»

«Leider», sagte Mama lachend, und Tante Renata verkündete düster: «Da sieht man's mal wieder: Auf jeden Mehrer folgt ein Zehrer!»

Großmama nickte zustimmend bei dem Wort Piquage und zupfte nervös an ihrer Bluse. «Du hast recht, Renata ist wirklich sehr empfindlich! Ich fänd's auch besser, ihr würdet sie zu Peter mitnehmen. Meine Jagdpassion hält sich sowieso in Grenzen, und Renatchen liebt Waldspaziergänge. Ich mache es mir hier inzwischen mit Käthe gemütlich.»

Auf der Fahrt zu Onkel Peter hatte unsere Tante gleich ihr Lieblingsthema beim Wickel: die ledigen Mütter und die verzweifelte Lage, in der sie sich befänden. «Wußtest du, daß es unter den Dienstboten prozentual die höchste Selbstmordrate gibt?» fragte sie Papa inquisitorisch. Papa wußte es nicht. «. . . daß ledige Mütter aus nackter Not geradezu gezwungen sind, ihre unehelichen Babys umzubringen?»

Papa fand das sehr bedauerlich und versuchte vergeblich, das Gespräch in andere Bahnen zu lenken. «Hoffentlich läßt Paul seinen Schnuffi zu Hause, sonst können wir die Jagd vergessen», sagte er.

Aber so schnell war Tante Renata nicht von ihrem Thema abzubringen. Wir mußten uns auch noch den traurigen Fall des Dienstmädchens aus Glatz anhören, die ihr uneheliches Kind umgebracht hatte und zum Tode verurteilt worden war.

«Beil oder Strick?» fragte Flunki begierig. Tante Renata sah ihn fassungslos an. «Hat man sie geköpft oder aufgehängt?»

«Heinrich!» rief Mama.

«Sie ist begnadigt worden», sagte Tante Renata gemessen.

Die anderen Jagdgäste hatten bereits gefrühstückt, als wir endlich eintrafen. Man begrüßte uns mit großem Hallo. Tante Agnes hetzte in die Küche, um frischen Kaffee und heiße Milch zu holen.

Ich rannte zum Klo. Es war besetzt. Papierrascheln verriet mir, wer es sich dort gemütlich gemacht haben mußte. Das konnte nur Bernhard sein. Aus Sparsamkeitsgründen schnitt man gelegentlich Zeitungen und alte Schulhefte für Toilettenpapier in handliche Blätter, und Bernhard las mit Begeisterung noch einmal seine alten Aufsätze. Ich donnerte gegen die Tür. «Beeil dich gefälligst!»

Zu meinem Schrecken war es Onkel Peters Stimme, die mich anschnauzte: «In meinem eigenen Hause bleib ich hier drin, so lange ich will!» Ergeben setzte ich mich auf eine Truhe und wartete. Es gab nur ein einziges Plumpsklo, so daß, wer es eilig hatte, in den Park ausweichen mußte. Dazu verspürte ich wenig Lust.

Als Zweitältester hatte Onkel Peter ein Vorwerk geerbt und bewohnte nun das ehemalige Inspektorenhaus. Die Zimmer waren klein und niedrig. Die Diele bot gerade Platz für ein paar Garderobenhaken, einen Spiegel und eine große Truhe, in der Fußsäcke und Decken aufbewahrt wurden. Dafür waren Flur und Zimmerwände mit Gehörnen gespickt. Sogar auf dem Klo hingen welche, allerdings recht mickrige, unter denen ein Schild angebracht war mit der Inschrift: «Dieses nennt man Kindermord, drum hängen wir auf dem Abort.»

Wie bei den meisten Landwirten war auch bei Onkel Peter das Geld knapp. Jeder Groschen wurde in die Landwirtschaft gesteckt. Für die Renovierung des altersschwachen Hauses reichte es nicht. Man nahm es eben hin, daß man die Klinken plötzlich in der Hand hatte, der Absatz in einer morschen Diele stecken blieb oder die Röcke sich an splittrigen Stühlen verfingen. Der Holzofen in der Badestube produzierte nur lauwarmes Wasser und der Herd in der Küche mehr Qualm als Hitze.

Tante Agnes verlor darüber nie ein Wort. Sie war immer noch voller Dankbarkeit, daß Onkel Peter sie aus ihrem trostlosen Leben erlöst hatte, zu dem sie nach dem Tod ihrer Mutter von ihrem Vater verdammt worden war. Nach seiner Pensionierung war der ehemalige Major aufs Land gezogen, um dort in Ruhe die Geschichte seines Regiments zu schreiben. Er zeigte keinerlei Verständnis dafür, daß seine heranwachsende Tochter sich halb zu Tode langweilte. Als sie ihn schließlich verzweifelt bat: «Können wir nicht mal irgend etwas unternehmen?», sah er sie ganz verdutzt an und antwortete: «Ich geh doch deinetwegen nun schon auf jede Beerdigung! Da ist auch immer was los, und du kriegst sogar Kaffee und Kuchen!»

Nach dem zweiten Frühstück kletterten Jäger und Treiber auf Kastenwagen und fuhren in den Wald. Nur die älteren unter den Gästen benutzten ihre eigenen Kutschen. Draußen teilte Onkel Peter den Jägern die Damen zu. Onkel Paul bekam Tante Renata. «Dem ist ihr kluges Gerede egal. Der schießt sowieso daneben», erklärte er leise Papa.

Bernhard blies das Treiben an. Ein paarmal rutschte ihm der Ton weg, und es klang, als hätte jemand Schnuffi auf den Schwanz getreten. Dann konnten wir endlich losmarschieren. «Has! Has!» rufend und mit Knüppeln gegen die Bäume klopfend, stolperten wir durch die Schonungen und über die Felder. Es wurde fleißig geschossen, und eine Menge armer Karnickel, Hasen, Fasanen und Rebhühner mußten ihr Leben lassen.

Flunki erwies sich im Aufstöbern besser als jeder Jagdhund. Aus jedem Busch, aus jeder Furche, in denen sich die Hasen vergeblich zu ducken versuchten, jagte er die verängstigten Tiere heraus. Ich trottete in gebührendem Abstand neben ihm her, und meine von Jutta geerbten, noch reichlich großen Schnürstiefel scheuerten mir die Hacken wund. Verwundert beobachtete ich, daß Flunki ein paarmal die vorgeschriebene Linie verließ, einen Fasan oder einen Hasen aufhob und die Tiere auf einer Astgabel deponierte, so daß die Hunde nicht herankonnten.

Nach der Jagd, als die Gäste fachmännisch die Strecke betrachteten, sah ich ihn mit Onkel Peters Kutscher reden, der ihm lachend auf die Schulter schlug.

«Na, Paul, lebst du noch?» fragte Papa unseren Onkel und entlud seine Flinte.

«Was meinst du damit?»

«Nun, unsere Schwägerin gehört nicht gerade zu der schweigsamsten Sorte.»

Davon wollte Onkel Paul nichts hören. «Sie ist sehr gebildet.»

«Mag sein», sagte Papa, «aber Schopenhauer schon zum Frühstück schlägt mir persönlich auf den Magen.»

Während sich die anderen Gäste für das Diner umzogen, half Mama Tante Agnes beim Tischdecken, und ich sah ihnen dabei zu, was meine Tante sichtlich störte. «Irene hat sich so süße Taschentücher umhäkelt. Willst du sie dir nicht mal ansehen?» Ich wollte nicht. Die entzückenden Handarbeiten meiner Kusine interessierten mich nicht die Bohne. Das einzige, was die etwas farblose, wenn auch gutmütige Irene zu bieten hatte, war die Gabe, wann immer es ihr paßte, in Ohnmacht zu fallen. Ein Talent, um das wir sie sehr beneideten. Sie behauptete, es sei ganz leicht. Man müsse nur genügend lange die Luft anhalten und sich irgendwie zusammenkrampfen. Aber wir schafften es nicht, soviel wir auch übten.

Tante Agnes, diese makellose Hausfrau, bemühte sich nach Kräften, aus ihrer Tochter ein richtiges Hausmütterchen zu machen. Aber Irene hatte mehr den Hang, in den Bäumen zu sitzen, zu lesen oder sich in den Ställen herumzutreiben und zuzuhören, was die Knechte so untereinander über die «Weiber» redeten. Wenn ihre Mutter sie zum Helfen in die Küche oder in den Garten beorderte – «Ach, Irenchen, die Johannisbeeren müssen heute unbedingt durchgepflückt werden» –, sagte Irene: «Ja, Mama», und zog gehorsam mit einem Eimerchen in den Obstgarten, wo sie der Gärtner eine halbe Stunde später bewußtlos zwischen den Sträuchern fand.

Mama sah keine Veranlassung, mich aus dem Zimmer zu schicken. So senkte Tante Agnes ihre Stimme zu einem Flüstern und fragte: «Bahnt sich da was an?» Sie deutete durch die offene Schiebetür ins Wohnzimmer, wo Onkel Paul und Tante Renata sich lebhaft unterhielten.

«Paul und Renata? Das wäre mir neu. Allerdings hat er schon immer ein gewisses Faible für sie gehabt.»

Tante Agnes, die jeden Gedanken wie ein paniertes Kotelett in der Pfanne hin- und herwendete, meinte, Tante Renata würde ihrem Schwager sicher guttun. Die wüßte wenigstens, was sie wollte. Andererseits würde es bestimmt nicht leicht für sie sein, denn der liebe Paul sei doch schon etwas sonderlich und hätte richtige Junggesellenallüren angenommen.

«Willst du dein Herz mir schenken, so fang es heimlich an . . .» Leise vor sich hinsingend, umhüpfte Tante Agnes den Tisch und ordnete mit flinker Hand Gläser, Teller und Bestecke. Im Gegensatz zu meinen Eltern, die durchaus auf unsere Gegenwart verzichten konnten und uns unbeschwerten Herzens dem Personal überließen, gluckte sie um Mann und Kinder ständig herum. Sie führte eine rege Korrespondenz mit der gesamten Verwandtschaft, vergaß nie einen Geburtstag und erinnerte sich an Hochzeitstage, die den Betreffenden selber aus mancherlei Gründen längst entfallen waren. Ihre braunen Kugelaugen, die an mokkafarbene, von Kinderzungen beleckte Ostereier erinnerten, richteten sich auf mich, und sie seufzte zu Mama hin: «Hoffentlich wächst das Kind noch. – Wie macht sich denn Heinrich so bei euch?» fragte sie dann mit einer schlangenartigen Bewegung, weil sie anscheinend das Korsett drückte. «Bißchen problematisch, dieser Junge.»

Ich spitzte die Ohren. Aber diesmal vergaß Mama meine Anwesenheit nicht und lenkte ab. «Hast du schon die Cumberlandsoße fertig?»

Diese Cumberlandsoße spielte bei Flottbachs eine große Rolle. Tante Agnes war dieses Geheimrezept als einziger sozusagen auf dem Totenbett von ihrer Schwiegermutter anvertraut worden – ein Affront für Mama, der es mit Fug und Recht als Frau des ältesten Flottbach zugestanden hätte. Aber Tante Agnes war nun mal die Lieblingsschwiegertochter von Alice Flottbach gewesen. Patent und tüchtig, wie sie war, lag sie ihr mehr als Mama. Ihre Torten und Gebäcke konnten es durchaus mit denen von Tante Käthe aufnehmen. Die von ihr hergestellte Leberpastete bezeichnete man als exzellent, und was sie sonst noch so an Delikatessen auf den Tisch brachte, als fulminant. Nur mit Fisch hatte sie keine glückliche Hand. Daher war ein Karpfenessen häufig mit Ehekrach und Tränen verbunden.

Meine Tante hielt sich nicht lange bei der Cumberlandsoße auf, sondern kam gleich wieder auf Flunki zurück. «Wir haben da eine merkwürdige Sache mit ihm und Georgs Sparschwein erlebt.»

Das Stubenmädchen unterbrach dummerweise dieses für mich hochinteressante Gespräch mit der Meldung: «Frau Gräfin, der Herd zieht nicht!»

«Du siehst», sagte Tante Agnes resigniert zu Mama, «es gibt mal wieder ein kleines Problem.»

Wir Kinder saßen beim Diner am Katzentisch bis auf Bernhard, der schon mit den Großen essen durfte und sich, wie wir fanden, reichlich affig benahm.

«Gehorsamen Dank, Onkel Albi», hörten wir ihn mit seines Vaters Stimme schmettern, als Papa ihn auf den Verband an seinem kleinen Finger ansprach. «Er ist nicht gebrochen, nur angeknackst!»

Onkel Peter zelebrierte vor den Gästen die hohe Kunst des Tranchierens, die er wie sonst niemand in der Gegend beherrschte. Seinen Kutscher hatte er für diesen Abend zum Servieren in Livree und weiße Handschuhe gesteckt. Er sorgte dafür, daß auch wir von allem reichlich bekamen.

«Was ist denn in den gefahren?» fragte Georg erstaunt. «Sonst kriegen wir doch immer nur die schäbigen Reste.»

Flunki blinzelte mir zu, und mir fielen die von ihm versteckten Fasanen wieder ein und wie ihm der Kutscher auf die Schulter geklopft hatte.

Nach dem Essen gingen Mütter und Tanten in den Salon, und die Männer verteilten sich im Herrenzimmer, wo wir ihnen den Kognak einschenken und die Zigarren abschneiden und anzünden durften. Wir wechselten von einem Raum in den anderen. Während man im Herrenzimmer bei S. M. und seinen vielen Reisen angelangt war, tauschte man bei den Damen Rezepte und den neuesten Familienklatsch aus. Zwischendurch setzte sich Papa ans Klavier und begleitete Tante Agnes, die zwei Schubert-Lieder sang. Sie besaß eine gutgeschulte Stimme, denn das einzige, was ihr Vater ihr erlaubt hatte, war, im Kirchenchor mitzusingen.

Die Tür zum Flur öffnete sich. Flunki winkte uns. Auf Zehenspitzen gingen wir hinaus. Seine Augen glänzten, und er roch nach Alkohol. Ohne Zweifel hatte er einen Schwips.

«Kommt mal mit, ihr werdet staunen!» verkündete er uns und schwankte vor uns her in Georgs Zimmer. Dort stand ein Tischleindeckdich mit einer halbgefüllten Kanne Ananasbowle, Käsestangen, Plätzchen und einer großen Schüssel mit Vanilleeis und heiße Schokoladensoße.

«Wie hast du denn das fertiggebracht?» fragten wir überrascht.

«Geheime Kommandosache!» sagte Flunki. «Verrat ich nicht.»

Flunki trank mit Irene ex, während ich die Ananasstückchen aus der Bowle fischte und aß. Jutta wiederum stippte Käsestangen als Waffeln in das Eis und behauptete, es schmecke pyramidal.

Auf der Rückfahrt wurde mir schlecht. Anton mußte anhalten, und als ich wieder schwächlich auf meinen Sitz zurücksank, war Jutta an der Reihe. Flunki hielt sich noch am längsten. Bei ihm war es erst kurz vorm Dorf soweit. Mama meinte besorgt: «Die Kinder brüten doch wohl nichts aus, womöglich Windpocken? Das wäre wirklich ärgerlich.»

Sie setzten uns auf Haferschleim und Rizinusöl, zur inneren Reinigung. Und die Nana sagte böse, wir hätten ihr Schande gemacht. Sich so zu überfressen wäre einfach vulgär!

Der Teich fror zu. Endlich konnten wir in das Sumpfgebiet eindringen, wo wir «Robert, der Schiffsjunge» spielten, im Dschungel herumirrend, auf der Suche nach Wasser, voller Angst vor den Piraten. Wir spielten Versteck «mit Anschlag», kletterten auf die Erlen und guckten in die leeren Krähennester. Wir legten uns auf das durchsichtige Eis, in der Hoffnung, Gerolin zu entdecken. Und Tante Käthe rief alle Augenblicke aus dem Fenster: «Seid vorsichtig, Kinder. Brecht bloß nicht ein!»

Tante Renata mißbilligte unsere üppigen Weihnachtstische sehr. Es wäre geradezu peinlich, wie man uns verwöhnte! «Und dann willst du den Kindern auch noch Puppen schenken!» sagte sie streng zu Großmama.

«Doch nur ganz kleine», verteidigte sich ihre Mutter ängstlich und tat, als handle es sich um billige Badepuppen.

Außerdem versuchte Tante Renata, uns zu überzeugen, daß wir von unserem vielen Spielzeug armen Kindern etwas abgeben sollten. Das mache uns doch bestimmt nichts aus, auf dieses und jenes zu verzichten! Aber es machte uns sehr viel aus. Wir rannten jammernd zu Papa, der daraufhin hastig seine wirklich sehr kostbaren neuen Manschettenknöpfe, die ihm Mama zu Weihnachten geschenkt hatte, gegen ein Paar alte austauschte. Zu Mamas Erleichterung kam in diesem Moment Onkel Paul vorgefahren, um Tante Renata zu einer kleinen Spazierfahrt abzuholen und ihr seine Nashornsammlung zu zeigen. Diese Tiere gab's bei ihm in allen Formen und aus vielerlei Material, gemalt, aus Glas geblasen, in Silber getrieben, auf Münzen geprägt, in Bronze gegossen.

Unsere Tante kam ganz aufgekratzt zurück und lobte diese originelle Sammlung, worauf Papa, sie anstarrend, meinte, ihm gefiele daraus am besten das Breitmaulnashorn.

«Wußtest du», fragte Tante Renata, «daß das Nashorn ein Symbol für Einsamkeit und Beständigkeit ist und sein Horn seit Jahrhunderten hohes Ansehen genießt? Man benutzte es nämlich früher als Trinkgefäß, weil man glaubte, vergifteter Wein würde darin zur Warnung aufschäumen.»

«Und ich dachte», sagte Papa, «wegen des Pulvers, das man daraus gewinnt. Es soll ja der Liebe ungemein förderlich sein.»

Tante Renata wurde rot. «Davon ist mir nichts bekannt.» Sie verließ das Zimmer.

Mama sah ihr nach. «So heiter und gelöst kenne ich meine Schwester gar nicht.»

«Wer weiß, vielleicht besitzt ja Paul in seiner Sammlung auch so ein Pulver», sagte Papa. «Wie dem auch sei, sie macht jedenfalls einen recht glücklichen Eindruck und hat dir noch nicht einmal unter die Nase gerieben, daß deine Großeltern in ihrer Kindheit sich noch mit Kartoffelsäcken zudecken mußten.»

Silvester verbrachte Onkel Paul bei uns. Er hatte sich, Tante Renata zu Ehren, sogar in einen Smoking gezwängt; aber auch sie hatte sich herausgeputzt mit einem gelben Kleid aus starrer Seide, das gut zu ihrem vollen, dunklen Haar mit dem schweren Knoten und ihrem bräunlichen Teint paßte. Onkel Paul sah sie bewundernd an und sagte, ihr Profil erinnere ihn an Feuerbachs Iphigenie.

Zum Abendessen gab es den traditionellen Karpfen und später Glühwein und Berliner Pfannkuchen. Einen davon hatte Mamsell scherzhaft mit Mostrich gefüllt, in den – wie konnte es anders sein – ausgerechnet Tante Renata biß.

Wir ließen das geschmolzene Blei ins Wasser zischen, und Onkel Paul erzählte wieder einmal die Geschichte von den zwei Witwen, die sich am Grabe ihres geschiedenen Mannes so zankten, daß die letzte Ehefrau ihn nachts heimlich wieder ausgraben und an einem unbekannten Ort bestatten ließ. Dabei sah er die ganze Zeit unsere Tante verliebt an. Als er aus dem Zimmer ging, folgte ich ihm, weil ich mir ein Taschentuch holen wollte. Dabei sah ich, wie er vor Tante Renatas Zimmer stehenblieb und etwas Weißes unter der Tür durchschob. Aufgeregt wisperte ich Jutta und Flunki nach meiner Rückkehr diese Neuigkeit zu. Unter einem Vorwand gingen wir alle drei nach draußen.

«Eine Unruhe ist das wieder hier», sagte Papa und steckte unmutig seinen Zeigefinger, auf den er sich etwas Blei gegossen hatte, zur Kühlung in den Mund.

Wir schlichen in das Gastzimmer. Flunki hob den Brief auf, öffnete ihn sehr geschickt, las ihn, steckte ihn zurück und verschloß den unbeschädigten Umschlag.

«Was steht denn drin?» fragte Jutta.

Flunki griente: «Ich liebe Dich, Gott helfe mir.»

Die Ferien waren zu Ende. Flunki mußte nach Berlin zurück. Der Dienerjunge und ich brachten ihn mit dem Ponygespann zum Bahnhof.

Wir waren noch nicht aus dem Schloßtor hinaus, da hörte ich Jutta etwas Unverständliches hinter uns herrufen. «Hast du was vergessen?» fragte ich Flunki.

Statt einer Antwort ergriff er die Peitsche und zog den beiden überraschten Ponys kräftig eins über, so daß sie zu galoppieren anfingen. Der Dienerjunge sagte, das würde er aber dem Herrn Grafen erzählen, was der junge Herr mit den Ponys gemacht hätte. Wir preschten durchs Dorf, die Chaussee entlang bis zum Bahnhof. Es war wirklich höchste Zeit gewesen, denn die Lokomotive stand bereits unter Dampf.

«Immer auf den letzten Drücker, die Herrschaften.» Der Schaffner schlug ungehalten die Abteiltür hinter Flunki zu.

Zu Hause hatte Jutta gerade einen ihrer Ausbrüche. Sämtliche Kinderbücher lagen im Kinderzimmer auf der Erde. Meine Schwester saß im Schaukelstuhl und musterte mich wütend.

«Was ist denn los?» fragte ich erschrocken.

Sie reichte mir schweigend «Heimatlos». Auf den ersten Blick konnte ich nichts feststellen, aber dann verstand ich ihren Zorn: Jede Seite klebte fest auf der nächsten. Unmöglich, sie voneinander zu trennen. Flunki hatte ganze Arbeit geleistet.

7

Auch Tante Renata verließ uns. Der Weihnachtsbaum wurde abgeschmückt und der Tisch im Eßzimmer auf die normale Länge zusammengeschoben. Für Jutta und mich hatte wieder der Hausunterricht bei Pastor Merkel begonnen. Das Wetter war umgeschlagen. Es fing an zu tauen, und so herrschte der übliche Matsch, der wenig zum Draußensein verlockte. Großmama begann sich zu langweilen und versuchte Mama zu überreden, mit ihr nach Berlin zu fahren. Ich sollte mit.

«Feli muß unbedingt zum Arzt. Fräulein Mahlfuß sagt, sie schnarcht nachts wie ein betrunkener Kutscher. Wahrscheinlich Polypen oder entzündete Mandeln.» Für ihre geliebte Enkeltochter kam natürlich nur eine Kapazität in Frage wie Professor Birkner in Berlin, zu dem auch die Hofdamen gingen.

Mama war unentschlossen. «Du weißt, ich lasse Albi nicht gerne allein. Dann hat er nicht so seine Gemütlichkeit, die er braucht.»

Papa tat ihr denn auch gleich den Gefallen und spielte den Vernachlässigten. «Die Jahre wie die Wolken geh'n und lassen mich hier einsam steh'n», zitierte er schwermütig

Eichendorff, nicht ohne Jutta dabei verschwörerisch zuzublinzeln.

«Prima», rief Jutta unbedacht. «Wenn ihr weg seid, kann ich länger aufbleiben!»

«Damit ihr bis Mitternacht ‹Tod und Leben› spielt oder Zankpatiencen legt!» Mama war ganz besorgte Mutter. «Oder Papa vergißt dich wieder irgendwo.»

«Ständig fängst du davon an», sagte er beleidigt. «Das ist nun gut und gerne zwanzig Jahre her.»

«Neun, lieber Albi, neun!» Bei dem Gedanken daran saß Mama der Schreck noch heute in den Knochen.

Zuerst war Papa sehr enttäuscht über Jutta gewesen – das erste Kind eine Tochter! Ausgerechnet ihm mußte so etwas passieren. Mama grämte sich schrecklich darüber, und Tante Renata sagte zu ihr: «Was hast du anderes erwartet?» Aber als Jutta dann auf ihn zugekrochen kam, um sich an seinem Hosenbein hochzuziehen, und man aus ihren Lauten – die, wie Onkel Peter behauptete, dem Schrekken eines Rehs erstaunlich ähnlich klangen – mit einigem guten Willen das Wort «Papa» heraushörte, konnte er sich gar nicht mehr von ihr trennen und schleppte sie überallhin mit.

Er setzte sie eines Tages sogar vor sich in den Sattel und ritt mit ihr in den Wald, wo er Onkel Peter begegnete, ebenfalls zu Pferde. Auf einer kleinen Lichtung stiegen sie ab, sahen sich die jungen Pflanzungen an und vertieften sich in ein Gespräch über Kiefernspanner und Holzschlag, während Jutta im Gras herumkrabbelte. Nach einer Weile saßen sie wieder auf und ritten, sich lebhaft unterhaltend, weiter. «Dieses Jahr», sagte Onkel Peter, «gibt es auffallend viele Füchse. Deshalb habe ich den Förster angewiesen, mehr Fallen –» Er unterbrach sich: «Wo hast du denn Jutta gelassen?»

«Mein Gott», rief Papa, «die habe ich ja ganz vergessen!»

Sie kehrten um und suchten die Lichtung nach ihr ab. Von dem Baby keine Spur. Papa wurde blaß. «Wenn sie nun in eine Fuchsfalle geraten ist!»

«Dann hätten wir sie schreien hören», tröstete ihn sein Bruder etwas ungeschickt.

«Wenn sie's noch kann.» Papa blickte düster.

Verzweifelt suchten sie weiter, bis Onkel Peter in einem Fuchsbau etwas Rotes leuchten sah, das langsam darin verschwand. Er griff hastig zu und hielt Juttas rotbestrumpftes, strammes rechtes Bein in der Hand. Er zog sie heraus, und Jutta protestierte wütend. «Ein paar Sekunden später – und wir hätten vielleicht einen weiblichen Mowgli in den Wäldern gehabt!» Unser Onkel putzte das zappelnde Baby ab.

«Der wuchs doch bei den Wölfen auf», sagte Papa tonlos und riß Jutta in seine Arme.

Papa behauptete, es wäre eine rein erfundene Geschichte, mit der Mama seit Jahren hausieren ginge. Ein Fuchsbau wäre viel zu eng, als daß ein Baby hineinkriechen könnte.

Natürlich fuhren wir erster Klasse nach Berlin. Papa nahm es kopfschüttelnd zur Kenntnis. Zweiter, nun gut. Aber erster? Großmutter Flottbach war grundsätzlich nur vierter gefahren. Sie behauptete, in der Polsterklasse bekäme man nur Läuse. Sie stieg sogar zwei Stationen früher aus, weil das Billett dann fünfzig Pfennig weniger kostete. Daß der Kutscher dafür ein paar Kilometer weiter fahren mußte, störte sie nicht.

Es war fast dunkel, als wir auf dem Schlesischen Bahnhof

ankamen. Zuerst fanden wir keinen Dienstmann; dann gab es nur noch eine Pferdedroschke zweiter Güte, deren Pferd so aussah, als sei es dem Abdecker entlaufen. Ein Automobil überholte uns mit röhrendem Hupen. Ich stieß einen Schrei aus. Der Kutscher drehte sich nach mir um und fragte mißbilligend: «Haste det öfta?»

Zum erstenmal mußte ich erleben, daß Großmamas funkelnder Glanz in dem von ihr ausgesuchten vornehmen Hotel wenig Eindruck machte. Empfangschef, Portier, Pagen und Zimmermädchen behandelten uns mit höflicher Herablassung und gaben uns so zu verstehen, daß wir gegen die hochgestellten Persönlichkeiten, die sonst hier abzusteigen pflegten, nur bescheidene Leute waren. Mama wirkte fast beklommen, bedankte sich überströmend, wo es nichts zu danken gab, und hinderte Großmama daran, sich über einen flegelhaften Hausknecht zu beschweren, der mißgelaunt unser Gepäck ins Zimmer brachte und ihr anschließend Trinkgeld heischend seine offene Hand unter die Nase hielt.

«Vielleicht wären wir doch besser im Stammhotel der Flottbachs abgestiegen», meinte Mama. «Da kennt man uns wenigstens.»

«Ich will aber keinen frommen Spruch über dem Bett oder eine Bibel auf dem Nachttisch und die Tassen vom Frühstücksgeschirr so dick wie Gurkentöpfe!» sagte Großmama störrisch.

Gleich am nächsten Tag suchten wir die Kapazität auf. Der Professor murmelte etwas von einem zu engen Kiefer und Degenerationserscheinungen, was Mama sehr mißfiel. Anschließend schleppten sie mich von Geschäft zu Geschäft, bis mir ganz schwindlig wurde und ich wie Kusine Irene fast in Ohnmacht gefallen wäre.

Mittags waren wir «auf einen Teller Suppe» zu Wagners gebeten. «Ich fürchte», meinte Großmama, «daß Anna diese Redensart wörtlich nimmt. Wäre es nicht besser, vorher eine Kleinigkeit zu essen?»

Mama war das peinlich. Womöglich hatte die trutzige Anna doch Umstände gemacht. Immerhin war Flunki drei Wochen bei uns gewesen. Und wie sähe es dann aus, wenn wir keinen Appetit mehr hätten.

Wagners wohnten im Norden der Stadt in der zweiten Etage eines Mietshauses. «Eine richtige Armeleutegegend», bemerkte Großmama und drückte auf die Klingel.

«Denk an unsere Vorfahren», ermahnte Mama sie.

Wir traten in eine große, düstere Wohnung ein mit einem langen, dunklen Korridor, der sich wie ein Regenwurm schlängelte und auf einem kleinen Balkon zum Hinterhof endete.

Die Wagnerbrut empfing uns mit lautem Gebrüll. Sie spielten gerade «Lederstrumpf». Die hinkende Lissy mußte sie erst wegjagen, damit wir uns verständlich machen konnten. Das Mittagessen gab es im «Berliner Zimmer». Der Raum war ausschließlich mit Tante Annas Malkünsten geschmückt. Bunte Vögelchen flatterten auf dem Wandschirm vor dem Ofen, und auf den Wänden blühten Wiesenblumen in Öl und schäumten Gebirgsbäche. Es gab tatsächlich nur einen Teller Suppe. Sie bestand aus Bohnen und Rauchfleisch, das einem zwischen den Zähnen steckenblieb.

Das Wiedersehen mit Flunki enttäuschte mich. Er wirkte gehemmt und wagte es in Gegenwart seiner Eltern kaum, den Mund aufzumachen.

Trotz seines germanischen Namens und einer imposanten Figur hatte Flunkis Vater mit seinem faserigen Bart, dem gelblichen Teint und den leicht geschlitzten Augen eher etwas Chinesisches an sich. Trutz Wagner schien uns mit einer Schulklasse zu verwechseln. Er richtete bei jeder Frage den Zeigefinger auf uns und runzelte die Stirn, wenn die Antwort nicht nach seinem Geschmack ausfiel.

«Nun», sagte er – mampf, mampf – auf seinem Fleisch herumkauend, «wie sieht denn euer Programm für die Reichshauptstadt aus? Schon im Pergamonmuseum gewesen oder im Zeughaus?»

«Wir mußten mit Feli zum Ohrenarzt», erklärte Großmama.

«Und das hat den ganzen Vormittag gedauert?»

Mama sah schuldbewußt auf ihren Teller. «Wir waren noch bei Gerson.» Gerson war eines der teuersten Modehäuser. Seine Modelle waren bei Großmama überaus beliebt.

Trutz Wagner nahm es kopfschüttelnd zur Kenntnis. «Aber ins Theater werdet ihr doch wenigstens gehen. Die ‹Weber› von Hauptmann kann ich euch sehr empfehlen.»

«Wir haben uns Karten für den ‹Zigeunerbaron› vom Portier besorgen lassen», sagte Großmama.

«Der ‹Zigeunerbaron› – so, so. Anna und ich bevorzugen da mehr die Oper und die herrlichen Musikdramen von Richard Wagner. Nicht wahr, Anna?»

«Ja, ja», sagte die Trutzige und nahm Mama ins Visier. «Könnte denn Flunki in den großen Ferien wieder bei euch sein? Und eventuell unsere Maria mitbringen?»

Mama versuchte auszuweichen. «Ich muß es erst mit Albi besprechen, obwohl uns der Junge natürlich immer willkommen ist. Du weißt ja, wie Männer sind. Sie wollen gefragt sein.»

Flunki machte ein mürrisches Gesicht. Er litt sichtlich darunter, daß man ihn wie saures Bier anbot.

«Ich frage Trutz nie», sagte Anna gleichmütig und hob mit einer königlichen Geste ihrer vollen weißen Arme die Tafel auf. Ich verschlang diese Tante, von der ich so viele interessante Geschichten gehört hatte, mit meinen Blicken.

Im Hotel schickten sie mich mit den Hühnern ins Bett. «Dafür darfst du morgen ins Kino. Tante Anna und Flunki holen dich ab», versprach mir Mama. «Deine Großmutter und ich müssen noch einen Besuch machen.»

Am anderen Tag ließen sie mich in einem dieser plüschigen Sessel in der Hotelhalle zurück, wo ich auf Wagners warten sollte. Die fremde Umgebung verwirrte mich. An meinen Zöpfen kauend, beobachtete ich die hin und her laufenden Menschen. Sie drängten sich vor den Fahrstühlen, gingen die breite Treppe zu den oberen Stockwerken hinauf und hinunter, begrüßten sich überschwenglich oder riefen nach den Pagen. Die prunkvolle Hotelhalle kam mir wie ein Märchen vor. Riesige Palmen in Kübeln bedrohten mich mit ihren fleischigen Wedeln, und aus einem großen Aquarium glotzten mich befremdlich platte Fische an, wie ich sie noch nie gesehen hatte, und machten dabei ihr Maul auf und zu, als sprächen sie über mich.

Endlich kam Flunki in die Halle geschlendert. Allein. Er sah sich suchend um und steuerte dann, ganz der alte kesse Flunki, großspurig auf mich zu. Erleichtert sprang ich auf. «Da bist du ja endlich! Wo ist denn deine Mutter?»

«Sie hatte keine Lust.»

«Du durftest ganz allein herfahren, und wir dürfen auch allein ins Kino gehen?» fragte ich etwas ungläubig.

«Na klar. Wieviel können wir denn verprassen?»

Ich zeigte ihm die zwei Mark von Großmutter. Er steckte sie sofort in seine Hosentasche. «Sonst werden sie dir noch geklaut, du Däumling.»

Ehe wir loszogen, wollte Flunki sich noch ein bißchen in dem Hotel umsehen. Wir strichen an der Rezeption vorbei und betrachteten unsere Zähne in den großen Wandspiegeln. Wir fuhren mit dem Fahrstuhl bis zum obersten Stock und wieder hinunter und wirbelten endlich durch die Tür nach draußen, wo Flunki sich kopfschüttelnd meine rote Baskenmütze betrachtete. «Du siehst aus wie von der Feuerwehr!»

Der Film hieß «Madame Fettig» und zeigte eine ungeheuer dicke Dame, die beim Staubwischen ganze Wände eindrückte. Es war der erste Film meines Lebens, und ich war so beeindruckt, daß ich ihn unbedingt noch einmal sehen wollte. Aber Flunki zerrte mich nach draußen.

«Schade ums Geld», sagte er abschätzig. «Da habe ich schon Besseres gesehen.»

«Was machen wir jetzt?» fragte ich.

«Weißt du was? Wir gehen ins Kaufhaus.»

Im leichten Schneetreiben trabten wir eine endlose Straße entlang, an Baugruben und halbfertigen Häusern vorbei. Dabei gab es, wie Georg richtig bemerkt hatte, wirklich schon eine ganze Menge davon. Vor dem Kaufhaus stand ein Mann und paßte auf, daß kein Kind ohne Begleitung eines Erwachsenen hereinkam. Doch für den gewitzten Flunki war das kein Hinderungsgrund. Er pirschte sich an eine ältere Dame mit großem Hut und weitem Cape heran und machte einen tiefen Bückling. Sie lachte: «Na, Kleener, ick weeß schon, wat de willst, auch wenn ick keen Hellseher bin. Na, denn kommt mal mit.»

Das Kaufhaus kam mir vor wie eine riesige Scheune, vollgestopft mit den köstlichsten Dingen. Staunend durchliefen wir die Abteilungen. Am aufregendsten war die Spielzeugabteilung. Sie wirkte auf mich wie der Weihnachtstisch eines Riesen. Teddybären, Puppen, Bauklötze, Eisenbahnen, Gesellschaftsspiele, Stabilbaukästen, Brummkreisel und noch vieles andere.

«Guck mal, Flunki!» rief ich und deutete auf ein riesiges Schaukelpferd. «Das ist ja fast so groß wie unser Pony Max.» Ich bekam keine Antwort. Ich drehte mich um, aber ich konnte Flunki nirgends entdecken. Ich suchte ihn überall. Vergebens. Um mich herum drängte und schob es sich. Puppen jammerten, Kreisel brummten, jemand spielte auf einer Mundharmonika «Im tiefen Böhmerwald, wo meine Wiege stand...» Mir wurde schwach. Ich fühlte mich verloren wie Hänsel und Gretel. Wie sollte ich ohne Flunki je wieder ins Hotel zurückfinden. «Mama!» heulte ich. «Mama!»

Eine Hand griff nach mir. «Wo willst du denn hin?» Flunki hielt mich fest.

«Du bist ja so gemein. Oh, was bist du bloß gemein!» schrie ich so laut, daß die Verkäuferinnen sich nach mir umdrehten.

«Rache ist Blutwurst», sagte Flunki. «Was du nicht willst, das man dir tu... Denk an den Keller.»

«Ich will nach Haus!» heulte ich.

Sein eben noch boshaftes Gesicht wurde sanft. «Nu mach dir mal nicht gleich ins Hemd!» Er faßte tröstend nach meiner Hand. «Ich zeig dir jetzt noch etwas ganz Tolles! Du wirst sehen.»

«Was denn?» fragte ich, schon halb getröstet.

«Das Panoptikum. Da gibt es fabelhafte Sachen: Kaiser und Könige in Wachs. Sogar einen sterbenden Neger.»

Er bugsierte mich in eine «Elektrische». Nachdem wir ausgestiegen waren, liefen wir wieder ein ganzes Stück. Allmählich fingen meine Füße an, mir weh zu tun. Ich hatte genug von der Stadt. Kaum Bäume, keine Wiesen und Felder – nur Häuser, Häuser, Häuser. Plötzlich blieb Flunki stehen, sah sich unschlüssig um und murmelte: «Verdammt! Wo sind wir hier bloß?»

Neben einer Litfaßsäule stand eine recht aufgedonnerte Dame in einem roten, wie eine Husarenuniform mit Schnüren versehenen Kostüm und einem Federhut. Sie schnippte mit den Fingern nach uns.

«Na, ihr beeden, wo wollt ihr denn hin?»

Wir blieben stehen. «Bist du vom Zirkus?» fragte ich.

Sie lachte blechern und schenkte uns jedem ein Sahnebonbon. Flunki blieb zurückhaltend, aber aus mir quetschte sie im Handumdrehen alles heraus: wie ich hieß, wer meine Eltern waren, in welchem Hotel wir wohnten. Sie nahm uns mit in ihre Wohnung, weil ich schon unruhig von einem Bein aufs andere trat. In dem Zimmer war alles rosa. Sogar die Türen. Aus dem Nebenzimmer kam ein dicker Mann herein und schnaufte: «Was soll denn der Blödsinn, Elli? Die Kinder mit raufzubringen!»

«Zieh bloß Leine, Mensch», sagte die schöne Dame unwirsch und bot uns Konfekt aus einem beleibten Glashasen an. Wir durften davon essen, soviel wir wollten, was wir uns nicht zweimal sagen ließen, denn Schokolade bekamen wir nur an hohen Feiertagen oder zum Geburtstag. Doch nach einer Weile drängte unsere neue Freundin energisch zum Aufbruch. «Es wird ja schon dunkel draußen.»

«Ich wollte doch für meine Schwester noch was besorgen», jammerte ich. «Aber Flunki gibt mir mein Geld nicht zurück!»

«So, so», sagte der dicke Mann und sah ihn so finster an, daß Flunki schnell in die Tasche griff und mir den Rest des Geldes in die Hand drückte.

«Es ist schon viel zu spät, um noch etwas zu kaufen», sagte unsere neue Freundin. «Ich bringe euch jetzt schleunigst ins Hotel zurück.» Ich heulte. Teils, weil ich inzwischen todmüde war, aber auch, weil ich ahnte, was mich erwartete. «Na, na, ich will mal sehen, ob ich nicht was für dich habe.» Sie kramte in einer Schublade herum und holte ein Kästchen hervor. Als ich den Deckel abnahm, schnellte mir ein streichholzlanges, nacktes Püppchen entgegen. Wie oft ich auch versuchte, es in die Schachtel zurückzulegen, es gelang mir nicht.

«Da ist ein Magnet drin», erklärte Flunki. «Der hält das Püppchen fest.» Er zeigte mir einen kleinen Riegel, den man zurückschieben mußte, um den Magneten außer Kraft zu setzen.

«Das ist eine eiserne Jungfrau», sagte der dicke Mann lachend. So etwas Schönes hatte ich noch nie gesehen.

Elli nahm sich unseretwegen sogar eine Droschke und setzte uns vor dem Hoteleingang ab.

«Komm doch mit rein», bat ich. «Mama freut sich bestimmt!»

«Da bin ich nicht so sicher.» Sie blieb in der Droschke sitzen, winkte uns noch einmal zu und fuhr davon.

Flunki und ich standen zögernd vor der Drehtür. «Was sagen wir jetzt bloß?»

«Humpel mal ordentlich», sagte schließlich der einfallsreiche Flunki. «Dann denken sie, du hast dir den Knöchel verstaucht und deshalb kommen wir so spät. Für die Straßenbahn reichte eben das Geld nicht mehr.»

Mama erwartete uns ganz aufgelöst und murmelte zu Großmama hin: «Wirklich unglaublich von Anna, die Kinder in diesem Alter einfach allein loszuschicken! Was hat sie sich bloß dabei gedacht!» Sie nahm Flunki tatsächlich den verstauchten Knöchel ab und schickte ihn mit einer Droschke nach Hause. Sie untersuchte meinen Fuß und war sehr beruhigt, daß bei ihrem Glückskind nichts gebrochen war.

Jutta freute sich sehr über mein Geschenk. Es war fast so großartig wie ihre Puppe Hans. Aber am meisten Interesse erweckte es bei Erwin und Papa. «Die eiserne Jungfrau, erstaunlich! Wo hast du nur so etwas aufgetrieben?»

«Bei Wertheim!» Flunkis Art, mit der Wahrheit umzugehen, hatte bereits auf mich abgefärbt.

8

Der Juni ist immer Mamas Lieblingsmonat gewesen. Im Juni hatte sie Papa kennengelernt. «Und dann schenktest du mir diesen entzückenden Hund, Albi, weißt du noch?» Im Juni war ihr Hochzeitstag, und in einem Juni kam ich, das Glückskind, zur Welt.

Für mich birgt diese Jahreszeit eher schmerzliche Erinnerungen. Doch vor mehr als dreißig Jahren begann dieser Monat auch für mich verheißungsvoll.

Pastor Merkel wurde krank. Der Unterricht fiel aus. Jubelnd rannten Jutta und ich durchs Haus und taten, als wären wir von einem Fluch erlöst. Dabei hatten wir weiß Gott bei ihm nichts auszustehen. Er war freundlich, sanft und niemals ungeduldig, obwohl es bei mir mit dem Rechnen haperte. Und gerade darauf hatte ich mir eine Menge eingebildet. Bimste mir doch die Nana schon früh das Einmaleins in Versen ein, und mit vier Jahren leierte ich herunter: «Ein mal eins ist eins – ich bin der Gott des Weins. Zwei mal zwei ist vier – im Zorne brüllt der Stier. Zwei mal drei ist sechs – zum Blocksberg fährt die Hex'. Zwei mal vier ist acht – der Storch hat's Kind gebracht. Drei mal vier ist zwölf – im Mondschein tanzt die Elf'.»

Papa hätte uns lieber in die Dorfschule geschickt. «Lehrer Lange würde euch Mores lehren!» Unser Dorflehrer war ein Choleriker und ging mit dem Stock nicht gerade zimperlich um. Mit ein Grund, weshalb Mama strikt dagegen war.

«Das ist doch nicht dein Ernst, Albi! Da ist Pastor Merkel aber ein viel besserer Pädagoge, und er hat unsere beiden Mädchen wirklich ins Herz geschlossen. Außerdem ...»

Papa winkte ab: «Ich weiß, ich weiß!»

Pastor Merkels Gehalt war bescheiden. Bei den unteren Chargen der Christenheit hielt es die Kirche mehr mit Gottes Lohn, und so stießen denn auch seine Klagen auf taube Ohren. Waren dieses wunderschöne alte Pfarrhaus – kalt und modrig, mit Schimmel an den Wänden – und der große Garten – ein wüstes Stück Land, an dessen Unkraut sich Frau Merkel den Rücken krumm zog – vielleicht nichts? Abgesehen natürlich von den Naturalien, die ihm doch von der Gemeinde zustanden! Aber von einer mageren Gans des Bürgermeisters oder einer ausgedienten Glucke konnte Pastor Merkel das Studium seiner Söhne wohl kaum bestreiten.

«Ich weiß, ich weiß», wiederholte Papa. «Trotzdem hätte ich nichts dagegen, wenn er gelegentlich einen klitzekleinen Tatzenstock bei unseren Mädchen benutzen würde!»

Nicht nur für uns hatten die Sommerferien vorzeitig begonnen. Zu meiner Freude kam auch Flunki bald darauf angereist. Seine Schule war wegen eines Scharlachfalls geschlossen worden. Selbstverständlich brachte er das zweijährige Mariechen mit, das, mit vollgemachter Hose leicht vor sich hinmiefend, Papa anstrahlte. «Dich armes Kind hat man nun auch schon ‹auf Kammer› abgegeben.» Papa rümpfte die Nase und rief dringend nach der Nana.

Für Mama war es wie üblich die schönste Jahreszeit, die sie je erlebt hatte, und die schönste Hochzeit dazu – bis auf ihre eigene, natürlich. Denn Onkel Paul und Tante Renata schlossen den Bund fürs Leben, wie Tante Agnes in ihren Briefen jedermann mitteilte. Die Hochzeit sollte bei Onkel Paul stattfinden und die Trauung in unserer Dorfkirche, wo alle Flottbachs getauft und konfirmiert worden waren.

«Das ist sozusagen Familientradition», war Onkel Pauls Begründung gewesen. Aber in Wahrheit fand er die Bonbonniere gräßlich ungemütlich und nannte sie heimlich stillos.

Großmama war zuerst darüber sehr verstimmt. «So weit ist doch die Reise zu mir wirklich nicht. Und unsere Kirche ist auch sehr hübsch.»

«Wie recht du hast», stimmte Papa ihr zu. «Paul ist eben schon zu lange Junggeselle und hat so seine Marotten. Aber du darfst ihn jetzt nicht im Stich lassen. Du bist doch die einzige, die so eine Hochzeit organisieren kann, ohne dich wäre er völlig aufgeschmissen.»

«Wenn du meinst», sagte Großmama besänftigt. «Dann will ich mal über meinen Schatten springen. Er ist ja sonst ein lieber Kerl.»

Tante Käthe war kaum noch ansprechbar, weil sie für die vielen Hausgäste, die bei uns untergebracht werden sollten, Berge von kleinen Kuchen backte und es sie furchtbar nervös machte, daß wir dauernd um sie herumwuselten, um irgend etwas ab- oder auszulecken.

Tante Renata, die sonst der freien Liebe das Wort redete, legte plötzlich großen Wert auf Myrtenkranz und Schleier und hatte nichts dagegen, daß Großmama ihr das teuerste Modell eines Brautkleides von Gerson bestellte.

Die Kurschen, eine hochgeachtete Persönlichkeit aus dem Armenhaus, war für die Hochzeitssuppe zuständig. Sie verschwand dafür einen Tag im Wald, um nach geheimnisvollen, seltenen Kräutern zu suchen, die der Suppe erst die richtige Würze geben sollten. Sie konnte Warzen und Gürtelrose besprechen und hatte bereits Onkel Pauls chronische Mandelentzündung in der Kindheit kuriert, indem sie seinen Hals mit Speck umwickelte. Auch erzählte man sich, daß sie gegen ein geringes Entgelt in ihrem dicken Federbett Eier ausbrütete, wenn es an Glucken fehlte. Sie selbst schwieg sich darüber aus, wie sie überhaupt wenig redete und ihre Umgebung mehr durch feierliche Gesten beeindruckte.

Das Brautpaar hatte in der Nachbarschaft Besuch gemacht, und man war sich einig, daß Tante Renata ihren zukünftigen Ehemann ein bißchen wie ihre Brille behandelte: Sie führte das Gespräch über ihn hinweg und vergaß ihn völlig, wenn sie der verdutzten Familie mal wieder einen Vortrag hielt über die enorme Wichtigkeit der Frauenbewegung. Wenn sie dann plötzlich bemerkte, daß Onkel Paul das Zimmer verlassen hatte, fragte sie aufgeregt herum: «Kann mir vielleicht einer sagen, wo Paul geblieben ist?»

Tante Renata arrangierte sich mit Schnuffi, den sie früher als «Mistköter» bezeichnet hatte, und nannte ihn einen treuen, kleinen Kerl. Aber Schnuffi war ein nachtragender Charakter. Er verzieh es ihr nicht, daß ihm nun verboten war, auf dem Biedermeiersofa zu liegen, und hob deshalb mit Vorliebe sein Bein am Sockel der kleinen Gipsbüste des von ihr verehrten Politikers August Bebel. Sie stand etwas verloren im Park zwischen zwei nackten Göttinnen und war ein Geschenk Onkel Pauls an seine zukünftige Frau.

Als das Menü durchgesprochen wurde, warf die Braut ihre

Prinzipien über Bord und erwähnte bei Großmamas vorgeschlagenen Lampreten den Steckrübenfraß unserer armen Urgroßeltern mit keinem Wort. Auch duldete sie ohne Widerspruch, daß Großmama sie zur Hochzeit mit einem «Klunker» schmücken wollte, wie sie das kostbare Diadem wahrscheinlich sonst bezeichnet hätte.

Während des Hochzeitsessens sprach Trutz Wagner auf Papa ein, anstatt sich um seine Tischdame zu kümmern, und beschwerte sich über die Arroganz seines fürstlichen Schwiegervaters. «Als Adam grub und Eva spann, wo blieb denn da der Edelmann?» rief er wild in die Gegend, so daß ihn die anderen Gäste erschrocken ansahen. Auch beklagte er sich bitter über die Ungerechtigkeit der Geburt. Worauf Papa versuchte, ihn mit Krupp zu trösten, der mal gesagt hätte: «Die Aula meiner Universität war die Schmelzhütte und mein Katheder der Amboß.»

Seit einigen Wochen waren die Bettler wiederaufgetaucht. Schnorrer-Karlchen, stark nach Ziegenbock riechend, aber voller Würde, hatte das Pech gehabt, gerade den Wochentag mit den Béchamelkartoffeln zu erwischen. Er sah lange auf seinen Teller und sprach: «Hoffen und Harren macht manchen zum Narren!» Auch die Bumsters, eine vier Mann starke Blaskapelle, kamen wieder. Ihr Spiel ließ die Hunde aufheulen und die Schweine in den Ställen aufquieken. Natürlich fehlte auch nicht ein blinder Leierkastenmann. Wie jedes Jahr mußte er auf Wunsch von Tante Käthe «La Paloma» spielen, und sie erklärte uns zum wiederholten Male mit erstickter Stimme, das sei das Lieblingslied des Kaisers von Mexiko gewesen und sein letzter Wunsch, bevor man ihn erschoß.

Die Sommergäste fielen ein. Überall stolperte man über Onkel und Tanten, junge und alte, und jeder hatte seine Eigenheiten, mit denen er das Personal in Trab hielt. Vorhänge schlossen nicht dicht genug, Fliegengitter mußten angebracht oder Matratzen ausgetauscht werden. Im Grunde waren Gäste beim Personal jedoch sehr willkommen. Die Trinkgelder flossen reichlich, und es gab interessanten Klatsch, den man beim Servieren, Zimmeraufräumen und Staubwischen aufschnappte, um später damit bei den Hofeleuten anzugeben. Die hatten ja keine Ahnung, was sich in der großen Welt so tat, wo man anscheinend, wenn man das gnädige Fräulein richtig verstand, zur Hochzeit die Juwelen gleich sackweise bekam. So jedenfalls sollte es ihr eine Hofdame erzählt haben, die im Mai an den Feierlichkeiten zur Vermählung der einzigen Tochter des Kaisers mit dem Herzog von Braunschweig teilgenommen hatte.

Papa hatte sich ein neues Reitpferd gekauft und sah mit uns zu, wie der Reitknecht das aufgeregte Tier auf dem kleinen Abreitplatz neben dem Obstgarten zu bändigen versuchte. Am Vormittag hatte er uns mit einer seiner kleinen Herzattacken geängstigt und uns mit matter Stimme durch die Gegend gehetzt. «Ein kalter Umschlag aufs Herz wäre jetzt gut für mich. Wasser wird's ja wohl in diesem Haus noch geben!» Aber dann erklärte er uns plötzlich, nun ginge es ihm viel besser und er wolle etwas an die frische Luft.

Trotz der Anweisungen, die Papa dem Reitknecht zurief, fiel dieser zweimal herunter. Papa reckte sich und rief: «So geht das nicht!» Er begab sich in die Bahn und schwang sich selbst in den Sattel. Aufgeregt hingen wir über dem Zaun. «Laß es, Papa, denk an dein Herz!» Zusammengekrümmt wie der Alte Fritz saß er auf dem Gaul und ließ das Pferd so lange durch die Bahn traben und galoppieren, bis es schweißbedeckt und zittrig wie eine alte Mähre auf dem Weg zum Abdecken dahintrottete. Elastisch sprang er dann aus dem Sattel. «Na, also!» Federnd eilte er von dannen; sprachlos sahen wir ihm nach. Er mußte unsere entgeisterten Blicke im Rücken gespürt und sich erinnert haben, was er noch vor kurzer Zeit für ein Theater gemacht hatte. Denn plötzlich fiel er in sich zusammen, faßte sich ans Herz und sprach wie zu sich selbst, aber laut genug, daß wir es hören konnten: «Ich habe mich wohl doch etwas übernommen!»

Wir feierten meinen neunten Geburtstag mit allem Drum und Dran: mit Sackhüpfen und Topfschlagen, mit der Reise nach Jerusalem und Pfänderspielen. «Was soll der tun, dessen Pfand ich hab in meiner Hand? Herr Richter, was spricht er?» Wir spielten «kalte Küche» und mußten mit verbundenen Augen raten, was man uns in die Hand legte. Ich bekam etwas Weiches, Flauschiges, aus dem ich partout nicht schlau werden konnte. Als ich mir schließlich die Binde von den Augen riß, sah ich, daß es der prinzliche Zwerg war. Entzückt gab ich Flunki einen Kuß, den er voller Ekel abwischte. «Bist du verrückt?» Kurz darauf brach ich in Tränen aus, weil er mir das Mittelstück der Geburtstagstorte mit dem meisten Zuckerguß, das traditionsgemäß dem Geburtstagskind zustand, weggeschnappt hatte.

Georg ging wichtigtuerisch durchs Haus und verkündete uns: «Wenn ich hier mal der Erbe bin, mach ich alles anders.»

«Wieso du?» fragte Jutta.

«Weil du nur ein Mädchen bist!»

Jutta knallte ihm eine. «Da hast du dein Erbe!»

Bernhard gab sich kaum noch mit uns ab. Er nannte uns jetzt «Gemüse». «Na, ihr kleines Gemüse?» Er hielt sich mehr bei den Erwachsenen auf und hatte, argwöhnisch von Tante Agnes dabei beobachtet, plötzlich nur noch Augen für unsere Mademoiselle.

Die Heuernte begann. Wir brachten den Hofeleuten mit Max und Moritz, dem Ponygespann, Kuchen und Kaffee aufs Feld. Wir warfen uns in das zusammengeharkte Heu, und sie stachen lachend mit den Heugabeln nach uns. «Haut bloß ab, ihr kriwatschligen Kröten!» Manchmal durften wir auch die Wagen von einem Heuhaufen zum anderen fahren und die Jungens auf der Hungerharke sitzen. Wir stocherten die Hornissen im Eiskeller in Wut, und einer der Knechte, genannt Spuk-Schulze – niemand wußte, warum –, wurde prompt von einer gestochen. Flunki wollte sich kaputtlachen über den wilden Sprung, den er vollführte. Spuk-Schulze rächte sich auf seine Weise. Er schlief in einer Kammer über der Brennerei, und als Flunki ahnungslos unter seinem Fenster stand, begoß er ihn mit seinem Nachttopf.

An heißen Tagen liefen wir quer über die Wiesen zu einem flachen See, unter dem Kleid schon den Badeanzug. Der See war stark verschilft, aber das Wasser ging einem zu Mamas Beruhigung überall nur bis zur Taille. Wir lieferten uns wilde Spritzschlachten mit den Dorfkindern und sahen zu, wie die Knechte nach der Arbeit die Pferde zur Kühlung hineinritten und erst sie und dann sich gründlich wuschen.

Im Park spielten wir unter Flunkis Anführung einzelne Szenen aus unseren Lieblingsbüchern wie «Heimatlos» und «Robert, der Schiffsjunge». Es machte uns keine Mühe, uns von einem armen Waisenjungen in einen Piraten zu verwandeln. Zuerst war uns Mariechen lästig gewesen, aber bald mochten wir sie bei unseren Spielen nicht mehr entbehren. Sie war eine ebenso gute Sklavin wie Göttin, der wir feierlich unsere Opfer brachten. Sie wurde geliebkost, gefesselt, angeschrien, davongejagt, und wenn es das Spiel erforderte, auch auf den Kopf gestellt oder in einen Sack gesteckt. Aber Mariechen war hart im Nehmen. Sie quietschte vor Vergnügen, was immer wir mit ihr anstellten, ein dickes, freundliches, unverwüstliches Kind, das nicht einmal weinte, als es einen Löffel Mostrich in den Mund gesteckt bekam. Sie schluckte ihn, ohne mit der Wimper zu zucken, hinunter. Das versöhnte selbst Papa mit ihrer Anwesenheit. «Graf Richard von der Normandie erschrak in seinem Leben nie!» sagte er bewundernd.

Georg und Irene waren viel bei uns. Irene zog es allerdings meistens vor, sich bei dem schönen Otto, unserem Gärtnerjungen, aufzuhalten, der uns gern beschimpfte: «Latscht nicht dauernd über mein Geharktes!» Auch Martel fand sich hin und wieder ein; statt eines Hemdes oder Kleides trug sie eine Kittelschürze über dem Schlüpfer und neuerdings das Haar zu Schnecken aufgerollt, die sie etwas daran hinderten, unsere Gespräche zu verstehen. Sie gewöhnte sich daher an, sie wie Ohrenklappen anzuheben. Natürlich kam sie nur, wenn sie nicht gerade Gänse hüten, Brennesseln schneiden, Holz in die Küche schleppen, Unkraut jäten, das Baby windeln und ausfahren oder der Mutter beim Wäscheaufhängen helfen mußte.

An anderen Tagen wollten wir voneinander nichts wissen. Jeder ging seinen eigenen Weg. Jutta zog sich mit ihrem

Lieblingsbuch in ihre Laube zurück, einen Platz, der von hufeisenförmig geschnittenen Linden umgeben war. Ich setzte mich mit Mariechen in die hohle Kastanie, die Platz für eine ganze Schulklasse bot, und Flunki wisperte mit dem Gärtnerjungen herum, der ihn erst mal darüber aufklärte, daß man mit Mädchen auch andere Dinge tun könne als Völkerball spielen. Ich wollte wissen, was sie die ganze Zeit geredet hatten, aber er schüttelte nur den Kopf, bekam rote Ohren und sagte versonnen: «Ach du meine Fresse!»

Wir liefen barfuß durchs Haus, was wir nicht durften, kühlten unsere Fußsohlen auf den Fliesen in der Küche und ließen, wenn niemand hinsah, die Spucke auf der glühenden Herdplatte tanzen. Wenn mich in den warmen Nächten das Froschkonzert vom Teich weckte, setzte ich mich am offenen Fenster aufs Fensterbrett und rief leise nach Flunki, der sein Zimmer neben mir hatte. Es dauerte meist nicht lange, dann kauerte er ebenfalls auf seinem Fensterbrett. Wir unterhielten uns flüsternd, sahen über den Teich, auf den der Mond seine Kringel malte, und hörten geheimnisvolle Laute, die wir nicht zu deuten wußten. Die Luft war voller Gerüche, und der schwere Duft des Jasmins erinnerte mich an Großmutters Parfüm.

«Weißt du, was ich später mal werden will?» fragte Flunki plötzlich eines Nachts.

«Was denn?» Ich schlug nach einem vorbeiburrenden Nachtfalter.

«Reich, so wie ihr.»

«Wie wir? Papa sagt immer, es reicht nicht hinten und vorne!»

«Ach, du hast ja keine Ahnung», sagte Flunki herablassend, «du Däumling, du!»

«Wer's sagt, ist's selber!» wehrte ich mich etwas unsinnig, denn Flunki war für seine zehn Jahre schon recht groß. Wir schwiegen einen Augenblick und sahen den Glühwürmchen zu, die zu Hunderten durch den Park geisterten. «Weißt du was», sagte Flunki, «wir gehen zum Teich und gucken nach Gerolin. Heute ist ja Vollmond, da läßt er sich vielleicht blicken.»

Aber unser Ausflug endete schon in der Halle, wo wir der Nana begegneten.

Am nächsten Tag spielten wir wieder einmal «Robert, der Schiffsjunge». Ich saß als Ausguck im Schiffsmast, einer hohen Tanne, während Flunki mit verschränkten Armen, ganz strenger Kapitän, die Planken des Schiffs, nämlich den Kiesweg auf und ab schritt. Ich spürte den Salzgeschmack des Meeres auf der Zunge, und über mir kreischten die Möwen. Ihr Geschrei wurde lauter und lauter, verwandelte sich in das schrille Klingeln der Handglocke von Spuk-Schulze, der über den Hof ging und irgend etwas ausrief, was ich nicht verstehen konnte. Dann sah ich die Hausmaus aus dem Schloß gestürzt kommen und zu den Eltern laufen, die sich mit dem Gärtner gerade die Rabatten betrachteten. Der Wind trug ihre sich überschlagende Stimme zu mir herüber.

«Albi, es ist etwas Furchtbares passiert: Der österreichische Thronfolger ist ermordet worden!»

9

Der Krieg brach aus. Die Völker Europas waren wild entschlossen, sich gegenseitig umzubringen. Man überschlug sich vor Begeisterung. Auch wir Kinder ließen uns davon anstecken. Krieg war schließlich aufregender als Feuer, Hagel, Blitzschlag und sogar der nie aufgeklärte Mord an Sattlermeister Heinrich.

Mit Flunki radelte ich zur Kleinbahn, um den Reservisten zuzuwinken, die auf dem Weg in ihre Garnison an uns vorbeifuhren. Tante Käthe tauschte den Trauerflor, den sie zu Ehren eines verstorbenen Mitglieds der kaiserlichen Familie um den Henkel ihrer Gießkanne gebunden hatte, gegen ein fröhlich flatterndes schwarzweißrotes Band und schmückte das Kriegerdenkmal von 1870/71 auf dem Dorfplatz verschwenderisch mit Papas Lieblingsrosen. Mit ergriffener Stimme las sie uns die Thronrede vor, die S. M. im Weißen Saal des königlichen Schlosses in Berlin gehalten hatte. «Uns treibt nicht Eroberungslust, Uns beseelt der unbeugsame Wille, den Platz zu bewahren, auf den Gott Uns gestellt hat, für Uns und alle kommenden Geschlechter. An die Völker und Stämme des Deutschen Reiches ergeht Mein Ruf, mit gesamter Kraft –» Sie wurde von Erwin unterbrochen. Er öffnete die Tür zum Eßzimmer und meldete wie üblich mit seiner angenehmen Stimme: «Frau Gräfin, es ist angerichtet!»

Lehrer Lange ließ sich einen Tag im Dorfkrug nicht blikken, weil man ihn, sehr zu seinem Kummer, zum Train abgestellt hatte, und Erwin sang beim Tischdecken leise vor sich hin: «Der Train hat keine Fahne nich. Warum denn nich? Er braucht sie nich!» Er war wegen seiner Plattfüße ausgemustert worden und brach deshalb, zu unserer Verwunderung, keineswegs in Tränen aus.

Auch Papa und seine Brüder eilten zu den Fahnen. Bevor es an die Front ging, bekamen sie noch einmal Urlaub. Und wir waren sehr enttäuscht darüber, daß sie statt ihrer farbenprächtigen Uniformen jetzt schlichtes Feldgrau trugen. Zudem war ich etwas verdutzt, daß Papa mich beim Abschied innig küßte, was sonst nicht seine Art war. Als jedoch die Ackerpferde abgeholt wurden, weinten Jutta und ich mit den Kutschern.

Die Mademoiselle verließ uns, nicht ohne nachdrücklich darauf hinzuweisen, daß wir Barbaren wären und Frankreich unbesiegbar sei. Das hinderte sie aber nicht daran, im Wald sehr intensiv Abschied von Onkel Peters Inspektor zu nehmen. Flunki und ich beobachteten es zufällig und erzählten es natürlich sofort Bernhard, der erst mal Flunki eine knallte und dann meinte, was könne man schon von einer Französin anderes erwarten. Er teilte uns herablassend mit, daß er sich als Freiwilliger melden würde. Gleich morgen führe er zur Musterung in die Kaserne. «Aber du bist doch erst fünfzehn», sagte Flunki. «Die werden dir was husten.»

Flunki behielt recht. Bernhard mußte zurück in die Ritterakademie. Dafür tat er sich in den Ferien auf dem Hof wichtig. Quasi als Stellvertreter seines Vaters kommandierte er in den Ställen herum, bis ihm der Oberschweizer hinterrücks einen ordentlichen Tritt verpaßte, der ihn fast in den Stand des Bullen beförderte. Der Oberschweizer genoß bei unserem Onkel großes Ansehen, und so hielt Bernhard wohlweislich den Mund über diesen Vorfall.

Während Jutta und Irene unter Tante Agnes' Anleitung fleißig Pulswärmer und Leibbinden für unsere Frontkämpfer strickten, kommandierte mich Flunki in einer alten, auf dem Boden gefundenen Feldjacke aus dem Krieg 1870/71 herum, als sei ich ein Muschkote. Ich mußte im Park etwas Ähnliches wie einen Schützengraben ausheben, und die Nana fragte mich, woher ich die Blasen an den Händen hätte.

Im zweiten Kriegsjahr stellte sich Tante Käthe dem Roten Kreuz zur Verfügung und schenkte auf den Bahnhöfen den Verwundeten in den Lazarettzügen Tee und Kaffee ein. Eines Tages erschien sie mit einem kleinen, beleibten Männchen mit einem großen Kopfverband, das uns aus wasserblauen Augen unter buschigen Brauen gutmütig entgegenblinzelte. Während sie ihn uns vorstellte, putzte sie sorgfältig an ihm herum. Dann kam die große Überraschung: Sie hatte ihn geheiratet.

«Einfach so?» fragte Tante Agnes immer wieder.

«Einfach so», bestätigte Mama.

Nach seiner Genesung wurde er wieder an die Front geschickt und fiel bald darauf.

Auch unser Inspektor wurde eingezogen, so daß Mama notgedrungen die Zügel in die Hand nehmen mußte. Es zeigte sich, daß sie dazu durchaus in der Lage war. Ebenso wie Tante Renata und Tante Agnes. Sie tauschten gemeinsam ihre Erfahrungen aus und trafen sich hoch zu Roß im Damensattel auf den Feldern. Mama auf der temperamentvollen, von Papa inzwischen zugerittenen Fuchsstute, Tante Renata auf einem starkknochigen, riesigen Wallach und Tante Agnes auf einem kugelrunden Schimmel, auf dem sie ebenso behende durch die Gegend hopste, wie sie sonst durchs Haus lief. Mama beschäftigte sich jetzt eingehend im Arbeitszimmer unseres Vaters mit der Buchführung, wobei sie oft kopfschüttelnd murmelte: «Nein, so was!», und sie klopfte wie früher Papa sorgenvoll an das Barometer, wenn es nicht aufhören wollte zu regnen.

Als man Papa im dritten Kriegsjahr wegen einer schweren Verwundung aus der Armee entließ, kostete es ihn einige Mühe, wieder am häuslichen Firmament emporzuklettern und auf uns herabzuschauen. Er mußte akzeptieren, daß es ihm nur noch halb gelang, Mama wieder in «sein Kleines» zurückzuverwandeln. Wenn er jetzt unbekümmert zum Gewehr griff, obwohl seine Anwesenheit auf dem Hof dringend erforderlich gewesen wäre, genügte es, daß Mama leichthin sagte: «Ach, Albi, du gehst auf Jagd?», um ihn verdrossen die Büchse wieder in den Schrank zurückstellen zu lassen.

Nur Erwin, der sich gerade an der Garderobe zu schaffen machte, gab ihm mit bedauerndem Hüsteln zu verstehen, daß er ganz auf seiner Seite war. Nach Papas Rückkehr hatte der Heldenklau zwar auch nach Erwin gegriffen – auf Plattfüße konnte man nun keine Rücksicht mehr nehmen –, aber Papa mit seinen Beziehungen schaffte es, daß der Diener trotzdem freigestellt wurde. Und Erwins Dankbarkeit zeigte sich, indem er jetzt ein noch strengeres Auge als früher auf mich hatte und mich verpetzte, wenn ich wie die Dorfkinder nur im Schlüpfer baden wollte. Das schickte sich für eine zwölfjährige Comtesse nun wirklich nicht!

Lebensmittel wurden knapp, vor allem in den Städten. Deshalb kamen die Trutzis gleich zu fünft anmarschiert. Mama hatte es nicht übers Herz gebracht, Anna Wagner diese Bitte abzuschlagen.

«Da hast du wohl den Spruch an unserem Haus etwas zu wörtlich genommen», seufzte Papa.

Die Trutzis machten sich überall breit. Am liebsten in der Küche, wo Mamsell nach ihnen mit dem Handtuch wie nach Fliegen schlug. «Raus hier! Aber schnell!»

Eines der Kinder, genannt «das Bübchen», geriet im Keller tatsächlich in eine Rattenfalle. Glücklicherweise trug es feste Schnürstiefel, so daß nur vier blauschwarz angelaufene Zehen zurückblieben.

Die Nana jammerte, sie sei für diese Sorte Kinder, die jede Tasse für einen Spucknapf hielten und nachts noch ins Bett machten, allmählich zu alt. So holte man Martel zu ihrer Unterstützung. Sie wurde spielend mit ihnen fertig, denn sie war ebenso streng wie das Faktotum Lissy.

Zu Flunkis Enttäuschung gab es jetzt auch bei uns häufig «Zusammengekochtes». Hatte er zu Beginn des Krieges noch gesungen: «Zar Nikolaus, entweiche, sonst bist du eine Leiche!», murmelte er nun angewidert, auf seinem Teller mit Kohl herumstochernd: «Kraut, Kraut, Kraut, alle Tage Kraut! Hätt's dem lieben Gott nicht zugetraut, daß er soviel Kraut gebaut!»

Der Krieg dauerte lange genug, daß Bernhards Herzenswunsch noch in Erfüllung ging. Auch er wurde gemustert. Doch zu Tante Agnes' Erleichterung fand sein Heldentum bereits auf dem Kasernenhof sein Ende. Er fiel während der

Ausbildung so ungeschickt vom Pferd, daß er sich einen komplizierten Schlüsselbeinbruch zuzog.

Für Martel war die Schulzeit vorbei. Sie ging zu Tante Agnes als Küchenmädchen in Stellung. Sie war jetzt vierzehn und nahm ihre Rolle als Erwachsene sehr ernst. Wenn sie mir die Haustür öffnete und ich nach Georg und Irene fragte, sagte sie förmlich: «Die Herrschaften sind nicht anwesend.» Tante Agnes' Mamsell hielt sie ordentlich in Trab. Martel fütterte auf dem Geflügelhof Hühner und Küken, scheuerte Fußböden und Kochtöpfe, half beim Waschen der kleinen Wäsche und sorgte dafür, daß die Glut in den Öfen nicht ausging.

Eines Tages erwischte ich sie allein in der Küche. Sie war gerade dabei, den Herd zu scheuern, und ich sah ihr dabei zu. «Denkst du noch manchmal an Puppe Hans?»

Sie wischte sich mit dem nackten Unterarm über die Stirn. «An eine Puppe? Achjemerschnee.» Sie lachte. Das ärgerte mich.

«Besser 'ne Puppe als 'n Kind», sagte ich patzig.

«Sag bloß», staunte Martel, «was verstehst du denn davon?»

«'ne Menge!»

«Na, dann klär mich mal auf.» Martel lachte gutmütig. «Wo krieg ich denn das her?»

«Wenn du 'n Freund hast, und dann ...» Ja, was passierte dann? So wie bei meinen Karnickeln konnte es bei den Menschen wohl kaum zugehen. «Es passiert eben», sagte ich.

Martel schlug ein Kreuz: «Da sei Gott vor! Der Vattel wird's mir zeigen, und nicht nur mit dem Scheuerlappen. Geh mal 'n bißchen zurück, du stehst mir im Weg!»

Tante Agnes nahm es mit der Tugend ihrer Dienstboten sehr genau und paßte auf, daß Martel nach Einbruch der Dunkelheit sich nicht mehr draußen herumtrieb. Mit ihren blonden Schnecken und ihren roten Backen sah sie sehr proper aus und hatte, im Gegensatz zu Jutta, bereits einen richtigen Busen. Tante Agnes' Sorge war überflüssig. Männer waren Mangelware. Sie waren an der Front, gefallen oder verwundet.

Dafür zeigte Flunki plötzlich großes Interesse an meiner ehemaligen Dorffreundin. Er hielt sich mehr bei Tante Agnes als bei uns auf. Während Martel ihn eher von oben herab behandelte,war er mit ihr fast so artig wie mit Mama und füllte für sie die Waschkrüge in den Schlafzimmern. Sein Verhalten beschäftigte mich sehr. Und so nahm ich nur am Rande wahr, was um mich herum passierte.

Der Kaiser hatte abgedankt, die Deutschen hatten kapituliert, eine Revolution war ausgebrochen, ausgerechnet bei der kaiserlichen Marine, worüber Tante Käthe besonders fassungslos war. Sie lebte jetzt wohlsituiert in Berlin, denn ihr gefallener Hasso hatte sich als wohlhabender Mann entpuppt.

In ihrem alten Zimmer im Schloß wohnte inzwischen eine schwermütige ältere Baltin, die ihren Kummer über die verlorene Heimat durch rastloses Stricken zu mildern versuchte. Sie rippelte unsere ausrangierten Strickjacken, Pullover, Schals und Handschuhe auf und strickte sie neu. Dauernd war sie am Maßnehmen, so daß wir uns angewöhnten, automatisch die Arme zu heben, wenn sie mit dem Rückenteil eines halbfertigen Pullovers auf uns zukam.

Wenn Tante Käthe uns jetzt besuchte, war sie nicht mehr

die «arme Verwandte», sondern ein hochgeachteter Gast, der an Trinkgeldern nicht sparte und großen Wert darauf legte, von den Dienstboten mit «gnädige Frau» angesprochen zu werden. Sie mokierte sich gelegentlich über ihre Nachfolgerin, imitierte ihre rollende Sprache und bedauerte Mama: «Ist sie nicht ein wenig mühsam?»

Wie immer steckte sie auch jetzt voll aufregender Geschichten und berichtete uns aus Berlin, wo es angeblich wie in Sodom und Gomorrha zuging und man sich kaum auf die Straße traute.

In diesem Sommer kam Flunki zum letztenmal zu uns. Er war wieder einmal sitzengeblieben und wirkte sehr gedrückt. Auf Onkel Peters Empfehlung sollte er nun die gleiche Privatschule wie dieser besuchen, um auf das «Einjährige» vorbereitet zu werden. Onkel Peter gruselte uns gern mit Geschichten aus dieser Anstalt, wo sie angeblich reihenweise verprügelt und an den Haaren gezogen worden waren, die die Putzfrau hinterher büschelweise – «Ich sage euch, büschelweise!» – zusammenkehren mußte.

Flunkis Angst vor dem, was ihm bevorstand, stimmte ihn mir gegenüber sanft und nachgiebig. Auch hatte ich ihn zum erstenmal ganz für mich, denn Jutta, die inzwischen ein Internat besuchte, war zu einer Schulfreundin gefahren.

«Es wird schon nicht so schlimm werden», versuchte ich Flunki zu trösten, während wir auf die Kleinbahn warteten, denn die Ferien gingen zu Ende. «Da mußt du eben durch!»

«Da mußt du eben durch!» wiederholte er höhnisch, und seine Stimme überschlug sich, denn er war noch im Stimmbruch. So bekam seine Stimme etwas Lächerliches.

Plötzlich fühlte ich mich ihm ungeheuer überlegen und sehr erwachsen. «Ich hoffe nur, du hast nicht die Hälfte vergessen», sagte ich, «und wir können dir dein Gelumpe wieder nachschicken.»

«Am liebsten würde ich dir jetzt eine kleben!» sagte er wütend. Aber da kam bereits die Bahn durch die Felder gebummelt.

Es sollten einige Jahre vergehen, bis Flunki und ich uns wiedersahen. In dieser Zeit stürmte soviel Neues auf mich ein, daß ich nur noch selten an ihn dachte. Meine Eltern hatten mich aufs Lyzeum in die Kreisstadt geschickt, damit ich dort mein «Einjähriges» machte. Sie brachten mich bei der Witwe eines Prokuristen unter, weil Papa der Ansicht war, man könne den Pferden den Weg zweimal am Tage nicht zumuten. Ich hatte bei der Witwe nichts auszustehen, sie behandelte mich wie eine Erwachsene und ließ mir viel Freiheit. Wanderte doch nach den Jagden so mancher Fasan und Hase in ihre Speisekammer.

Im ersten Halbjahr fuhr ich noch regelmäßig an den Wochenenden nach Hause. Aber dann fand ich Gefallen an dem kleinstädtischen Leben. Ich kicherte lieber mit den Mädchen aus meiner Klasse herum, besuchte ihre Kaffeekränzchen oder unternahm mit ihnen Radtouren. Ich schwärmte nacheinander für meine Deutschlehrerin, den peitschenknallenden Dompteur eines Wanderzirkus und den angeblichen Vetter meiner Wirtin. Er war wesentlich jünger als sie, hatte prachtvolle schwarze Locken und etwas Singendes in der Stimme. Er war zu mir sehr aufmerksam und nannte mich «Wildpferdchen», was mir sehr, meiner Wirtin dagegen weniger gefiel.

Ich besaß jetzt sogar etwas Ähnliches wie einen Verehrer. Es war der Sohn des Konditormeisters und Besitzers des

Cafés am Marktplatz. Viel Staat war mit dem aufgeschwemmten, blassen Sechzehnjährigen nicht zu machen, aber Karli ließ sich seine Liebe zu mir was kosten und bedachte mich großzügig mit Windbeuteln und Liebesknochen, die er aus der väterlichen Backstube klaute. Bei meinem knapp bemessenen Taschengeld waren sie für mich eine große Kostbarkeit. Als Gegenleistung erlaubte ich ihm, mir das Haar zu bürsten, was er mit großer Hingabe und Sorgfalt tat.

Von Flunki hatten wir lange nichts gehört. Wir wußten nur von der trutzigen Anna, daß ihn sein fürstlicher Großvater nach England geschickt hatte, um dort mit einer Banklehre zu beginnen.

Mit dem Wunsch, nach dem «Einjährigen» weiter zur Schule zu gehen, war Papa zunächst einverstanden gewesen. Aber als ein Jahr später die Inflation zu galoppieren begann, fand er plötzlich ein Haar in der Suppe und meinte, ich wäre für ihn jetzt gebildet genug und besser zu Hause aufgehoben. Mama pflichtete ihm bei: «Du hast eigentlich recht, Albi, es sind auch nicht so unsere Leute, mit denen Feli jetzt dauernd zusammenhockt.»

Mein Protest nützte nichts. Und schon gar nicht, daß Tante Renata für mich in die Bresche sprang. «Ich versteh euch wirklich nicht, Helene, mit einer guten Schulbildung hat Feli doch ganz andere Möglichkeiten.» Sie bekamen sich meinetwegen richtig in die Haare, und es endete wie so oft damit, daß Mama sich die ewige Bevormundung ihrer älteren Schwester verbat und Tante Renata sie ein oberflächliches Gänschen nannte.

Ich hing also fürs erste wieder zu Hause herum und sollte der Mamsell ein wenig über die Schulter gucken. Aber

Mamsell war davon nicht gerade begeistert und meinte, ich hielte sie nur auf. So stromerte ich viel durch die Gegend, gab mich beim Reiten angenehmen Tagträumen hin oder verzog mich mit einem Buch in die Laube.

Als die Nana monierte, daß ich mich zuviel bei den Kutschern aufhielte, und Tante Renata feststellte, daß die männlichen Gäste mehr Interesse an mir als an Onkel Pauls kostbarer Nashornsammlung zeigten, fand man, daß es nun doch an der Zeit für mich wäre, etwas Vernünftiges zu lernen.

«Laß sie doch Säuglingsschwester werden», schlug Tante Agnes vor. «Heiraten tut sie sowieso, und dann weiß sie wenigstens mit Babys umzugehen.»

10

Nach langem Hin und Her dachte man mich Tante Thekla zu. Tante Käthes Schwester arbeitete auf einer Kinderstation in einem Berliner Krankenhaus und zeigte sich bereit, mich für ein paar Wochen probeweise mitlaufen zu lassen.

«Sozusagen als Handpferd», meinte Papa.

Wie ich den Bemerkungen meiner Eltern entnahm, hielt Thekla viel von preußischen Tugenden und wenig von Luxus und Tand. Das schreckte mich nicht. Tante Käthe würde mich unter ihre Fittiche nehmen. Ich sollte bei ihr wohnen. Ich nahm rundherum Abschied, und jeder gab mir gute Ratschläge mit auf den Weg. «Denk immer daran, daß du eine Flottbach bist», sagte Tante Agnes.

«Halt dir den Spruch von Tante Käthes Tisch vor Augen», sagte Tante Renata. «Nimm und iß, der Armen nicht vergiß!»

«Paß auf deine Handtasche auf», warnte die Nana.

Zum letztenmal streichelte ich meine Kaninchen, die leider die schlechte Angewohnheit hatten, ihre eigenen Kinder zu verspeisen. «Benehmt euch gefälligst nicht wie die Spartakisten!» ermahnte ich sie deshalb und verriegelte sorgfältig die Tür zum Stall.

Großmama spendierte mir ein Billett erster Klasse, was Papa wie immer übertrieben fand. Es kostete einen ganzen Koffer voll Geld, denn die Inflation hatte ihren Gipfel erreicht. Papa wies mich mehrmals darauf hin, daß für dieselbe Summe Großvater Flottbach das Vorwerk erworben hätte, auf dem Onkel Peter jetzt lebte.

In der Kleinbahn setzte ich mich lieber in die Holzklasse, ein vertrautes Terrain für mich. Vorsichtig trat ich über Sensen, Hacken, Körbe mit Enten und Eiern hinweg und machte es mir am Fenster gemütlich. In der Kreisstadt mußte ich umsteigen. Kaum hatte ich im D-Zug Platz genommen, überfiel mich heftiges Reisefieber. Was, wenn ich nun im falschen Zug saß, wenn mein Waggon womöglich abgehängt wurde oder ich in Berlin auf einem falschen Bahnhof ankam? Ich zog das Fenster herunter und sah den Bahnsteig entlang. Keine Spur von Karli, der mir versprochen hatte, zum Bahnhof zu kommen. Erst als der Schaffner bereits die Türen schloß, kam er angekeucht und reichte mir, während der Zug bereits anfuhr, einen kleinen Karton durchs offene Fenster. «Mohrenköpfe! Die ißt du doch so gern.»

Ich winkte ihm mit der Schachtel zu. «Na denn», rief ich.

«Na denn», rief er zurück und winkte mir nach, bis der Zug den Bahnhof verlassen hatte.

Als erstes packte ich meinen Proviant aus und begann zu essen. Die Aufregung hatte mich hungrig gemacht. Ein hartes Ei, ein Mohrenkopf, eine Schmalzstulle.

«Donnerwetter», sagte der Herr, der mir gegenübersaß, bewundernd. «Wirklich eine köstliche Zusammenstellung!»

Großzügig bot ich ihm einen Mohrenkopf an. Er verspeiste ihn mit Behagen. Der Schaffner kam und kontrollierte unsere Billetts. Wohlwollend musterte er mein Matrosenkleid. «Gnädiges Frollein bleiben der Marine treu! Das ist recht. Ich wünsche den Herrschaften eine gute Reise.» Der Herr, der meinen Appetit bewundert hatte, stand plötzlich auf und setzte sich neben mich. Ich sah ihn entrüstet an und rückte von ihm weg. Er lachte gutmütig. «Ich will Ihnen ja nicht an die Wäsche, gnädiges Fräulein. Aber ich kann nur noch auf dem einen Ohr etwas hören. Das Trommelfell ist kaputt. Verdun. Sie verstehen.»

Ich schämte mich ein bißchen, aber einen zweiten Mohrenkopf wollte ich ihm trotzdem nicht geben. Ein paar Stationen weiter verließ er mich, und ich hatte das Abteil für mich allein. Ich wuchtete meinen Koffer aus dem Gepäcknetz und holte ein Buch heraus, das ich vorsorglich in eine Buchhülle gesteckt hatte. Es stammte aus Mamas Bücherschrank und hieß «Ein Sammelwerk für die Probleme des Weibes als Mutter». Hier würde ich hoffentlich alles Wissenswerte erfahren. Mir sollte es jedenfalls nicht wie Großmama Semlin ergehen, die als einzige Aufklärung von unserer Urgroßmutter auf die Hochzeitsreise mitbekam: «Wenn dir heute nacht etwas passiert, was dir noch nie passiert ist, dann mußt du dir gar nichts dabei denken.»

Ich erfuhr aus dem Buch, welch geheimnisvolles Wunder seit Jahrhunderten die Empfängnis umgibt. Die Erkenntnis, daß sie nur von einem sterblichen Mann herrühre, wäre den Menschen erst mit aufsteigender Kultur bewußt geworden. Staunend las ich, daß manche Primitive glaubten, ein Kind bekäme man durch Sonnenstrahlen, durch Sternschnuppen, durch einen Vampir, durch Tausendfüßler. Ja sogar durch einen Lufthauch und durch Badewasser. Mein Gott, durch

Badewasser! Ich überlegte einen Augenblick und blätterte weiter. Dabei entdeckte ich eine Abbildung, die mich sehr gründlich über meine Innereien aufklärte. Was hatte ich da nur alles in mir! Ich las und las.

«Gnädiges Fräulein sind ja eine richtige Leseratte!» Ich fuhr zusammen. Von mir unbemerkt hatte ein älterer Herr das Abteil betreten und mir gegenüber Platz genommen. Ich wurde rot, klappte hastig das Buch zu und vergaß die Probleme der Mutterschaft. Dafür kam mit der Dämmerung nun doch das Heimweh, das von der trostlosen Umgebung, durch die wir gerade fuhren, noch verstärkt wurde. Bäume und Büsche sahen von dem Staub eines nahe gelegenen Zementwerks wie gepudert aus, und rußgeschwärzte Mauern kasernenartiger Bauten bildeten drohend Spalier. Zu Hause saßen sie jetzt wahrscheinlich gemütlich im Kaminzimmer unter der Hängelampe versammelt, ohne auch nur einen Gedanken an mich zu verschwenden.

Endlich fuhr der Zug in den Schlesischen Bahnhof ein. Mein Abteil kam direkt vor einem jungen Mädchen zum Stehen. «Mensch, Martel!» rief ich und fiel ihr halb schluchzend um den Hals vor lauter Freude, ein vertrautes Gesicht zu sehen. Sie war seit einem halben Jahr bei Tante Käthe in Stellung und sollte mich abholen.

Es war Martel anzumerken, daß mein Gefühlsausbruch sie eher verlegen machte. Sie musterte mich reserviert und fragte förmlich: «Hatten Comtesse eine gute Reise?»

Tante Käthe wohnte in einem hochherrschaftlichen Mietshaus in der Feuerbachstraße. Von der allgemeinen Wohnungsnot war hier nichts zu spüren. Eine breite Marmortreppe, deren Geländer mit goldenen Löwenköpfen verziert war, führte zu ihrer großen Wohnung in der Beletage. Die Zimmer waren ebenso elegant wie das Entree. So ein schönes Bad mit hellblauen Kacheln und einem bunten Glasfenster zum Flur hatte ich noch nie gesehen. Über dem Kamin im Wohnzimmer hing in einem schweren Goldrahmen, in Öl gemalt, klein und rund mein gefallener Onkel.

Die Hausmaus gab es nicht mehr. Vor mir stand eine nach der letzten Mode gekleidete, selbstbewußte Dame in den besten Jahren. Ihre Fingernägel waren dezent manikürt, das Gesicht gepudert, und statt einer Brille trug sie ein Lorgnon mit Perlmuttgriff. Sie begrüßte mich mit der gewohnten Herzlichkeit und zeigte mir mein Zimmer. Mein Bett besaß sogar einen Baldachin, und Vorhänge und Stuhlbezüge waren aus Chintz.

Beim Abendbrot, das uns von Martel serviert wurde, erzählte sie mir von Onkel Hasso und was für ein liebenswerter Mensch er gewesen war. «Du hast ihn wirklich geliebt?» fragte ich zweifelnd. Denn ein «Beau» war der gefallene Onkel wirklich nicht gewesen. «So richtig voller Leidenschaft?»

«Das hätte noch gefehlt», erwiderte Tante Käthe trocken, «nach den Erfahrungen meiner Kindheit. Geborgenheit und Schutz sind auch was wert – und materielle Unabhängigkeit.»

Ich sah mich im Eßzinmmer um. Nein, arm war Tante Käthe nun wirklich nicht mehr. Im hohen Glasschrank standen kostbares Porzellan und Kristallgläser, und der Eßtisch war mit Silber reich gedeckt. Er erinnerte als einziger an ihre harten Zeiten. «Nimm und iß, der Armen nicht vergiß.»

Wie gewöhnlich sprang Tante Käthe von einem Thema

zum anderen. Sprachen wir eben noch von Onkel Hasso, so waren wir ohne jeden Übergang plötzlich beim Erdbeben in Japan, das Tokio fast zerstört hatte. 150 000 Menschen waren dabei umgekommen. Dann fragte sie mich unvermittelt, was ich denn zu den Unruhen im Rheinland sagte. Aber das käme eben davon, wenn farbige Truppen sich anmaßten, die Aufseher über ein Kulturvolk zu spielen. Und schon begann sie ein Gedicht darüber zu zitieren! «Dreizehn Tote gefallen durch Frevlerhand. Männer der Arbeit gestorben fürs Land!» Ich kam erst gar nicht dazu, meine Meinung darüber zu äußern, denn nun war sie ganz mit meinem Aussehen beschäftigt: «Daß man dich mit deinen achtzehn Jahren immer noch in Matrosenkleidern herumlaufen läßt!»

«Und mit Zöpfen!» Ich griff nach meinem Haarkranz.

Sie sah mich mitfühlend an. «Ich werd schon etwas aus dir machen. Gleich morgen gehen wir zum Friseur und lassen sie dir abschneiden.»

Mir wurde etwas mulmig. «Papa bringt mich um.»

«Ach was, er ist ja sonst so fürs Schicke. Dann brauchst du auch nicht mehr wie eine Landpomeranze herumzulaufen!» So hatte ich Tante Käthe noch nie über meinen Vater reden hören. Sie hatte sich wirklich sehr verändert.

Der Friseur befand sich im selben Hotel, in dem ich mit Mama und meiner Großmutter vor zehn Jahren abgestiegen war. In der Empfangshalle überfielen mich die Erinnerungen. Hier hatte ich auf Flunki gewartet und die Fische bewundert. Die Aquarien mit ihren Schlingpflanzen standen noch am alten Platz, und die Fische bewegten sich träge darin. Vielleicht waren es ja noch dieselben, und sie erkannten mich wieder. Auch die großen Palmen waren noch da und der kleine Springbrunnen.

In dem Frisiersalon empfing man uns außerordentlich zuvorkommend. Der Meister kam persönlich herbeigeeilt, um sich meiner anzunehmen. Schnipp, schnapp fielen meine Zöpfe auf die Erde, fast so schnell, als wäre ich einem Zopfabschneider in die Hände gefallen, vor dem uns die Nana immer so dringend gewarnt hatte. Zweifelnd besah ich mir meinen Pagenkopf.

«Du mußt dich erst daran gewöhnen», beruhigte mich Tante Käthe und nickte zustimmend, als ich noch mit etwas besprüht wurde, wonach die Haare wie gelackt wirkten.

Doch damit war ihre Großzügigkeit noch nicht erschöpft. In einem Wäschegeschäft erstand sie für mich Hemd, Höschen und Seidenstrümpfe und nach langer Beratung mit der Verkäuferin eines Modesalons ein kniekurzes Kleid mit V-Ausschnitt und tiefer Taille. Ich sah unsicher und etwas geniert an mir herunter. «Bei uns trägt man noch knöchellang.»

«Aber dies ist der *dernier cri* der kommenden Saison», beteuerte die Verkäuferin und zog mir noch einen passenden Hut über die Ohren, so daß ich mir wie ein Pferd mit Scheuklappen vorkam.

Wir machten einen Stadtbummel, und Tante Käthe spielte mit Genuß den Fremdenführer. Sie erklärte mir, daß durch das Brandenburger Tor nicht nur alle Monarchen gezogen seien, die S. M. einen Besuch abstatteten.

«Wer denn sonst noch?» fragte ich.

«Die Cholera», erklärte Tante Käthe, «und dann dieser Fürst Pückler in einem von fünf zahmen Hirschen gezogenen Wagen.»

Ich wollte unbedingt zu Wertheim, was nicht gerade Tante Käthes Geschmack war. Doch ich war von all den riesigen Kronleuchtern, vergoldeten Terrakotten und den Laternen aus bunten Steinen noch ebenso beeindruckt wie damals als Kind. Als erstes strebte ich der Spielzeugabteilung zu. Tante Käthe folgte mir etwas verwundert. Ich erzählte ihr von den Ängsten, die ich hier vor zehn Jahren ausgestanden hatte.

Sie sah mich nachdenklich an. «Ein ziemlich unangenehmes Bürschchen, dieser Heinrich Wagner, soweit ich mich erinnere. Aber du hast ihn immer sehr bewundert.»

«Langweilig war es jedenfalls nie mit ihm», sagte ich, «bei all den Ideen, auf die er so gekommen ist!»

«Na, hoffentlich nur gute!» Tante Käthe lachte.

«Schade, daß seine Eltern nicht mehr in Berlin wohnen», sagte ich. «Ich hätte sie gern einmal besucht.»

Tante Käthe drängte nach Hause. Es war bereits dunkel geworden, als wir über die Friedrichstraße schlenderten. Ich blieb alle Augenblicke stehen, um die vielen Leuchtreklamen zu begaffen. Von einem Falter aus rotem, blauem und grünem Licht, der über einem perlenden Sektglas flatterte, konnte ich mich gar nicht trennen. «Nun komm endlich!» sagte meine Tante ungeduldig. «Mir fangen allmählich an die Füße weh zu tun.»

«Wie ist denn deine Schwester so?» fragte ich Tante Käthe, als sie noch einmal an mein Bett kam, und sah sie etwas ängstlich an. Morgen sollte ja meine Arbeit im Krankenhaus beginnen.

Sie setzte sich auf die Bettkante. «Ehrlich gesagt, viel zu sagen haben wir uns nicht. Wir sind zu verschieden.»

Das Krankenhaus lag nicht gerade um die Ecke. Ich mußte dreimal umsteigen und fühlte mich zwischen all den Menschen recht verloren. Als ich mich schließlich zu dem kasernenartigen Bau durchgefragt hatte, wäre ich am liebsten wieder umgekehrt. Der Portier am Eingang öffnete sein Fensterchen und schnarrte: «Besuchszeit nur von drei bis fünfe!»

«Ich soll mich bei Schwester Thekla auf Station 3a melden», erklärte ich.

«Ach so, die Isolierstation!» Er wies mir den Weg.

In der Station 3a waren die Kinder untergebracht. Eine Hilfsschwester, nicht älter als ich, führte mich zu meiner Tante. Sie erwartete mich hinter ihrem Schreibtisch sitzend. Sie war recht statiös, und ein goldenes Kreuz, das Symbol der Liebe und Barmherzigkeit, aber auch der Macht, vibrierte leicht auf ihrer stattlichen Büste, während sie mich abschätzig musterte. Ein kaum merkbares Lächeln umspielte ihren Mund und milderte den strengen Blick. Die Hilfsschwester fiel bei ihrem Anblick ganz in sich zusammen. Auch ich war nicht ohne «Bammel». Verschüchtert zupfte ich an meinem Waschkleidchen. Trotz meiner braven Baumwollstrümpfe und festen Halbschuhe mißfiel Tante Thekla mein Aussehen. Vor allem an dem Bubikopf nahm sie sichtlich Anstoß.

«Dich hatte ich mir eigentlich anders vorgestellt. Du bist doch ein Mädchen vom Land. Willst du wirklich Säuglingsschwester werden?»

Ich nickte beklommen.

«Kennst du dich überhaupt mit Kindern aus?» Ich dachte an die Trutzis, vor denen wir voller Entsetzen geflohen waren. Tante Thekla mußte meine Gedanken erraten haben. «Diese Berufswahl entsprach wohl mehr dem Wunsch deiner Eltern? Nun, wir werden sehen.»

Trotz ihrer Fülle erhob sie sich mit erstaunlicher Schnelligkeit, riß die Tür auf und rief in befehlsgewohntem Ton, wobei sie die Stimme hob und senkte: «Schwester Hermine, Schwester Hermine!» Eine ältere Diakonisse kam den Gang entlanggetrabt. «Schwester Hermine wird dich unter ihre Fittiche nehmen und dir die Arbeit zuteilen. Und merke dir eins, mein Kind: Wer dienen will, muß fröhlich sein!»

Mir blieb keine Zeit, diesen erstaunlichen Spruch zu verdauen. Ich eilte hinter Schwester Hermine her den Flur entlang. Sie öffnete eines der vier großen Zimmer mit je acht Betten, in denen die älteren Jungen untergebracht waren. Vier schmucklose Eisenbetten standen sich auf beiden Seiten gegenüber. Es gab weder Bettvorleger noch Vorhänge, und als einzige Beleuchtung war an der Decke eine Kugel aus Milchglas angebracht. Der graue Linoleumfußboden war abgetreten, und von den Nachttischen war die Farbe längst abgescheuert. In einer Ecke stand ein Garderobenständer und rechts von der Tür ein Tisch mit vier Stühlen. Es roch nach Lysol und fiebrigen Körpern.

Bei unserem Eintreten hatten sich die Jungen blitzschnell hingelegt und musterten mich neugierig.

«Was ist denn das hier für eine Schlamperei?» Schwester Hermine sah angewidert auf ein Paar ausgelatschte Filzpantoffeln, die wie große, graue Mäuse unter einem der Betten standen. «Wißt ihr denn nicht, wo die hingehören?» Sie hob sie auf und klemmte sie sorgfältig unter die Seegrasmatratze.

«Deine Hauptarbeit wird sein, hier für Sauberkeit zu sorgen», erklärte sie mir. «Außerdem wirst du die Jungen, die nicht in den Waschraum dürfen, waschen und natürlich die Schieber raustragen. Für heute nehmen wir uns mal den

Flur vor. Erst einwachsen, aber bitte so, daß niemand ausrutscht, und dann bohnern.» Sie verpaßte mir eine riesige Schürze, die mir fast bis zu den Knöcheln reichte, und ein Kopftuch. Dann zeigte sie mir, wie ich den Boden einzuwachsen und zu bohnern hatte. «Erst von links nach rechts und dann von oben nach unten», belehrte sie mich, «damit sich das Licht besser spiegelt.»

Ich geriet ganz schön ins Schwitzen. Knie und Arme taten mir weh. Anschließend mußte ich die Betten der Entlassenen abziehen und gründlich reinigen. Ich seifte und schrubbte, fuhr mit einer Gänsefeder in jeden Winkel, in jede Spirale, und schlug den Betten den Scheuerlappen um die Beine.

Erschöpft kehrte ich abends zu Tante Käthe zurück und berichtete, wie es mir ergangen war. Sie bedauerte mich sehr. «So, so, als Putze benutzt dich die Thekla. Das sieht ihr ähnlich. Und deinen Bubikopf fand sie unmöglich. Sie ist und bleibt eben eine alte Jungfer.» Ein Ausspruch, den Tante Käthe, seit sie verheiratet gewesen war, gern benutzte.

Ein paar Wochen später fühlte ich mich schon ganz als Großstädterin. Rein in die Straßenbahn, runter die Treppen zur U-Bahn, raus aus der U-Bahn, rein in die S-Bahn. Tempo, Tempo war nun auch meine Devise.

Ich lernte, daß Ärzte für die Krankenschwestern gottähnliche Geschöpfe waren. Niemand wagte ihnen zu widersprechen, auch die Patienten nicht. Die Chefvisiten des Professors glichen Paraden vor Seiner Majestät. Schon eine Stunde vorher durfte keins der Kinder mehr aufs Klo; es wurde wieder und wieder gewischt, und Bettdecken wurden glattgestrichen. Auf der Station herrschte eine aufgeregte Stimmung. Nur Tante Thekla blieb gelassen. Sie war die einzige Schwester, die den Chefarzt bei der Visite begleiten durfte, auf der linken Seite und zwei Schritte hinter ihm gehend.

Endlich nahte sich der Professor mit seinen Assistenten. Ein vollbärtiger Glatzkopf mit Kneifer rauschte wie der Orientexpreß durchs Zimmer und war bereits wieder verschwunden, ehe sich Schwester Hermine über eine vergessene Tasse auf einem der Nachttische beruhigen konnte.

Die Jungen von Zimmer 35 gaben vor den anderen Patienten sehr damit an, daß sie mich als Betreuerin hatten. «Eine richtige Comtesse mit Schloß und so!» Wenn ich sie wusch, schnupperten sie an meinem Haar. «Det riecht besser als meinem Ollen seine Socken!»

Ich brachte ihnen was zum Naschen mit und bastelte für sie Schnurrädchen und Papierschiffchen, was Schwester Hermine recht überflüssig fand. «Langeweile ist die beste Medizin, und überhaupt: Es gibt noch viel zu tun.» Und husch stand ich schon wieder auf einer Leiter und fahndete nach Spinnweben.

Die Jungen erzählten mir viel von zu Hause. Ich erfuhr, daß die meisten ihrer Väter arbeitslos waren und die «Stütze» kaum zum Überleben reichte. Sie hießen Emil, Willi und Erwin, aber auch ein Robert war darunter, ein kecker Zwölfjähriger mit großer Zahnlücke. Mir machten meine Patienten Spaß, und so blieb ich oft freiwillig ein bis zwei Stunden länger und las ihnen vor.

In der Krankenhausbibliothek hatte ich «Robert, der Schiffsjunge» entdeckt, dessen Abenteuer meinen Schützlingen ebensogut gefielen wie damals mir. Die Nachtschwester sah es nicht gern. «Die Kinder sollen schlafen! Das Vorlesen regt sie nur auf, und ich hab dann die Arbeit.» Aber ein von Tante Käthe hübsch eingepacktes Stück «Rosa Centifolia»-Seife zerstreute ihre Bedenken.

Mit «Robert, dem Schiffsjungen» heuerten die Jungen auf einem Walfänger an, segelten an Eisbergen vorbei, beobachteten die Lappen an ihrer Opferstätte, erlitten Schiffbruch, wurden von Piraten geentert und landeten auf einer einsamen Insel.

Als ich eine Pause einlegte, denn mir war vom vielen Lesen schon der Mund ganz trocken, machte Robert den Vorschlag, einzelne Szenen des Buches aufzuführen. Die anderen waren begeistert. Plötzlich sah ich mich wieder auf der Tanne im Park zu Hause sitzen und nach Walen Ausschau halten, in jenem unbeschwerten Sommer, ehe der Krieg ausbrach, und ich hatte wieder Tante Käthes Stimme im Ohr: «Der österreichische Thronfolger ist ermordet worden!» Was war seitdem alles geschehen.

Ich starrte Robert an, den der Krieg zur Halbwaise gemacht hatte, so daß er ganz perplex fragte: «Was is'n, Frollein? War ja nur 'ne Frage!»

«Meinetwegen», rief ich, «raus mit dir aus dem Bett! Du spielst den Bösewicht von Koch, der den armen Robert auf der Insel hilflos zurückgelassen hat, nur um sich betrinken zu können.»

Wir fesselten ihn an den Kleiderständer. Einer der größeren Jungen stellte sich als Anführer der Piraten vor ihn hin. «Wie du gemessen hast, so soll dir gemessen werden», verkündete er feierlich. «Wie du deinen hilflosen Kameraden verlassen hast, so verlassen wir dich. Wir verstoßen dich aus unserer Nähe und überliefern dich dem Tode. Kein menschliches Ohr wird jemals wieder deine Stimme vernehmen, kein menschliches Auge wird dich sehen. Also sprich, wenn noch irgendein Bekenntnis deine Seele foltert, wenn es irgendeine Botschaft für dich auszurichten gibt.»

Robert machte seine Sache wirklich gut. Sein wahnsinniger Schrei: «Gnade, Gnade!» ließ die Nachtschwester die Tür aufreißen und hereinstürmen.

Am nächsten Tag wurde ich zu Tante Thekla bestellt. Sie saß an ihrem Schreibtisch und ließ mich lange schmoren, bis sie endlich das Wort an mich richtete.

«Ist dir eigentlich klar, was du in den Köpfen der Kinder angerichtet hast?»

«Es hat ihnen großen Spaß gemacht», verteidigte ich mich. «Es ist schrecklich öde, den ganzen Tag im Bett zu liegen und kaum Besuch zu bekommen.»

«Ich sehe das etwas anders. Es hat *dir* großen Spaß gemacht, die große Gönnerin zu spielen. Daß du in einem Schloß wohnst, hat die Kinder sicher sehr beeindruckt.»

«Aber sie mögen mich.»

«Das ist kein Kunststück. Kinder kann man schnell für sich gewinnen. Aber ob du ihnen damit einen Gefallen getan hast, steht auf einem anderen Blatt. Wenn sie wieder in ihre erbärmlichen Verhältnisse zurückkehren, werden sie erst so richtig den Unterschied zwischen ihrem und deinem Leben begreifen, während du bestimmt nach einer Woche kaum noch weißt, wie sie heißen.»

«Das ist nicht wahr!» sagte ich trotzig.

Sie sah mich an, fast ein wenig mitleidig. «Du wirst noch viel lernen müssen, aber nicht unbedingt bei mir.»

Man kehrt nicht ungestraft in die Kindheit zurück. Kein Zweifel, sie hatte mich rausgeschmissen.

Ziemlich bekniffen stand ich vor Tante Käthes Wohnungstür, die Martel mir öffnete. «Wir haben Besuch, Comtesse werden staunen.»

Ich hörte gar nicht richtig hin. Der Rausschmiß saß mir noch in den Knochen. Ich öffnete die Tür zum Wohnzimmer, und der Gast sprang auf.

«Mensch, Flunki!» rief ich glücklich.

11

Flunki wollte sich über meinen Rausschmiß kaputtlachen. Nach der ersten Wiedersehensfreude gerieten wir uns deshalb wie in unseren Kindheitstagen in die Haare.

Er hatte sich rein äußerlich sehr zu seinem Vorteil entwickelt. Er war schlank und drahtig geworden, und Nase und Ohren hatten sich zurechtgewachsen. Seine dunklen Augen funkelten wie früher vor Unternehmungslust, und er ließ durchblicken, daß er nur zu gern seine Nase in alles gesteckt hätte, was Berlin an Exzentrischem und Verruchtem bot.

«Aber der verdammte Zaster», seufzte er abgrundtief und stocherte in seiner Pfeife, die er sich seit seinem Aufenthalt in England zugelegt hatte. «Nicht mal ein paar Millionen macht mein Großvater locker! Der olle Geizkragen.» Er war voller Groll auf den alten Herrn, weil dieser ihn gezwungen hatte, aus London nach Berlin zurückzukehren, wo er, der Enkel eines Fürsten, nun sein Leben als schofler kleiner Angestellter einer Privatbank fristen mußte, bei der er von seinem Großvater untergebracht worden war.

Und ich? Ich war mal wieder ein richtiges Glückskind. Mein Rausschmiß erwies sich als wahrer Segen. Dank Tante

Käthes Großzügigkeit führte ich nun ein herrlich freies Leben. Zwar hatte sie den Eltern versprochen, ein strenges Auge auf mich zu haben, damit so ein Fiasko wie im Krankenhaus sich nicht ein zweites Mal wiederholte, und überlegt, was mit mir geschehen sollte. Aber ihre Vorschläge waren von Mama sofort akzeptiert worden, war sie doch nur zu froh darüber, sich vorläufig nicht weiter den Kopf über meine Zukunft zerbrechen zu müssen.

So belegte ich Kurse für alles mögliche, lernte Schreibmaschine und Stenographie und wanderte mit Tante Käthe, eifrig in Katalogen blätternd, durch Museen und Ausstellungen oder versah zu Hause Porzellanteller und Untersetzer mit Häschen und Blümchen als Nachweis für meine große künstlerische Begabung. Aber vor allem sorgte meine Tante dafür, daß ich «unter die Leute» kam. Ich stellte fest, daß Berlin wirklich ein Dorf war, wo man dauernd über die Verwandtschaft stolperte. Ich wurde überall herumgereicht und eingeladen, und Tante Käthe begleitete mich auf die üblichen Bälle, die, nachdem die Inflation zum Stillstand gekommen war, wieder aufgenommen wurden.

Jeden Abend vor dem Schlafengehen warf ich dem Bild von Tante Käthes Ehemann eine Kußhand zu. «Onkelchen, ich danke dir!» Denn ohne sein Vermögen wäre es wohl kaum möglich gewesen, ein so angenehmes Leben zu führen. Er hatte es ebenso klug wie Großmama gemacht, die Kriegsanleihe als «Rache der Daheimgebliebenen» verschmäht und lieber vorsorglich sein Geld in der Schweiz angelegt, was Tante Käthe und jetzt auch mir sehr zustatten kam.

«Was hast du für ein unverdientes Schwein», seufzte Flunki, als ich ihm davon erzählte, während wir bei Kranzler ein Eis aßen. «Und ich kann Hungerpfoten saugen.»

Ich lachte vergnügt. «Also verhungert siehst du gerade nicht aus.»

Flunkis Verwandlung vom nägelkauenden Halbwüchsigen, wie er mir in Erinnerung geblieben war, in einen gutaussehenden, jungen Mann war zunächst verwirrend für mich gewesen. Doch allmählich hatte ich meine erste Befangenheit überwunden und zum Umgangston unserer Kinderjahre zurückgefunden. Wir löffelten unser Fürst-Pückler-Eis und erzählten uns Geschichten von damals, als wir noch unter der Fuchtel der Nana gestanden hatten.

Seine farbigen Schilderungen aus England, in denen es von Herzögen und Schlössern nur so wimmelte, riefen mir wieder den Oktobertag ins Gedächtnis, als ich ihm beim Karpfenabfischen zum erstenmal begegnet war und er bei der Vesper das große Wort geführt hatte. Aber jetzt fand ich seine prahlerische Art weniger faszinierend. Als er von einem Earl erzählte, bei dem er anscheinend regelmäßig seine Wochenenden verbracht hatte, und mir von dessen Gemäldegalerie vorschwärmte, sagte ich ziemlich enerviert: «Ach, Flunki! Du und deine Schwäche fürs Pompöse!»

Sein Gesicht veränderte sich. Er wurde richtig wütend. «Sprich nicht mit mir, als sei ich dein Wickelkind.» Auch daß er sich jetzt wie ein Engländer gebärdete mit Pfeife, Knickerbocker und karierter Jockeymütze und mich «Darling» nannte, fand ich affig. Wir begannen uns deswegen in der U-Bahn heftig zu zanken, und ein älterer Mann mit Krückstock und dicker Brille stieß seine Frau an: «Siehste, Emma, det is Harmonie!»

In dieser Zeit behandelte ich ihn ziemlich von oben herab und fühlte mich ihm überlegen, was sich schnell verlor, als ich über dritte von seinen vielen Freundinnen hörte. Ich versuchte ihn darüber auszuhorchen. Aber trotz seiner sonstigen Großspurigkeit war er in diesen Dingen sehr diskret. Das ärgerte mich noch mehr.

Gelegentlich lud man uns zusammen ein. So auch auf ein Gut in der Nähe Berlins, dessen Besitzer mit den Flottbachs befreundet war. Wir waren ein Haufen junger Leute, von denen ich fast alle, Flunki dagegen nur wenige kannte. Erstmals erlebte ich, daß sein bürgerlicher Name und sein Beruf mit einer gewissen freundlichen Geringschätzung zur Kenntnis genommen wurden. Und ich litt mit ihm, daß die Gastgeber wie zur Entschuldigung bei der Unterhaltung seinen fürstlichen Großvater ins Spiel brachten. Flunki ließ sich nichts anmerken. Er war fröhlich, tanzte unermüdlich mit allen Mädchen und spannte im Handumdrehen einem schnöseligen jungen Grafen, der sich ihm gegenüber ziemlich arrogant verhielt, die Freundin aus, um ihr bereits nach einer Woche wieder den Laufpaß zu geben.

«Sweety», wie er sie nannte, war ein mageres Mädchen mit erstaunlich viel Busen und dem Hang, bei jeder Aufregung einen Schluckauf zu bekommen. So auch, als sie bei Tante Käthe aufkreuzte, um mir, seiner Kusine, das Herz auszuschütten. Zuerst brachte sie gar kein Wort heraus, und die gute Tante Käthe versuchte vergeblich, sie mit allerlei Hausmitteln davon zu befreien. Erst ein Gläschen Danziger Goldwasser beendete das Martyrium, und ich konnte gute Ratschläge aus dem Born meiner großen Erfahrungen bei ihr loswerden. Dabei fiel mir plötzlich wieder Puppe Hans ein und wie sie von Flunki auf dem Hof zerschmettert worden war. «Du mußt ihn links liegenlassen», sagte ich, nicht so verständnisvoll, wie ich vorgab. «Du darfst ihm nicht hinterherlaufen – überhaupt keinem Mann.»

Sie bedankte sich überströmend für diese Binsenweisheit, gelobte, sie zu beherzigen, um natürlich das Gegenteil zu tun und Flunki, wie er mir später erzählte, bereits einen Tag später wieder in der Bank aufzusuchen.

In den nächsten Wochen sah ich Flunki nicht mehr sehr häufig. Manchmal trafen wir uns zufällig in einem Lokal, das meine Freunde und ich bevorzugten. Dann winkte er mir nur flüchtig zu und dachte gar nicht daran, mich mit dem Mädchen in seiner Begleitung bekannt zu machen. Doch es bekümmerte mich nicht sehr. Ich war in dieser Zeit viel zu sehr damit beschäftigt, gesellschaftlichen Glanz in mein Leben zu bringen, so daß Flunki in den Hintergrund rückte.

Wenn ich nach einer durchtanzten Nacht beim Morgengrauen übernächtigt nach Hause kam und im Flur unvermutet auf Martel stieß, zog diese die Augenbrauen hoch: «Comtesse werden noch unter die Räder kommen!»

Ich warf übermütig meinen Hut auf den Garderobentisch. «Du mußt es ja wissen, oder sollte es tatsächlich schon der Briefträger gewesen sein, dem ich eben im Garten begegnet bin?»

Sie legte kichernd den Finger auf den Mund: «Pst! Die gnädige Frau darf davon nichts wissen!»

Martel hatte ihren Herrn im Berliner Zoo kennengelernt, wohin sie am Sonntagnachmittag gerne ging, um sich die Blasmusik anzuhören. Eine Eiswaffel in der Hand, hatte sie zugesehen, wie ein Tierwärter einen Schimpansen an der Kette an ihr vorbeiführte. Der Affe machte einen Satz, ergriff ihre Eiswaffel und stopfte sie sich ins Maul. Martel schrie auf, und der Wärter entschuldigte sich wortreich über die Flegelhaftigkeit seines Schützlings. Ein Wort gab das andere, und bereits am Abend stand Leo Lehmann vor Tante Käthes Wohnungstür, mit einem Blumenstrauß in der Hand. Von da an kam er regelmäßig. Er wartete in der Küche, bis Martel mit dem Abwasch fertig war und sie endlich ins Kino gehen konnten.

Tante Käthe hielt große Stücke auf sie. Martel hatte sich zu einer richtigen Perle entwickelt. Sie war Köchin, Jungfer und Schneiderin in einer Person und kommandierte die Putzfrau, eine verhärmte Kriegerwitwe mit acht Kindern, voll Genuß herum.

Kein Friseur konnte uns mit soviel Pfiff die Haare legen wie Martel, keine professionelle Plätterin Spitzenblusen und Volants besser bügeln. Sie war über alles informiert und hatte jede Einladung im Kopf. Wenn Tante Käthe bei Tisch vor sich hin sagte: «Am Donnerstag, da war doch was?», kam prompt von ihr die Antwort: «Da haben gnädige Frau Ihren Bridge.»

Von ihren Bridgefreundinnen wurde Tante Käthe um Martel fast so beneidet wie wir zu Hause um unseren Diener Erwin. Hin und wieder äußerte jemand die Bitte, ob Martel vielleicht aushelfen könnte. So auch Frau Pickert, die Frau eines hohen Regierungsbeamten. Sie erwartete die Frau des Ministers zum erstenmal in ihrem Haus und war entsprechend aufgeregt. «Sie wissen ja, meine Liebe», erklärte sie Tante Käthe, «unsere Rosi ist leider ein ziemlicher Trampel und hat nicht so den Schick wie Ihre Martel.»

Tante Käthe gab gnädig ihre Zustimmung, und Martel trug die Nase noch höher als sonst. Frau Pickert war zu ihr außerordentlich liebenswürdig und versuchte gleichzeitig, sie ein wenig über Tante Käthes Vergangenheit auszuhorchen; Martel, die mindestens ebensoviel Phantasie wie Flunki besaß, erzählte ihr, Tante Käthes Vater wäre Hofmarschall oder so etwas Ähnliches gewesen, was Tante Käthes Ansehen bei den Bridgedamen noch mehr steigerte.

Kaum war Martel wieder zurück, fand sich Tante Käthe sofort unter einem Vorwand in der Küche ein und fragte: «Bist du mit allem gut zurechtgekommen?»

«Gewiß, gnädige Frau!»

«Und wie haben dir die Gäste gefallen?»

«Also, die Frau vom Minister, ich weiß nicht.» Martel kräuselte verächtlich die Lippen. «Reichlich aufgedonnert für so einen Nachmittagsbesuch, aber nicht mal 'nen Hut!»

«Die zimpelsten Leute sehen am zimpelsten aus, wenn sie ihre besten Kleider anhaben», sagte Tante Käthe, die gelegentlich leicht mit der Zunge anstieß, tief befriedigt. «Wie war's denn mit dem Trinkgeld?»

«Nicht 'ne müde Reichsmark», sagte Martel trocken.

«Wahrscheinlich ein Sozi», vermutete meine Tante.

Ende Mai war ich nach langer Zeit wieder einmal mit Flunki verabredet. Während ich darauf wartete, von ihm abgeholt zu werden, betrachtete ich mich wohlgefällig im Garderobenspiegel.

«Du siehst entzückend aus, mein Herzel», sagte Tante Käthe liebevoll und bestätigte damit nur, was ich gerade dachte.

Es war ein schöner Frühlingstag; daher beschlossen Flunki und ich, uns ein Boot zu mieten und auf dem Wannsee zu rudern. Es war fast windstill, das kleine Boot glitt, von leichten Ruderschlägen getrieben, mühelos übers Wasser.

Meine Stimmung war prächtig, während Flunki einen

recht abgespannten Eindruck machte. Ich prahlte, mit was für interessanten Menschen ich ausgegangen war, und warf mit prominenten Namen um mich. Es war mir nur recht, daß ein ungewöhnlich schweigsamer Flunki mir gegenübersaß. Ich hörte mir am liebsten selbst zu. Doch in seiner gespannten Haltung und in seinen Augen lag etwas, was mich hätte warnen müssen. Statt dessen gab ich meinem Affen weiter Zucker und erzählte ihm von einem rasend komischen Abend bei einem berühmten Schauspieler. Ich fuhr mir affektiert durchs Haar, hielt mich aber sehr schnell mit beiden Händen am Bootsrand fest, denn Flunki ließ das Boot plötzlich schaukeln. Erst sacht, dann immer heftiger, bis ich es schließlich mit der Angst bekam und ihn anschrie: «Bist du verrückt, Heinrich Wagner?»

Er warf mir einen schrägen Blick zu und griff nach den Rudern. «Kehren wir um.»

In dem kleinen Strandcafé, das dem Bootsverleih angeschlossen war, gab es keinen freien Platz mehr. So setzten wir uns ans Ende des langen Bootsstegs. Flunki war wie ausgewechselt. Er zog sogar seine Jacke aus und legte sie für mich als Unterlage auf die Bohlen. Ich vergaß den Schrekken, den er mir gerade eingejagt hatte, aber instinktiv spürte ich, daß er drauf und dran war, mir die Zügel aus der Hand zu nehmen.

Er grinste mich mit seiner alten, verschmitzten Art an: «Du hast dich wirklich gemausert, Feli. Als Kind warst du ziemlich garstig und hattest einen Wasserkopf.»

«Du sahst auch nicht gerade wie Lord Fountleroy aus», sagte ich gekränkt.

Er lachte. «Aber an deinem Ohrläppchen zupfst du noch wie früher.»

«Ein Erbteil von Mama», sagte ich etwas unsicher. Seine Stimme klang anders als sonst. Er berührte sachte meine Hand, sein intensiver Blick begann mich zu irritieren. «Laß uns lieber in den Schatten gehen.»

Ich machte den Versuch, aufzustehen. Aber Flunki legte den Arm um mich und drückte mich zurück. «Sei doch nicht so zappelig! Sieh mal, die Entenfamilie.« Er zeigte auf die Entenjungen, und seine Hand landete wie unbeabsichtigt auf meinem Oberschenkel.

Mein Verstand sagte mir, daß es besser wäre, aufzustehen. Aber ich war wie festgenagelt und duldete, daß er mich zu streicheln begann, während ich gepflegte Konversation machte. «Was hörst du denn so von deinen Eltern?» fragte ich.

«Och, den alten Herrschaften geht es gut, glaube ich.»

Seine Hand strich wie absichtslos über mein Bein, und er befühlte meine linke Kniescheibe, als wolle er ihre Funktion prüfen. Und das in aller Öffentlichkeit, wirklich shocking! Verstohlen sah ich mich um. Gott sei Dank war niemand in der Nähe. Trotzdem, ich war verrückt, daß ich mir so etwas bieten ließ. Höchste Zeit, ihm eins auf die Finger zu geben. Statt dessen hörte ich mich fragen: «Und wie läuft's so in der Bank?»

«Hör auf zu quasseln, Darling!» Er drehte meinen Kopf zu sich und begann, mich behutsam zu küssen.

Plötzlich war es mir egal, daß ich mich wie eine Domestique benahm. Ich war bereits auf dem besten Wege, ihm ein zweites Mal zu verfallen. Wie auf Kommando erhoben wir uns, und ich stolperte blind und taub neben ihm her zwischen den vollbesetzten Gartentischen hindurch und die Treppe zur U-Bahn hinunter. Wir standen dicht beieinander auf dem Bahnsteig, wie auf einer Insel, und berührten uns nur ab und zu verstohlen mit den Händen. Geistesabwesend ließen wir zwei Bahnen an uns vorbeifahren. Erst bei der dritten rief Flunki lachend: «Was stehen wir hier eigentlich noch rum?», und wir sprangen hinein.

Kurz vor Tante Käthes Straße strebte Flunki mit mir einem kleinen Park zu. Es waren fast keine Leute dort, und wir fanden eine leere Bank, von Büschen versteckt. Flunki begann wieder, mich zu küssen. Erst sacht, dann intensiver, und ich vergaß, daß es doch nur Flunki war, ein Spielkamerad aus alten Zeiten, fast wie ein Bruder für mich. Nicht zu vergleichen mit den aufregenden, geheimnisumwitterten Männern, wie sie einem in Filmen und Romanen begegneten oder wie ich sie mir in meinen Tagträumen vorstellte.

Irgend etwas knallte heftig gegen unsere Beine. Wir fuhren auseinander. Ein kleiner Junge hatte uns als Zielpfosten für seinen Ball benutzt.

Ziemlich durcheinander betrat ich Tante Käthes Küche, um mir ein Glas Milch zu holen. Martel war gerade dabei, das Frühstückstablett für den nächsten Tag zu richten. Sie sah elend aus und warf mir einen melancholischen Blick zu. «Na, Comtesse, nun hat's Sie wohl auch erwischt. Aber mich noch mehr.» Sie schlug die Hände vors Gesicht und begann zu weinen.

«Mein Gott, Martel. Ist was zu Hause passiert?»

«Nee», schluchzte Martel, «aber 'n Kind krieg ich. Wenn das der Vattel erfährt. Tot schlägt er mich.»

«Unsinn. Du wirst es Tante Käthe erzählen. Sie hilft dir bestimmt. Außerdem, was macht es schon, dann heiratest du eben deinen Leo.»

«Er denkt nicht dran, er denkt nicht dran. Er sagt, ich will ihn wohl für dumm verkaufen. Von ihm könnt's nicht sein. Er hätte sich immer vorgesehen.» Sie sah mich schwermütig an. «Ach, Comtesse haben ja keine Ahnung.» Damit hatte sie recht.

Tante Käthe war schockiert. «Wie konntest du nur, Martel! Schließlich habe ich die Verantwortung für dich.»

Martel machte ein trotziges Gesicht. «Besser auf'm Kissen als auf'm Gewissen!»

Das fand Tante Käthe schließlich auch. Und so machte sie sich am nächsten Tag auf zu Leos Eltern, bei denen der Zoowärter noch wohnte. Sein Vater war Werkmeister bei Siemens, und es ging ihnen pekuniär verhältnismäßig gut. Frau Lehmann fand sich schnell mit Tante Käthe in der gemeinsamen Verehrung zu Viktoria Luise, der Tochter des Kaisers.

Dann kam sie auf Leo zu sprechen. Ein lieber Junge, aber warum er ausgerechnet Tierwärter geworden war? Das sollte nun ein Mensch verstehen. Rein verrückt war er ja mit diesen Affen. Einmal hätte er ihnen sogar ein mutterloses Affenbaby zur Pflege aufgehalst. Das hätten sie tagsüber mit in ihren Schrebergarten genommen. «Ach, wie süß, ein Baby!» hatte die Nachbarin gesagt und sich über den Kinderwagen gebeugt. «Da kann man wohl schon zum Enkelkind gratulieren?»

Herr Lehmann lachte dröhnend: «Das Gekreische hätten Sie hören sollen!»

«Nun . . .» Tante Käthe nestelte an ihren Handschuhen. «. . . was das Enkelkind betrifft, so sollten Sie sich an den Gedanken langsam gewöhnen.»

«Wieso?» Frau Lehmann sah sie verdutzt an.

«Meine Martel bekommt nämlich ein Kind von Ihrem Leo.»

Wie Tante Käthe mir erzählte, hatten sich die Eltern sehr vernünftig benommen. Natürlich hatte sich Frau Lehmann für ihren Leo etwas Besseres als ein Dienstmädchen erhofft. Aber sie war ja recht proper, diese Martel, und hübsch dazu. «Und tüchtig», ergänzte Tante Käthe. «Ich werde sie vermissen. Sie ist mir wirklich unentbehrlich geworden.»

Herr Lehmann konnte es immer noch nicht fassen: «Der Leo ein Kind! Nein, so was.»

Frau Lehmann interessierte sich mehr für das Pekuniäre. «Wie sieht's denn so mit der Aussteuer aus?»

«Martel ist ein sehr sparsames Mädchen», sagte Tante Käthe. «Es ist bestimmt alles Nötige vorhanden. Auch von mir kann sie noch einiges erwarten.»

So trennte man sich zur allgemeinen Zufriedenheit. Leo und Martel zogen los, um die Verlobungsringe zu kaufen. Und die frischgebackene Braut schrieb mit ihrer von Lehrer Lange so gelobten Handschrift ihr großes Glück nach Hause.

12

Erfüllt von diesen Neuigkeiten und meinem verwandelten Gefühl für Flunki, fuhr ich Anfang Juni zu den Eltern, um mit ihnen meinen neunzehnten Geburtstag zu feiern. Ich hatte mich zu Hause nur an Weihnachten kurz blicken lassen und danach meine Familie bei Bernhards Hochzeit im März in Berlin gesehen, denn die Frau meines Vetters war die Tochter eines Berliner Bankiers.

Mein großer Auftritt mit rabenschwarzen Wimpern, ausgezupften Augenbrauen und langer Zigarettenspitze verpuffte. Niemand schien zu bemerken, daß ich inzwischen eine «Dame von Welt» geworden war. Für die Familie gab es nur ein Gesprächsthema: Jutta hatte sich mit Georg verlobt. Schon im Herbst sollte die Hochzeit sein. Auf einen Verlobungsempfang wollte man verzichten.

Ich war fassungslos. «Georg?» fragte ich ungläubig. «Warum habt ihr mir das nicht geschrieben?»

«Es sollte unsere Geburtstagsüberraschung werden», zwitscherte Mama fröhlich.

«Die ist euch ja wirklich gelungen!» Ich war beleidigt. «Wie bist du nur auf diese Idee gekommen?» fragte ich meine Schwester.

«Was für 'ne Idee?»

«Ausgerechnet Georg zu heiraten! Er ist doch unser Vetter. Also, ich kann jedenfalls an Georg nichts Besonderes finden.»

«Das Besondere», sagte Jutta mit einer an ihr ungewohnten Ernsthaftigkeit, «ist, daß ich ihn liebe.»

Ich schwieg. Schließlich ging es mir mit Flunki nicht anders.

«Aber mußt du ihn deswegen gleich heiraten?» Ich schlug die Beine übereinander und zündete mir lässig eine Zigarette an. «Die Welt ist voller Männer.»

Jutta beobachtete mich mit nachsichtiger Belustigung. «So voll nun auch wieder nicht. Weißt du, mit Georg ist es so richtig gemütlich. Später werden wir dann unseren Kindern die alten Spielplätze zeigen, und sie werden wie wir versuchen, Gerolin zu fangen.»

«Dann soll wohl dieser Herr hier so eine Art Kronprinz spielen? Und was wird aus mir? Ich kann sehen, wo ich bleibe.»

Sie legte tröstend den Arm um mich. «Sei kein Frosch. Er versteht nun mal mehr von der Landwirtschaft. Außerdem will er sich nach seiner Elevenprüfung während des Wintersemesters weiterbilden und an der Landwirtschaftlichen Hochschule Vorlesungen besuchen. Deine Rechte bleiben ungeschmälert. Keine Angst, Papa wird alles regeln. Du kommst schon nicht zu kurz!»

Georg war sehr bemüht um mich. Er raspelte richtig Süßholz und bezeichnete mich galant als Kusine und zukünftige Schwägerin mit den Märchenaugen. Die Türen knallte er wie früher, so daß Papa zusammenzuckte und vor sich hin murmelte: «Das kann ja heiter werden.»

Beim Abendbrot nahm mich Papa aufs Korn. «Wir haben den Eindruck, mein Kind, daß deine gute Tante dir die Zügel reichlich lang läßt. Was willst du überhaupt mit dem, was du da so lernst, später anfangen?»

«Ach, laß sie doch», begütigte Mama. «Sie ist ja noch so jung.»

«Aber alt genug, um zu wissen, daß Geld nicht auf den Bäumen wächst.» Papa hielt es mal wieder für angebracht, uns einen langen Vortrag über die Krise in der Landwirtschaft zu halten.

Ich hörte wie immer nur mit halbem Ohr zu, sagte an der richtigen Stelle: «Ja, Papa – wie recht du hast, Papa», formte verträumt kleine Brotkügelchen, was mir von Erwin mit mißbilligendem Räuspern verwiesen wurde, und überlegte, was Flunki jetzt wohl gerade machte.

Sie gaben mir noch eine Frist bis zum nächsten Jahr, und ich sagte überschwenglich: «Danke, Papa!»

Er drohte mir mit dem Finger und warnte besänftigt: «Schlag mir nicht zu sehr über die Stränge, mein Kleines!»

Vorerst war ich ganz damit beschäftigt, auf Flunkis und meinen gemeinsamen Kindheitspfaden zu wandeln. Ich kletterte, allerdings etwas steifbeinig, auf die Tanne, in der ich als «Robert, der Schiffsjunge» gesessen hatte, und kauerte mich nachts auf das Fensterbrett, um über den im Mondlicht flimmernden Teich zu sehen. Dabei hatte ich wieder Flunkis Stimme im Ohr: «Weißt du, was ich mal werden will? Reich. So reich wie ihr.»

Ich fing schnell an, mich zu langweilen. Es war wirklich immer dasselbe: Onkel Paul mit seinen skurrilen Geschichten; Tante Renata, die seit ihrer Ehe zur passionierten Gärtnerin geworden war und nur noch über Staudenrabatten und Blumenzwiebeln sprach; Onkel Peter mit seiner Jagd, Tante Agnes' endloses Gerede über Tochter und Schwiegertochter, und bei uns das ewig Händchen haltende Brautpaar, das sich jetzt schon kräftig in die Haare bekam. Auch mit meinen alten Schulkameraden hatte ich mir nicht mehr viel zu sagen.

Die einzige Abwechslung war ein Forsteleve von der in der Nähe gelegenen Forstakademie, der gern an den Abenden auf seinem Motorrad bei Onkel Peter oder uns vorbeischaute. Er war ein paar Jahre älter als Jutta und ich, sehr hellhäutig, ein wenig gedrungen, mit dichtem, weißblondem Haar. Er war Mitglied einer schlagenden Verbindung, und Jutta nannte ihn einen «Schmißkläffer», denn eine dekorative Narbe zog sich über seine Stirn.

Papa bezeichnete ihn als einen angenehmen jungen Mann, der niemanden störte. Das tat er wirklich nicht. Konnte er doch stundenlang in einem Sessel oder auf einer Bank sitzen, eine Zigarre rauchen und vor sich hin sinnieren.

«Unser großer Denker», stichelte Jutta. Sie mochte ihn ebenso wie ich ganz gern. Viktor von Wiedenbrück war kein Spielverderber. Dazu entpuppte er sich als guter Tänzer, was meine Schwester und ich sofort ausnutzten. Von Georg war in dieser Hinsicht nicht viel zu erwarten. Und wir beide tanzten nun mal leidenschaftlich gern. So glitten Viktor und ich im Kinderzimmer zu den Klängen des Tangos «O Donna Clara, ich hab dich tanzen gesehn» eng aneinandergeschmiegt dahin, wobei seine Augen etwas von ihrer Abwesenheit verloren. Ich flirtete mit ihm, was das Zeug hielt. Meine stürmischen Gefühle für Flunki hatten mir die Hemmungen genommen und mich übermütig gemacht. Ihm schien es zu gefallen. Er taute mehr und mehr auf und ging aus seiner Reserve heraus. Als ich durch den Flur vor ihm herging, griff er mir plötzlich ins Haar. Ich entzog mich ihm lachend. Und die Nana, die mal wieder im unpassendsten Augenblick auftauchte, gab einen entrüsteten Laut von sich.

Tante Agnes behauptete, Viktor von Wiedenbrück hätte es auf Irene abgesehen. «Ist das wahr?» fragte ich meine Kusine.

Irene lachte: «Du kennst doch Mama, die macht aus jeder Mücke gleich einen Elefanten und sieht in jedem Mann, der hier aufkreuzt, einen Heiratskandidaten. Dieser Wiedenbrück ist überhaupt nicht mein Fall. Der interessiert sich doch nur für Bäume. Sie haben nämlich in der Nähe von Berlin ein kleines Forstgut, das er später übernehmen wird. Sein Vater ist – glaube ich – recht krank.»

«Hat er noch Geschwister?»

«Nicht, daß ich wüßte. Man erzählt sich aber, daß die Mutter etwas exzentrisch sein soll.»

Dann vertraute sie mir an, daß sie sich unsterblich in ihren Vorgesetzten verliebt habe. Irene arbeitete jetzt als «Edeltippse» in einem Ministerium und war wie ich nur vorübergehend zu Hause. Sie hatte ihr schrilles Gelächter abgelegt, und wir verstanden uns besser als früher. Auch sie fand es bei den Eltern sterbenslangweilig. Dazu diese neue Schwägerin! «Also, ich sage dir, Feli, die hat sie doch nicht alle!»

Tante Agnes' anfängliche Begeisterung über Bernhards gute Partie war längst verflogen. Onkel Peter nannte seine Schwiegertochter «Madame Récamier», weil Freda es verstand, sich dekorativ auf Kanapees und Sofas zu räkeln, wobei sie viel Bein zeigte und ihre riesigen blauen Augen wie Leuchtfeuer kreisen ließ. Ansonsten war sie ein meist schlechtgelauntes Geschöpf, das gar nicht oft genug betonen konnte, wie furchtbar öde sie es bei uns fände. Aber Bernhard, der inzwischen bei seinem Vater den Verwalter spielte, betete seine Freda förmlich an.

Die Jagdpassion ihres Schwiegervaters war der Bankierstochter unverständlich. Sie lehnte es strikt ab, Bernhard auf den Anstand zu begleiten oder eine Jagd mitzumachen.

«Stell dir vor», beklagte Onkel Peter sich ganz betrübt bei Papa, «ich wollte ihr neulich nur mal zeigen, wie schrecklich die Springmaden einem Rehbock zugesetzt haben. Und was soll ich dir sagen? Da ist sie mir glatt umgekippt!»

Da Freda sich weigerte, irgend etwas im Haushalt zu tun, hetzte Tante Agnes wie bisher durchs Haus und kämpfte weiter unverdrossen gegen qualmende Öfen und morsche Dielen an. Die Gespräche drehten sich nach wie vor um lahmende Pferde, kranke Küken, Blattläuse und stockig gewordenes Mehl. Freda hatte recht: Es war wirklich furchtbar öde. Und so kehrte ich viel früher als vorgesehen nach Berlin zurück.

Flunki holte mich von der Bahn ab und weidete sich an meiner Überraschung, als er mit mir auf ein Auto zusteuerte.

«Geborgt?» fragte ich.

«Es gehört mir!» Er öffnete mit großartiger Geste die Wagentür.

Ich starrte ihn an. «Du hast dir ein Auto gekauft? Bist du verrückt, dich so in Schulden zu stürzen?»

Er wollte nicht so recht mit der Sprache heraus und murmelte nur, er wäre nun endlich befördert worden und jetzt so was wie die rechte Hand des Direktors.

Tante Käthe war glücklich, ihr Herzel wieder bei sich zu haben. Dagegen begrüßte sie Flunki ziemlich reserviert, und er hatte es eilig, sich zu verabschieden. Wir sahen ihm vom Fenster aus zu, wie er den Wagen startete.

«Ist Heinrich Wagner unter die Millionäre gegangen?» fragte Tante Käthe skeptisch.

«Er ist die rechte Hand des Direktors geworden», verteidigte ich ihn.

«In dem Alter? Wirklich ein bemerkenswerter junger Mann!»

Flunki war plötzlich auffallend spendabel. Er schleppte mich jetzt in die teuersten Lokale und Bars und mimte den großzügigen Kavalier. Mir wurde langsam unheimlich. Ich schlug deshalb vor, doch mal wieder zu Aschinger zu gehen. Er tippte sich an die Stirn: «Erbsensuppe und trockene Brötchen – ohne mich!» Dann ließ er zu meiner Beruhigung durchblicken, daß er eine größere Summe beim Pferderennen am Totalisator gewonnen hätte.

Wir sahen uns nicht so häufig, wie es meinen Wünschen entsprach, was er mit viel Arbeit entschuldigte, aber doch oft genug, um meine Gefühle nicht abflauen zu lassen.

Über Juttas Verlobung war er ebenso überrascht wie ich. «Ein Glückskind, dieser Georg! Zu dumm, daß *ich* nicht eher auf diesen Gedanken gekommen bin.»

Ich wurde wütend. «Was willst du damit sagen?»

«Ich will damit sagen, daß ein Mädchen wie das andere ist. Du holst dir, was du brauchst. Den Rest vergißt du.»

Ich reagierte blitzschnell: «Dann vergiß du mal, daß wir morgen zum Rennen wollten. Viktor von Wiedenbrück hat mich eingeladen. Ich hab dir ja von ihm erzählt. Er ist für ein paar Tage in Berlin und möchte mich unbedingt sehen.»

Falls Flunki davon überrascht war, so zeigte er es nicht. «Sieh an, sieh an, unsere *femme fatale.*» Er grinste ziemlich überheblich, wie ich fand, und strich mir übers Haar: «Dann amüsier dich mal schön mit deinem Krautjunker.»

«Worauf du dich verlassen kannst.» Ich verschwieg ihm, daß mir Viktor lediglich ein Päckchen von meinen Eltern aushändigen wollte. Von einer großartigen Einladung konnte keine Rede sein.

Immerhin war Flunki jetzt sehr bemüht. Er war lustig, zärtlich und einfühlsam und zeigte sich von seiner angenehmsten Seite. So klebten wir mehr denn je zusammen, worüber Tante Käthe nicht gerade glücklich war. Sie drängte mich, doch lieber wieder nach Hause zu fahren. «Was willst du bei dem schönen Wetter hier herumsitzen? Dein Schreibmaschinenkurs für Fortgeschrittene beginnt sowieso erst im Herbst.»

Ich lachte: «Du möchtest mich wohl los sein?»

«Es stimmt, ich muß für ein paar Tage verreisen, und jetzt, wo Heinrich Wagner dauernd im Hause auftaucht, lasse ich dich ungern allein.»

«Aber, Tante Käthe, was denkst du denn von mir!» rief ich entrüstet.

«Ich denke gar nichts, ich habe meine Erfahrungen. Auf keinen Fall will ich, daß Heinrich in meiner Abwesenheit bis in die Nacht bei dir herumhockt.»

Schließlich gelang es mir, ihre Bedenken zu zerstreuen.

Der Weg zur Hölle...! Es kostete Flunki keine allzugroße Mühe, mich dahin zu bringen, wo er mich haben wollte. Und prompt passierte, was mir noch nie passiert war. Doch im Gegensatz zu Großmama dachte ich mir dabei eine ganze Menge. Ich nahm mir fest vor, es bei dem einen

Mal bewenden zu lassen. Aber es ging mir wie Jutta mit ihrer Wahrheitsliebe: «Es tat's mit mir, es tat's mit mir!» Und ich betete zu Gott, daß Tante Käthe mir nichts anmerken würde.

Nach ihrer Rückkehr lotste Flunki mich kurzentschlossen auf sein Zimmer – eine billige Bude mit Klo auf halber Treppe. Sie mußte der Wirtin wohl vorher als Rumpelkammer gedient haben, soviel Ausrangiertes stand darin herum. Die Wirtin übersah unser sündiges Leben. Ihr anfängliches Lamento hatte ein größerer Schein der vor kurzem eingeführten Rentenmark verstummen lassen. «Liebe kommt, Liebe geht», war alles, was sie hin und wieder unfroh vor sich hin murmelte.

Unsere gemeinsame Zeit war bis auf die Wochenenden knapp bemessen. Am Abend mußte ich natürlich rechtzeitig bei Tante Käthe sein. Während Flunkis Arbeitszeit trieb ich mich ziellos in der Stadt herum, zählte die Stunden, bis wir wieder zusammen waren. Dabei lief mir Sweety über den Weg. Sie war recht schnippisch zu mir und teilte mir mit, daß sie sich verlobt habe.

«Mit wem denn?» fragte ich neugierig und erfuhr, daß sie zu dem Schnösel von damals zurückgekehrt war. Sie lobte ihn nun über den grünen Klee, während sie sich über Flunki recht abfällig äußerte.

«Wie man hört, bist du jetzt mit ihm sehr liiert», sagte sie spöttisch.

Es hatte sich also herumgesprochen. Hoffentlich erfuhr Tante Käthe nichts davon. Doch mein Unbehagen schwand, sobald ich mit Flunki wieder auf seinem schmalen Bett hockte, eng umschlungen wie früher als Kinder in den Gästezimmern, und wir zum x-tenmal feststellten, was für interessante Wesen wir eigentlich waren. Ja, geradezu außergewöhnlich! Flunki ging jetzt mehr aus sich heraus. «Um deine Mutter habe ich dich immer sehr beneidet», sagte er nachdenklich. «Meine hat sich doch nie so recht um uns gekümmert.»

«Aber Courage hat sie», tröstete ich ihn. «Nur aus Liebe auf alles zu verzichten und mit deinem Vater durchzubrennen! Das macht ihr keiner so schnell nach. Mir imponiert, daß es ihr gleichgültig ist, was andere über sie denken.»

«Mir aber nicht», sagte Flunki mürrisch. «Glaubst du, ich weiß nicht, wie man sich in der Familie über sie mokiert hat? Zu Hause war es doch das reinste Chaos mit so vielen Kindern und der Enge. Wenn nicht die schönen Sommer bei euch gewesen wären . . .»

«Das wird sich ja nun alles ändern», sagte ich munter. «Mein Zuhause ist von jetzt ab auch dein Zuhause.» Denn daß wir irgendwann heiraten würden, stand für mich fest.

Er ging nicht näher darauf ein, sagte nur: «So, so . . .» Dann spielten wir mal wieder Jack-the-Ripper, bis die Wirtin energisch an die Tür klopfte.

Ich war so fixiert auf Flunki und seine Zärtlichkeiten, daß ich nicht bemerkte, wie er von Tag zu Tag unruhiger und fahriger wurde und seine Fröhlichkeit etwas Forciertes bekam. Daher fiel ich aus allen Wolken, als er von einem Tag auf den anderen verschwand. Zwei Wochen lang wartete ich vergeblich, daß er sich melden würde. Mit einem Buch getarnt, saß ich stundenlang in Tante Käthes Wohnzimmer und flehte innerlich die ganze Zeit: Lieber Gott, laß ihn anrufen! Schließlich überwand ich meinen Stolz und fragte bei seiner Wirtin nach ihm.

«Ich denke, er ist zu seinen Eltern gefahren», sagte sie erstaunt.

Ich ging zum erstenmal in seine Bank. Er hatte nie gewollt, daß ich ihn dort aufsuchte. Ich nannte meinen Namen und fragte nach ihm. Der Angestellte hinter dem Schalter musterte mich interessiert. Dann komplimentierte er mich ins Zimmer des Direktors, der bald darauf erschien.

Er war schon ziemlich alt, trug einen Mittelscheitel und einen Oberlippenbart. Er war recht beleibt, zog alle Augenblicke eine goldene Uhr aus der Westentasche und ließ den Deckel aufspringen. Er hatte mich mit einem Handkuß begrüßt und mich gefragt, ob ich mit Heinrich Wagner befreundet wäre.

«Verwandt», sagte ich kurz.

Er wiegte bedauernd den Kopf: «Sehr, sehr unangenehm, das Ganze.»

Mir wurde mulmig. «Er ist doch nicht etwa verunglückt?»

«Schlimmer!» Der Direktor besah sich jetzt seine gepflegten Fingernägel. Flunki hatte Gelder der Kunden veruntreut. «Also, wenn er sich bei Ihnen meldet, Comtesse», sagte er sehr dringlich, «dann setzen Sie sich bitte sofort mit uns in Verbindung. Wir wollen es nicht an die große Glocke hängen, sondern unter der Hand regeln. Das sind wir Seiner Durchlaucht schuldig.»

Einen Monat lang wartete ich vergebens auf ein Lebenszeichen. Meine Hoffnungen schwanden. Dann kam der nächste Schlag. «Zwei mal vier ist acht, der Storch hat's Kind gebracht!» Der Arzt, den ich heimlich aufsuchte, gratulierte mir aufs herzlichste.

13

Mehr als zwanzig Jahre ist es nun her, daß mir der freundliche Arzt diesen Schock versetzte. Seitdem hat es in meinem Leben viele Momente gegeben, in denen ich in Panik geriet, aber diese Angst von damals schmecke ich noch heute.

Als ich an jenem heißen Sommertag völlig benommen die Friedrichstraße entlangstolperte, den Geruch nach Desinfektionsmitteln noch in der Nase, summten durch meinen Kopf Bruchstücke einer Moritat, die die Mädchen gern in der Küche sangen: «In Stücke wollt' sie sich zerreißen, ins tiefe Wasser wollt' sie gehn.» Auch Tante Renatas Geschichte von dem Dienstmädchen, das ihr Kind umgebracht hatte, geisterte durch mein Gehirn. Wie in meinen Kindheitstagen, wenn ich etwas ausgefressen hatte, verkroch ich mich ins Bett und blieb dort, bis die ratlose Tante Käthe unbedingt einen Arzt holen wollte.

Natürlich dachte sie sich ihr Teil. Flunkis «Schritt vom Wege» war bereits in der Familie herum. Aber auf die Idee, daß ich ein Kind von ihm erwartete, wäre sie nie gekommen. Ich brachte es nicht fertig, sie oder meine Eltern ins Vertrauen zu ziehen. Bei allem Kummer über mich, im

Stich gelassen hätten sie mich nicht. Vielleicht wäre von Mama sogar der Versuch gemacht worden, die Sache zu vertuschen und mein Kind als ihr eigenes auszugeben. Sie war ja noch jung, nicht einmal vierzig. Andernfalls würde ich ein ebenso interessantes Thema wie die trutzige Anna sein, unterhaltsamer Klatsch auf Familientagen und Jagden. «Ach, übrigens, wißt ihr schon?»

Ich hatte mich immer gerne daran beteiligt. Mein Gott, wie wichtig ich mir vorgekommen war mit meinem ganzen flotten Getue. Ich hatte auf «Sieg» gesetzt und war noch nicht einmal «Platz» geritten. Jetzt befand ich mich in derselben Situation wie damals Martel. Nur daß ich deren Unglück eher belustigt zur Kenntnis genommen hatte. Hofemädchen waren nun mal so. Sie kamen leicht in Schwulitäten. Aber Martel besaß wenigstens einen Bräutigam, und ich stand da «mit gewaschenem Hals», wie es von Flunki in einem anderen Fall wahrscheinlich burschikos ausgedrückt worden wäre.

Bestimmt hätte Tante Käthe einen Arzt aufgetrieben, um dieses «kleine Malheur» wieder in Ordnung zu bringen. Doch davor schreckte ich zurück. Weniger aus moralischen Gründen als aus Angst, es könnte etwas schiefgehen. Im Dorf erzählte man sich schreckliche Dinge darüber, von glühenden Stricknadeln, Strömen von Blut und wahnsinnigen Krämpfen.

So raffte ich mich auf und fuhr nach Hause. Die Angst beflügelte mich. Zwei Wochen später hatte ich Viktor von Wiedenbrück im Bett und einen von Saphiren und Brillanten eingefaßten Verlobungsring am Finger. Er hatte aus seinem Verhalten mir, dem unschuldigen Mädchen, gegenüber sofort die Konsequenzen gezogen und bei Papa um meine Hand angehalten. Die Eltern fielen aus allen Wolken. «Aber Feli, ihr kennt euch ja kaum!»

Ich mimte die glückstrahlende Braut. «Papa, wir haben uns doch ein paarmal heimlich in Berlin getroffen.»

«Na, wenn es so ist.»

Mama war erleichtert, daß sie sich über das Wieso, Weshalb und Warum nicht weiter den Kopf zerbrechen mußte. «Jedenfalls ist es eine ordentliche Familie.»

«Das schon», sagte Papa, «wenn auch nicht gerade mit Reichtümern gesegnet. Woher auch bei dem Sandboden. Aber der Besitz besteht wohl überwiegend aus Wald. Es wird nicht leicht für den Jungen sein, jetzt nach dem plötzlichen Tod seines Vaters das Gut sozusagen aus dem Stand heraus bewirtschaften zu müssen. Ein Glück, daß er noch die Akademie abschließen konnte. Du bist also nur seinetwegen hier so überraschend aufgekreuzt!» Er lächelte mich an.

«Bin wirklich gespannt, was Agnes zu der Verlobung sagt», bemerkte Mama vergnügt. «Sie hatte ja wohl schon ein Auge auf ihn geworfen und ihn Irene als Mann zugedacht.»

Aber das war, wie sie von Tante Agnes belehrt wurde, völlig abwegig. «Wie kommst du nur darauf, Helene?» Wir hatten sie in ihrer Küche überrascht, wo sie gerade dabei war, ein eigenhändig geköpftes Huhn zu rupfen, und leise vor sich hin sang: «Wenn ich einmal soll scheiden,so scheide nicht von mir.» Mama warf mir einen belustigten Blick zu. Tante Agnes' Angewohnheit, zu den merkwürdigsten Anlässen Kirchenlieder zu singen, amüsierte die ganze Familie. Sie zupfte sich einige Federn aus dem Haar und lächelte mich an: «Natürlich freue ich mich für dich, Feli, obwohl ich als deine Tante so meine Bedenken hätte.»

«Was denn für welche?» fragte Mama argwöhnisch.

«Nun, es geht dort doch wohl sehr einfach zu. Fast bäuerisch, habe ich mir erzählen lassen. Und dann lebt da noch Viktors Tante mit im Haus. Mit der ist gar nicht gut Kirschen essen, wie man hört. Leicht wird es für Feli nicht sein.»

Viktor lachte, als ich ihm davon erzählte. «Laß dir bloß keinen Bären aufbinden. Tante Hertha, die gute Seele, ist für uns unentbehrlich. Mama ist ja leider seit meiner Geburt kränklich geblieben.»

Er gab mir einen flüchtigen Kuß.

Ich machte mir nichts vor. Von rasender Verliebtheit konnte auch bei ihm keine Rede sein. Trotzdem schien es mir, als wäre ihm an einer schnellen Heirat ebenso gelegen wie mir. Immerhin hatte ich ihn, wie Onkel Peter seinen sagenhaften Hirsch, mit meinem erotischen Blattschuß blitzschnell zur Strecke gebracht. Trotzdem regte sich in mir leiser Zweifel, ob ich mir darauf wirklich etwas einbilden konnte.

In der Familie begann sich allmählich der Wirbel um meine überraschende Verlobung zu legen. «Wir befürchteten schon manchmal, du kämst uns mit einem Eintänzer ins Haus», neckte mich Papa.

Ich bestand auf einer Doppelhochzeit und tat, als fände ich es besonders romantisch, gemeinsam mit meiner Schwester vor den Altar zu treten. Mama gefiel dieser Gedanke weniger. «Ist das nicht reichlich überstürzt?»

Papa dagegen fand es eine gute Idee. «Sie hat recht, es ist *ein* Aufwasch.»

Martel heiratete ihren Leo noch vor mir. Jutta und ich halfen beim Kranzbinden, und die Männer erzählten uns von dem Kinderwagen, den man eigentlich Martel aufs Dach stellen müsse, und davon, daß im vorigen Jahr die Tochter eines Bauern ausgerechnet am Hochzeitstag ihr Kind bekam, so daß ihre Schwester als Ersatzbraut für sie eingesprungen war.

Nach dem vierten Schnaps lachten Jutta und ich noch auf dem Heimweg darüber. Ich konnte gar nicht mehr aufhören; dann brach ich unvermittelt in Tränen aus. «Was ist denn mit dir los?» fragte meine Schwester beunruhigt, und ich antwortete wie früher in Kindheitstagen, schon wieder lachend: «Was nicht angebunden ist.»

Martels Hochzeit wurde ein rundes Fest. Zuerst gab es den Knochentanz, bei dem man die Hühnerknochen auf den Fußboden warf, damit sie beim Tanzen zerrieben wurden und das Fett die Dielen schön glättete. Man tanzte unermüdlich, die älteren Frauen meist untereinander, denn die Männer ihrer Jahrgänge waren im Krieg geblieben.

Viktor und ich machten eine Verlobungstour durch die Nachbarschaft. Danach wurde es für ihn höchste Zeit, nach Hause zu fahren. Ich sollte eine Woche später nachkommen. Doch es war wie verhext: Erst verknackste ich mir den Knöchel und humpelte vierzehn Tage unbeholfen im Schloß herum. Dann schrieb Viktor, bei ihnen zu Hause und im Dorf sei eine Grippeepidemie ausgebrochen. Seine Mutter hätte es am ärgsten erwischt, und sie meinte, es wäre wirklich ärgerlich, wenn ich mich so kurz vor der Hochzeit womöglich anstecken würde.

«Es muß ihr wohl sehr schlecht gehen», sagte ich zu Mama. «Sonst hätte sie mir bestimmt selbst ein paar Zeilen geschrieben.»

Die Vorbereitungen kamen in Gang. Das Haus geriet in hektische Erregung. Die Gästeliste wurde lang und länger.

Die Eltern schienen sich an Menschen zu erinnern, die Jutta und ich noch nie zu Gesicht bekommen hatten.

«Das sind ja alles Mannequins von Grieneisen!» rief ich empört – Grieneisen war ein bekanntes Beerdigungsinstitut in Berlin –, und Jutta jammerte: «Da können wir ja gleich auf dem Friedhof heiraten.»

Aber Mama wies uns sehr nachdrücklich darauf hin, daß die Einladungen allein ihre Angelegenheit wären.

Jutta und Georg sprachen einen Tag nicht miteinander, weil Georg unbedingt seinen Lehrherrn und dessen Frau einladen wollte und Jutta die Frau unmöglich fand. «Also, weißt du, Georg, diese Frau ist wirklich un-mög-lich. Sie redet die ganze Zeit nur davon, wieviel Eingewecktes sie im Keller hat und wieviel Gänse sie dieses Jahr noch schlachten wird. Oder sie erzählt einem, daß es für sie nichts Schöneres gibt, als andere Menschen glücklich zu machen.»

«Du hast ja recht», seufzte Georg. «Und ich wünschte, sie finge damit beim Essen an. So was von Fraß, wie wir Eleven von ihr vorgesetzt bekommen, spottet jeder Beschreibung. Trotzdem, es nützt nichts, es geht auf die Prüfung zu, und sie hat nun mal viel Einfluß auf ihren Mann.»

«Was hat deine Prüfung mit meiner Hochzeit zu tun?» Jutta kriegte ihren berühmten Rappel. Türenknallend verließ mein zukünftiger Schwager das Zimmer, türenknallend rannte er durchs Schloß, bis Papa sich das verbat.

«Wir sind hier nicht auf dem Truppenübungsplatz!»

Dann kam ein heikles Thema zur Sprache: die Trutzis ...

«Ein Jammer mit Flunki», sagte Mama arglos. «Hat einer von euch etwas Neues über ihn gehört?»

«Man munkelt, daß er bei der Schwarzen Reichswehr gelandet sein soll», sagte Georg.

«Die Wagners tun mir wirklich leid», bedauerte Mama. «Und für euch war er ja auch ein Stück Kindheit.»

Ich verließ unter einem Vorwand das Zimmer und verzog mich auf den Dachboden, um mich zwischen unserem ausrangierten Spielzeug auszuheulen. Ich blätterte in unseren alten Kinderbüchern, «Der kleine Lord», «Oliver Twist» und natürlich «Robert, der Schiffsjunge», dem ich meinen Rausschmiß aus dem Krankenhaus verdankte. Ich nahm mein altes, von Papa geschenktes Puppengeschirr in die Hand und fand es noch genauso scheußlich wie damals. Auch den von Martel so bewunderten «scheenen» Puppenwagen stöberte ich auf. In einem Karton fand ich unsere Spiele für die Regentage: Mensch-ärgere-dich-nicht, Halma, Dame, Fang den Hut, Mikado und verschiedene Quartette. Ich entdeckte unsere vom Stellmacher liebevoll gezimmerten Pferdeställe, Pferdewagen und die dazugehörigen Pferdchen, Zinnsoldaten und einen Anker-Steinbaukasten. Manches Spielzeug stammte noch von unseren Großeltern. Sicher würden später Juttas Kinder auch wieder damit spielen. Ich sah an mir herunter. Dank dem Mieder «Deutsche Tanne» war noch nichts zu sehen.

Entschlossen erhob ich mich, wischte meine staubigen Hände an einem zerrissenen Puppenkleid ab und stieg die Treppe vom Boden wieder hinunter. Dabei begegnete ich der Nana. Sie war mit den Jahren ein wenig wunderlich geworden. Großmutter Flottbach war gestorben, ehe ich sie richtig wahrnehmen konnte. Aber die Nana ließ sie in ihren Reden und Handlungen wieder auferstehen. Sie tadelte die Verschwendungssucht, die in der Küche um sich griff, wo man die Speckschwarten den Vögeln in die Äste hängte, anstatt sie zum Auswischen der Pfannen zu benutzen. Sie weigerte sich standhaft, die Schalter für das elektrische Licht, das vor zwei Jahren installiert worden war, zu benutzen, aus panischer Angst, einen Schlag zu bekommen, und tappte lieber weiterhin gespensterhaft nachts mit einer Kerze durch die Gänge. Sie rang mit Mama um jeden alten Fetzen, den diese wegwerfen wollte, und hielt ihr vor, was für Wunderdinge man daraus anfertigen könnte.

«Was denn?» fragte Mama.

«Auf jeden Fall Putzlappen!» Die Nana verschwand eilig mit einem durch und durch zerlöcherten Küchenhandtuch.

Wenige Tage vor der Hochzeit rauschte Großmama mit vierzig Stundenkilometern in einem neuen Auto heran. «Der Wagen der vornehmen Welt, im Frieden glänzend erprobt, im Kriege ruhmreich bewährt», wie es so schön in der Werbung hieß. Leider war dauernd an ihm etwas kaputt, und ihr Dienerchauffeur hantierte auf dem Hof, von staunenden Kindern umringt, mit dem Lötkolben an ihm herum. Großmama kaufte ihren Glückskindern die Hochzeitskleider und war auch sonst wie immer sehr freigebig.

Ein Teil der Gäste wurde bei Onkel Peter und bei Onkel Paul einquartiert. Sein Diener sollte Erwin beim Servieren helfen, aber das lehnte er empört ab. Er dächte gar nicht daran, sich von Erwin herumkommandieren zu lassen.

Kusinen und Vettern plagten sich mit Darbietungen für den Polterabend; die schöne Freda sagte, es wäre alles so furchtbar öde, und fuhr bis zur Hochzeit für ein paar Tage nach Berlin. Mamsell sorgte sich wie immer, daß das Eis ausgehen könnte oder die Eier nicht reichen würden.

Kurz vor der Hochzeit sagten zwei Ehepaare ab, und Mama mußte ihre Tischordnung, über der sie nächtelang gebrütet hatte, von vorn beginnen.

Auch meine zukünftige Schwiegermutter konnte wegen ihrer Krankheit nicht an der Hochzeit teilnehmen, und Tante Hertha mußte deshalb ebenfalls darauf verzichten.

Die Hochzeit selber verlief dafür ohne Zwischenfälle. Wagen um Wagen rollte pünktlich die Dorfstraße entlang zur Kirche. Die Oktobersonne meinte es noch einmal gut. Weder Viktor noch Georg hatten vergessen, dem Pastor rechtzeitig die Ringe zu übergeben, wie es bei Bernhard der Fall gewesen war. Damals wurde einer der Brautführer, Leutnant bei der Reichswehr, eilig losgeschickt, um sie zu holen. Als die Gemeinde gerade in andächtigem Gebet verharrte, kam er mit klirrenden Sporen – «klack, klack, klack» – den Gang entlanggestiefelt, und alle Köpfe drehten sich nach ihm um.

Die Predigt unseres alten Pastors über den Sinn der Ehe und die Verantwortung, die man füreinander habe, rauschte an mir vorbei, während Jutta blanke Augen bekam. Und ich konnte nicht wie sonst über Tante Agnes lächeln, deren jubelndes «Wach auf, mein Herz, und singe» sich über alle anderen Stimmen erhob.

Beim Essen gab es die üblichen endlosen Reden auf die Flottbachs und Wiedenbrücks, auf Jutta und mich.

Während Georg und Jutta mit Großmamas großzügig zur Verfügung gestelltem Auto ihre Hochzeitsreise zum Chiemsee antraten, fuhren Viktor und ich gleich nach Grunow, meiner neuen Heimat. Unsere Hochzeitsreise war auf später verschoben worden.

Wir wurden von den Eltern zum Zug gebracht. Sie verabschiedeten sich von uns, und Papa legte seinen Arm um Mamas Schultern. «Komm, mein Kleines!» Sie winkten mir zu, und ich winkte ihnen aus dem abfahrenden Zug noch lange nach. Ich sah, wie sie sich umdrehten und davongingen, und fühlte mich wie «Robert, der Schiffsjunge» auf seiner einsamen Insel, als das Segelschiff für immer am Horizont verschwand.

Auch für mich gab es nun keine Möglichkeit mehr, mich noch einmal bemerkbar zu machen. Ich schob das Fenster zu und begab mich tränenblind in unser Schlafwagenabteil. Viktor saß in Kutscherhaltung auf dem Bett und starrte vor sich hin. Ich zog meinen Mantel aus und setzte mich schweigend neben ihn. Er sah mich an, fast mitleidig. Dann lachte er kurz. Es klang nicht gerade fröhlich. «Da wären wir nun, wir zwei verlorenen Seelen.»

«Was meinst du damit?» fragte ich.

14

Ein magerer, mürrischer, schlecht rasierter älterer Mann holte uns von der Kleinbahn ab und wurde mir mit einem hingeworfenen «Das ist Wilhelm» vorgestellt. Der Kutschwagen wirkte schon recht klapperig, aber die beiden jungen, vor Übermut tänzelnden Fuchsstuten davor hätten auch Papa gefallen.

Die Chaussee mit ihren Kirschbäumen und den abgeernteten Feldern rechts und links endete in einem verträumten Dorf mit hübscher kleiner Backsteinkirche zwischen alten Linden. Wir fuhren zunächst durch einen Mischwald von Buchen und Eichen, der in hohe Kiefern überging. Die Luft war erfüllt vom Geruch nach ausgeschwitztem Harz. Er kam von den zersägten und aufgeschichteten Baumstämmen, die am Wege lagen.

Die Pferde fielen in Schritt, und der Wagen mahlte durch tiefen Sand. Viktor erklärte mir umständlich, wie viele Meter Holz er jedes Jahr schlagen müsse, um über die Runden zu kommen, und wie mühsam und langwierig das Aufforsten sei. Alle Augenblicke deutete er mit der Peitsche auf irgendeinen Punkt und rief: «Hier schoß ich meinen ersten Bock, hier meinen ersten Fasan, hier mein erstes

Wildschwein», während ich in der noch warmen Mittagssonne einnickte und erst wieder richtig wach wurde, als wir eine Anhöhe hinunterfuhren und dabei über eine große Wurzel holperten.

Der Wald lichtete sich, und das Haus der Wiedenbrücks tauchte so unvermutet vor mir auf wie ein weggeduckter Hase. Da lag es, von der Sonne beschienen, mit grünen Fensterläden, Kletterrosen und einer Wetterfahne auf dem Dach, in einem parkähnlichen Garten, hinter dem sich zu meiner großen Freude, nur durch eine Wiese getrennt, ein langer See erstreckte.

Viktors Elternhaus war vor zehn Jahren bis auf die Grundmauern abgebrannt, und so war man in das ehemalige Witwenhaus gezogen. Aber ganz so puppig hatte ich es mir nicht vorgestellt.

Die Straße führte am Gartenzaun entlang, und der Wagen hielt an der Gartenpforte. Wir gingen auf einem mit Buchsbaum eingefaßten Weg zum Eingang. Ein paar Terrassenstufen führten zur Haustür, in die das Wappen der Wiedenbrücks eingeschnitzt war.

Mein Blick fiel auf eine Girlande und ein Pappschild mit der Aufschrift «Grüß Gott, tritt ein, bring Glück herein!» Die Tür öffnete sich. Heraus trottete eine Art menschlicher Bernhardiner, den knöchellangen Lodenrock voller Hundehaare, die weiße Bluse mit roten Spritzern verziert. Das konnte nur die vielgepriesene Tante Hertha sein. Mit einer großen roten Hand wischte sie vergeblich auf einem Fleck herum und streckte sie mir dann zum Handkuß entgegen.

«Entschuldige mein Aussehen. Das Pflaumenmus hat beim Kochen so gespritzt.»

Hinter zwei kläffenden Dackeln, die uns umsprangen,

kam noch etwas schnatternd aus dem Haus gewatschelt: ein Erpel. Er zischte mich wütend an. Tante Hertha beugte sich zu ihm hinunter und strich ihm beruhigend mit einem Finger über den Kopf. «Das ist Fritz, mein Leibwächter.» Ihre hellen Augen mit den schweren Lidern musterten mich mit freundlicher Skepsis. «Bißchen blaß, die Kleine. Ich hoffe, sie wird uns nicht alle naselang krank. Das können wir hier nun wirklich nicht gebrauchen.» Sie sprach über mich hinweg zu Viktor, als sei ich ein Nutztier, das sie taxieren müsse.

Viktor nahm mich in Schutz: «Feli erfreut sich bester Gesundheit! Aber gehen wir erst mal rein.» Er wirkte plötzlich sehr nervös.

Inzwischen war auch ein Mädchen erschienen, ein junges Ding in meinem Alter, das mit Wilhelm die Koffer ins Haus trug. Von innen war es geräumiger, als es von außen wirkte, und wie die meisten Landhäuser vollgestopft mit dem Trödel vieler Generationen. Zwischen Barock und Biedermeier tummelten sich wahre Scheußlichkeiten von Wandbehängen, Aschenbechern und Vasen. Das Prunkstück stand im Wohnzimmer: ein fast lebensgroßer, geschnitzter Zulu aus schwarzem Ebenholz, der mit einem Speer drohend auf mich zielte. Ich betrachtete ihn angewidert.

Viktor lachte: «Hübsch, nicht? Hat mir mein Onkel zur Konfirmation geschenkt. Er war bei der Schutztruppe in Südwestafrika.»

Der winzige Flur war wie bei Onkel Peter bestückt mit Jagdtrophäen. Ich besah mir einen Vierzehnender. Das wäre was für meinen Onkel. «Habt ihr denn hier soviel Rotwild?»

«Das wirst du heute nacht schon merken. Wir haben nämlich Brunftzeit, und die Hirsche schreien, bis es hell wird. Aber ich hab die Rotwildjagd verpachtet. Das bringt eine schöne Stange Geld. Mir genügt das Niederwild.»

Während er von der Jagd redete, warf ich im Geist bereits im Wohnzimmer allen Krimskrams hinaus und möblierte es neu mit den von Großmama geschenkten hübschen Möbeln, die bislang noch nicht eingetroffen waren.

Tante Hertha bat uns zum Mittagessen. «Ich hoffe, ihr habt einen gehörigen Appetit mitgebracht», sagte sie verheißungsvoll. Der verging mir, als ich das Empfangsmenü in der Schüssel sah: Béchamelkartoffeln hatte ich noch nie gemocht. Mir fielen dabei wieder die Worte von Schnorrer-Karlchen ein: «Hoffen und Harren macht manchen zum Narren.»

Unser Bericht über die Hochzeit stieß bei Tante Hertha auf geradezu beleidigendes Desinteresse. Sie kam schnell wieder auf Haus und Garten zurück und zählte uns auf, was draußen noch alles zu tun sei, ehe es richtig Frost gäbe.

«Für den Mokka gehen wir wohl lieber ins Wohnzimmer.» Sie hob die Tafel auf. Der Mokka war ebenso enttäuschend wie das Mittagessen. Die reinste Plürre, wie man in meiner Heimat dazu gesagt hätte.

Mein frischgebackener Ehemann schien meine Meinung zu teilen. Er lehnte ebenfalls dankend eine zweite Tasse ab und sagte: «Ich glaube, wir sollten jetzt Mutter begrüßen.»

«Tu das, Junge.»

Der Bernhardiner stellte die Tassen zusammen. Ich erhob mich erleichtert vom Tisch mit der scheußlichen Fransendecke und ging mit Viktor eine Treppe hinauf ins obere Stockwerk, wo die Schlafzimmer lagen. Mein Mann öffnete eine Tür, und ich erblickte zum erstenmal meine Schwiegermutter. Sie lag in einem eleganten Nachthemd im Bett und strahlte mich mit einer Herzlichkeit an, die mich direkt verlegen machte. So jung aussehend und voller Anmut hatte ich sie mir nicht vorgestellt.

«Viktor, was hast du dir für ein hübsches Mädchen ausgesucht!» rief sie mit einer hellen, etwas aufgeregten Stimme. «Es tat mir so leid, Feli, daß ich nicht zu eurer Hochzeit fahren konnte. Wie freue ich mich, dich endlich zu sehen. Komm, gib mir einen Kuß!» Ihre blauen Augen glänzten. «Wißt ihr was, das muß gefeiert werden. Ich werde mich jetzt anziehen, und dann trinken wir eine Flasche vom besten Sekt, den wir im Keller haben.»

Das wollte Viktor auf keinen Fall. «Du mußt dich noch schonen, Mutter! Das holen wir nach, wenn es dir wieder besser geht.»

«Aber es geht mir glänzend!»

«Tante Hertha ist da anderer Ansicht. Außerdem wird sich Feli gern ein bißchen ausruhen wollen. Die lange Reise war sicher anstrengend.»

Ich sah ihn erstaunt an. So besorgt kannte ich Viktor sonst gar nicht. «Ach, weißt du –» begann ich, aber er ließ mich nicht ausreden.

«Komm schon!» Er zog mich aus dem Zimmer. Doch kaum stand ich auf dem Flur, war von Ausruhen keine Rede mehr. «Tante Hertha zeigt dir jetzt das Haus, und dann gehen wir durch die Ställe.»

«Deine Mutter ...» setzte ich zweimal an, «also mit deiner Mutter werde ich mich bestimmt gut verstehen.»

Er hörte gar nicht zu, sondern zeigte auf meine Spangenschuhe aus grauem Wildleder. «Du ziehst dir lieber etwas Festeres an.»

Die Hausbesichtigung vom Keller bis zum Dachboden

verbesserte nicht gerade meine trübe Stimmung. Hier war es ja fast so primitiv wie bei Martels Eltern. Nicht einmal ein Badezimmer war vorhanden. Nur eine Zinkwanne, die man sich ins Zimmer schleppen mußte. Und es gab natürlich noch kein elektrisches Licht. Die vorsintflutliche Küche mit dem Handstein hätte dringend geweißt werden müssen. Sie schien das Heim einer Katze, eines in der Mauser befindlichen Huhns und des zahmen Erpels zu sein, der mich gleich kräftig in die Beine zwickte. Vergeblich sah ich mich nach einer Köchin um.

«Kochen tue ich», erklärte Tante Hertha munter. «Wenn wir Gäste haben, hilft mir Wilhelms Frau dabei. Aber keine Angst, für die große Wäsche kommt extra jemand aus dem Dorf!»

«Wie angenehm.» Es sollte ironisch klingen, aber Tante Hertha nahm es wörtlich.

«Nicht wahr? Das Wasser dafür holen wir aus dem See. Es ist weicher als das aus dem Brunnen im Hof.»

In den Ställen standen die meisten Boxen leer. Seitdem das Land aufgeforstet und der Rest verpachtet worden war, begnügte man sich für den eigenen Bedarf mit zwei Kühen, ein paar Hühnern, zwei Schweinen und vier Pferden. Ein Gespann war für die Feldarbeit, das andere zum Reiten und für die Kutschfahrten vorgesehen. Die zwei Schweine grunzten uns freundlich an, und Viktor schupperte ihre Rücken mit einem Stöckchen. «Noch zwei, drei Monate, und sie sind gerade richtig zum Schlachten.»

«Und wer schlachtet sie?» fragte ich beklommen, denn langsam dämmerte mir, was mich hier erwartete.

«Ein Schlachter aus der Stadt. Aber verarbeitet und eingeweckt werden sie von Wilhelms Frau und Tante Hertha.»

Nach dem Abendbrot zogen wir uns bald zurück. Unser Schlafzimmer war die einzige angenehme Überraschung. Es ging auf den See hinaus und war hell und freundlich, mit bauschigen, frischgewaschenen Gardinen, einem breiten Jugendstilbett mit hübscher Überdecke, einem Frisiertisch mit drehbarem Spiegel und den blankgebohnerten, nach frischem Bohnerwachs riechenden Dielen, auf denen ein blaßgrauer Perserteppich lag.

Für jeden von uns gab es einen Ankleideraum mit reichlich Schränken und zwei Waschkommoden mit Porzellaneimer, -waschschüssel und -kanne, in der das Wasser aus der Küche geholt werden mußte.

Erleichtert ließ ich mich aufs Bett fallen. «Da hat sich deine Mutter aber wirklich Mühe für uns gegeben.»

«Hier schliefen meine Eltern. Als Papa krank wurde, haben wir ihn in eines der Gästezimmer umquartiert. Und jetzt ist Mutter für dich extra ausgezogen.»

«Wollen wir ihr nicht noch gute Nacht sagen?» fragte ich.

Mein Vorschlag stieß auf keine Gegenliebe. «Ich hab vorhin noch einmal bei ihr reingeschaut.»

Ich sah meinem Mann zu, wie er sich die Schuhe aufschnürte.

«Liebst du mich eigentlich?»

Er stellte die Schuhe beiseite und versah sie sorgsam mit Schuhspannern. «Liebst du mich denn?»

«Widertack ist Katzendreck», sagte ich halb lachend.

Er drehte sich zu mir um. «Ich fürchte, ich war nur so eine Art Notnagel für dich.»

Ich fühlte, wie ich rot wurde, aber bei dem schwachen Kerzenlicht würde er das wohl kaum bemerken. «Wie kommst du denn darauf? Das ist ja unglaublich!» sagte ich übertrieben munter.

«Nun, zu deiner Beruhigung: Auch du warst eine Art Retter in der Not für mich. Da haben wir uns also gegenseitig nichts vorzuwerfen.»

«Du bist verrückt, Viktor Wiedenbrück!» sagte ich.

«Mutter ist nun mal viel krank», fuhr er fort, ohne auf meine letzte Bemerkung einzugehen. «Und zwei ältere Frauen als einzige Gesellschaft in diesem Haus ist auf die Dauer ziemlich trostlos. Da kamst du mir gerade recht.»

«An Mädchen herrscht doch nun wirklich kein Mangel seit dem Krieg», rief ich gekränkt. Das fehlte noch, daß er die Rolle des Opfers übernahm. «Warum hast du niemand aus der Gegend geheiratet?»

Er lachte: «Mach nicht so ein beleidigtes Gesicht, Feli. Du warst ein recht annehmbarer Retter.» Er warf sich lachend über mich, und seine Küsse waren alles andere als Opfergaben. Eng umschlungen schliefen wir ein.

Ich erwachte davon, daß mir eine Hand übers Gesicht strich. «Viktor», murmelte ich und drehte mich auf die Seite. Der Duft eines Parfüms drang mir in die Nase. Wo hatte ich es heute schon einmal gerochen? Ich richtete mich auf. Am Fußende sah ich die Umrisse einer Gestalt. Ich rüttelte Viktor wach. «Viktor, im Zimmer ist jemand!»

Schlaftrunken tastete er nach der Streichholzschachtel und entzündete eine Kerze auf seinem Nachttisch. Ihr Licht fiel auf meine Schwiegermutter. Mit starrem Blick und zerwühltem Haar sah sie auf uns herab.

Hastig zog Viktor sich das Nachthemd über und war mit einem Satz aus dem Bett. «Was tust du hier, Mutter? Komm, ich bring dich wieder in dein Zimmer.«

Sie rührte sich nicht und starrte mich weiter an.

«Mutter», drängte Viktor sanft.

«Das ist mein Bett. Schmeiß sie raus!» sagte sie und deutete auf mich. Er zerrte sie zur Tür, und die ganze Zeit rief sie laut: «Das ist mein Bett. Schmeiß sie raus!»

Es dauerte eine geraume Zeit, bis mein Notnagel zu mir zurückkehrte. «Es tut mir leid», stotterte er, «das hat sie noch nie gemacht. Ich meine, nachts im Haus herumzugeistern.»

«Das hat sie noch nie getan? Was hat sie dann getan?» Mich überkam ein unwiderstehlicher Lachreiz.

Mein Ausbruch brachte Viktor in Wut. «Lach nicht so dämlich! Was ist daran schon komisch?»

«Hat sich was, mit zarter Mutter. Verrückt ist sie. Das ist es. Deshalb hattest du auch keine Chance bei den Mädchen aus der Nachbarschaft!»

Verzweiflung packte mich. Was hatte ich mir da nur eingebrockt! Einen durchgebrannten Liebhaber, ein Kind, das ich erwartete, einen Ehemann, den ich kaum kannte, eine spinnige neue Verwandte, die das Haus mit Tieren bevölkerte, und eine geistesgestörte Schwiegermutter. Es war einfach zuviel. Ich vergrub mich tief in die Kissen wie meine Karnickel sich ins Heu, wenn sie sich fürchteten.

Mein Entsetzen erschreckte Viktor. «Beruhige dich doch, Feodora!»

Auch das noch! Ich haßte meinen Vornamen. Er klang nach einer Schokoladenmarke. Viktor streichelte mich ungeschickt. «Beruhige dich. Das hat sie wirklich noch nie ...»

«Hör auf», schrie ich, «und nenn mich gefälligst nicht Feodora!» Mein Ausbruch erleichterte mich. Ich schneuzte mir die Nase auf eine Weise, wie sie die Nana sehr mißbilligt hätte. «Hast du etwa noch mehr Leichen im Keller?»

Viktor kroch wieder ins Bett zurück und redete sich endlich seinen Kummer von der Seele. Und je länger er redete, um so mehr verfluchte ich meinen falschen Stolz, der mich zu diesem unüberlegten Schritt getrieben hatte.

Viktors Großvater war Bataillonskommandeur der benachbarten Garnison gewesen, und seine Mutter hatte als junges Mädchen viele Courmacher gehabt, darunter auch den wohlhabenden Wiedenbrück. Als sie knapp achtzehn war, erschoß sich ihr Vater wegen hoher Spielschulden. Er ruinierte damit fast seinen Schwiegersohn, der für ihn gebürgt hatte.

«Sie muß bezaubernd gewesen sein», sagte Viktor. «Jeder war hinter ihr her, vom Burschen bis zum General.»

«Warum hat sie dann ausgerechnet in diese Einöde geheiratet? So lebenslustig, wie sie war?»

«Aus Liebe zu Vater natürlich», sagte er mit arglosem Stolz. «Außerdem ist es hier früher recht feudal zugegangen. Natürlich gab es eine Mamsell und sogar einen Diener. Damals war ja Tante Hertha noch jung und viel zu Festen eingeladen.

Mutters Krankheit begann sich erst nach meiner Geburt bemerkbar zu machen. Du kannst dir gar nicht vorstellen, was ich als Junge gelitten habe. Mal brachte sie mich halb um vor Zärtlichkeit, dann wieder behandelte sie mich wie ein fremdes Kind, von dem sie gar nicht verstehen konnte, wie es in ihr Haus gekommen war. Ich ging schon aufs Gymnasium, da zwang sie mich eines Tages, einen Samtanzug mit Rüschenhemd anzuziehen. Mein Protest half nichts. Als ich ganz außer mir auf den Wagen stieg, der mich wie jeden Tag zur Schule brachte, zwinkerte mir der Kutscher zu. Im Wald hielt er an und holte unter seinem Sitz meinen alten Anzug hervor. Und ich zog mich in Windeseile um . . .»

«Wie hat denn die Krankheit angefangen?» fragte ich.

«Zuerst nur mit kleinen Sonderlichkeiten. So saß sie bei offener Tür auf dem Klo und winkte den Gästen, die das gleiche Ziel hatten, fröhlich zu. Auch verschickte sie hinter Vaters Rücken Einladungen zum Essen, obwohl er mit ihr an diesem Tag nach Berlin fahren wollte. Der unglückliche Diener mußte irgendwelche Ausreden für die vorfahrenden Gäste erfinden. Dann entwickelte sie plötzlich die Manie, sämtliche Schlüssel im Haus zu verstecken.»

«Laß mich nicht im Stich», hatte Viktors Vater seine Schwester angefleht. Und gutmütig, wie sie war, ließ sie sich von ihm überreden, ihre eigene Hochzeit mit dem Nachbarssohn hinauszuschieben. Als die Verlobung platzte, wurde das allgemein bedauert. Tante Hertha, nicht gerade hübsch, aber frisch und tüchtig, war in der ganzen Gegend eine durchaus willkommene Schwiegertochter gewesen. Erst allmählich hatte sie sich in das bernhardinerhafte Wesen von jetzt verwandelt, von dem man in der Nachbarschaft nur noch als der «guten Hertha» redete. «Die gute Hertha – ist sie nicht ein richtiges Original?»

Während ihr Bruder über sein Unglück in Schwermut versank und die Schulden schneller wuchsen als der Roggen, nahm sie die Zügel in die Hand. Als erstes entließ sie das meiste Personal, darunter auch den Förster.

«Aber den brauchen wir doch wirklich!» entrüstete sich ihr Bruder.

«Dann nimmst du eben selbst mal eine Axt in die Hand und nicht nur ein Gewehr!» brüllte sie ihn an.

Sie brachte den alten Wiedenbrück wirklich in Trab und sorgte auch dafür, daß ihr Neffe auf die Forstakademie geschickt wurde. Sie schonte sich und andere nicht. Sogar die Gäste wurden eingespannt. Ehe sie es sich versahen, saßen sie mit umgebundener Schürze, eine Schüssel zwischen den Knien, auf der Veranda und pulten Erbsen, schnippelten Bohnen, entkernten Kirschen oder zupften Johannisbeeren.

«Man muß sie einfach respektieren», sagte Viktor. «Ich hoffe, du kommst mit ihr zurecht.»

Es blieb mir gar nichts anderes übrig. Ich wagte nicht, mich Tante Herthas Anordnungen zu widersetzen. Wie eine piepsende Maus stupste sie mich vor sich her durchs Haus.

«Aber ich weiß doch gar nicht, wie man eine Zentrifuge bedient!» rief ich, als sie mich aufforderte, die Milch durchzudrehen.

«Dann mußt du es eben lernen.» Schon hatte ich die Kurbel in der Hand, und die Zentrifuge begann zu singen. «Morgen früh muß Brot gebacken werden. Das kannst eigentlich du machen.»

«Aber ich habe noch nie Brotteig angesetzt», protestierte ich.

«Dann mußt du es eben lernen.»

Hin und wieder raffte ich mich auf und versuchte, ihr die Stirn zu bieten. So kündigte ich ihr an, daß ich mit dem Einspänner in die Stadt zu fahren gedächte.

Tante Hertha tat, als hätte ich eine Reise nach Rom vor. «In die Stadt?» wiederholte sie. «Wir brauchen weder Weckgläser noch Seife.»

«Ich will ins Kino.»

«Unsinn», sagte Tante Hertha, «bei dem schönen Wetter gehen wir beide lieber in den Garten und machen ihn für den Winter zurecht. Kohl müssen wir auch noch einstampfen.»

Meine schönen Möbel wanderten in die Scheune. Tante Hertha weigerte sich strikt, die Möbel ihrer Eltern auszurangieren. Nur ein, zwei Kommoden und einen kleinen Biedermeiersekretär konnte ich in den Gastzimmern unterbringen. Als ich den Erpel Fritz auf einem der kleinen Sessel sitzen sah, von wo aus er mich frech anschnatterte, war ich drauf und dran, ihm den Garaus zu machen, und hatte bereits eine Hacke zum Schlag erhoben. Glücklicherweise kam Viktor gerade in die Scheune und entriß sie mir. Ich weinte mich bei ihm aus, und er versprach, mit Tante Hertha ein ernstes Wort zu reden. Und dabei blieb's.

Ja, sie hatte uns wirklich fest im Griff – Haus, Hof und alles, was mein ist. Sogar Wilhelm hatte Dampf vor ihr. Denn sie war sehr dahinterher, daß er nicht soviel trank.

Ich war jetzt Ende des vierten Monats schwanger und konnte meinen Zustand gerade noch kaschieren. Bis jetzt hatte mich das Baby überhaupt nicht geplagt, das arme kleine Wesen. Ich ließ noch einige Zeit verstreichen, rannte dann eines Tages beim Mittagessen plötzlich aus dem Zimmer und mimte Symptome, die ich nie gehabt hatte.

«Mein Gott, ist mir schlecht», jammerte ich. «Wahrscheinlich habe ich etwas Falsches gegessen.»

Tante Hertha lächelte wissend.

«Ich denke, du kriegst ein Kind!»

15

«Ausgeschlafen?» Tante Käthe stellte das Tablett mit dem liebevoll zubereiteten Frühstück vorsichtig auf ein Beitischchen neben meinem Bett. «Wie geht es dir denn heute?»

«Besser.» Ich streckte mich behaglich unter meinem Baldachin. Der Duft nach Bohnenkaffee und frischen Brötchen drang angenehm in meine Nase.

«Bleib ruhig noch ein Weilchen liegen. Später machen wir dann einen kleinen Einkaufsbummel. Es ist herrliches Winterwetter. Höchstens ein, zwei Grad unter Null. Die frische Luft wird dir guttun.»

Ich war nun fast einen Monat bei Tante Käthe, um mich nach meiner Fehlgeburt zu erholen. Tante Hertha hatte mich in die Kreisstadt zu einem Doktor schicken wollen. Aber ich bestand darauf, nach Berlin zu fahren, um einen mit Tante Käthe befreundeten Arzt zu konsultieren. Zu meiner Erleichterung akzeptierte sie diesen Wunsch. Auch Viktor war damit einverstanden.

«Freust du dich auf das Kind?» fragte ich ihn. Er blieb mir eine Antwort schuldig, zeigte sich aber sehr fürsorglich. Sogar Tante Hertha nahm es hin, daß ich jetzt oft länger schlief oder mich nach dem Mittagessen hinlegte.

Unser Schlafzimmer war für mich ein Zufluchtsort geworden in dieser düsteren, regenreichen Jahreszeit, wo man auf dem Weg zum Stall im Matsch ausrutschte und das nasse Holz in den Öfen vor sich hinqualmte. Tante Hertha ließ sowieso nur das Wohnzimmer heizen. Sie hätte sonst wohl kaum geduldet, daß der Ofen in unserem Schlafzimmer in Betrieb genommen wurde.

«Mein Gott, es ist ja noch fast Sommer draußen. Nicht mal null Grad.»

Ich verkündete meinen Eltern die freudige Vermutung und schrieb ihnen von meiner deswegen geplanten Reise nach Berlin. Bereits wenige Tage später kämpfte sich der Postbote durch Sturm und Pfützen und übergab mir einen schon etwas angefeuchteten Brief von Mama. Darin stand, was für ein Glückskind ich doch sei und: «Stell Dir vor, Feli, auch bei Jutta kündigt sich was an!»

«Ist es dir recht, wenn ich ein paar Tage länger bei meiner Tante bleibe?» fragte ich, als Viktor mich zum Zug begleitete.

Er zuckte die Achseln: «Von mir aus.»

Mein Gott, was war er wieder stoffelig. Trotzdem winkte ich ihm höflich zu, als der Zug sich in Bewegung setzte. Fort, nur fort! Hauptsache, ich war erst einmal den Wiedenbrücks entronnen, wenn auch nur vorübergehend.

Die Vorfreude auf Tante Käthe verdrängte zeitweise die quälenden Gedanken an Flunki und das unerwünschte Baby. Ihre etwas überladene Wohnung empfing mich mit gewohnter Vertrautheit. Wie immer lächelte Onkel Hasso freundlich auf mich herab. Das Dienstmädchen, das mich mit einem Knicks begrüßte, war ein Abbild von Martel. Ihre jüngere Schwester war in ihre Fußstapfen getreten.

Tante Käthe hatte mich bereits bei dem Arzt angemeldet. Aber vorher wollte sie wieder einmal richtig mit mir schlemmen gehen. Und das erwies sich als mein Unglück. Oder war es mein Glück? Ich weiß es nicht. Ich stopfte mich voll mit all den langentbehrten Köstlichkeiten und beruhigte Tante Käthe, die mir dabei etwas besorgt zusah. «Du weißt, ich habe einen Pferdemagen.»

In der Nacht wurde mir übel. Ich mußte mir eine Fischvergiftung zugezogen haben, und weil die Nana immer behauptete, Rizinus fege den Körper rein, nahm ich tapfer einen ordentlichen Löffel davon. Die Medizin tat prompt ihre Wirkung. Es blieb nichts zurück. Nicht einmal das Baby. Tante Käthe brachte mich ins Krankenhaus. Als ich aus der Narkose erwachte, saß sie an meinem Bett und weinte. «Ich bin schuld, ich bin schuld! Wie damals bei Niko.»

«An was denn?»

«An allem. Ich hätte besser auf dich aufpassen müssen.» Sie putzte sich die Nase.

«Hat der Arzt es dir gesagt?» fragte ich vorsichtig.

Sie nickte. «Aber keine Angst, mein Herzel, von mir erfährt niemand etwas. Und der Arzt unterliegt der Schweigepflicht.»

Zu allem Überfluß bekam ich im Krankenhaus nach dem Eingriff noch eine Infektion. Eine Woche lang hatte ich höllische Schmerzen und hohes Fieber. Tante Käthe telefonierte die Familie zusammen. Die Eltern, Großmama und Viktor kamen angereist. Es war ein rechtes Häufchen Elend, was sie vorfanden. Viktor betrachtete mich mitleidig. «Du siehst ja richtig klapprig aus!»

Es kostete nicht viel Überredungskunst, um ihn davon zu

überzeugen, daß ich noch Ruhe und Schonung brauchte. Und daß ich dafür bei Tante Käthe am besten aufgehoben sei.

Mama versuchte mich auf ihre Weise zu trösten. «So was kommt leider vor, aber du bist ja noch jung. Es hätte schlimmer ausgehen können.»

Einen Augenblick hatte ich die groteske Vorstellung, sie würde sagen: «Du bist ja noch am Leben, du Glückskind!» Statt dessen hörte ich, wie sie vor der Tür mit Tante Käthe über mich redete: «Diese Ehe war doch reichlich überstürzt; dazu die pauveren Verhältnisse dort. Also, daß es so primitiv sein würde, damit hatten wir nicht gerechnet. Meine Tochter ist ja schließlich nicht zur Gänseliesel geboren.»

Auch Martel kam mich besuchen. Ganz würdige Ehefrau in dunkelblauem Wollkleid mit weißem Krägelchen. Das Baby sollte im Februar kommen. Sie strich sich zufrieden über den Bauch.

«Leo ist befördert worden. Er hat jetzt auch die Gorillas unter sich und die Springaffen. Sogar eine eigene Wohnung haben wir! Zwar unterm Dach juchhe, aber preiswert. 'n Zimmer und 'ne Küche. Dafür muß ich zweimal in der Woche die Treppe wischen. Bei der gnädigen Frau war's natürlich vornehmer. War 'ne scheene Zeit damals. Was ist eigentlich aus dem jungen Herrn Wagner geworden?»

«Aus Flunki?» Ich tat, als müßte ich ihn mir erst mühsam ins Gedächtnis zurückrufen. «Keine Ahnung, von dem haben wir lange nichts mehr gehört. Er soll im Ausland sein.»

Sie sah mich wissend an. Der Schatten eines Triumphs lag in ihren Mundwinkeln. «Comtesse sehen wirklich sehr mitgenommen aus. Na, dann will ich mal wieder.»

Mir grauste vor dem Weihnachtsfest bei den Wiedenbrücks. Aber Tante Käthe beruhigte mich und sagte: «Laß nur, das kriege ich schon hin.» Sie schrieb Viktor einen dramatischen Brief, der darin gipfelte, wie «runter» ich noch sei, nur Haut und Knochen. Und dann hätte ich jetzt so einen harten Husten. Der gefiele ihr gar nicht.

Als sie mir den Brief vorlas, mußte ich lachen. «Das bißchen Husten ist nun wirklich nicht der Rede wert.»

Viktor antwortete prompt, wie leid es ihm täte, zeigte aber wenig Neigung, das Weihnachtsfest mit mir in Berlin zu verbringen, worüber ich eher erleichtert war. So kehrte ich erst, ausgeruht und aufgepäppelt, Mitte Januar zu ihm zurück.

Tante Hertha begrüßte mich mit gewohnter Forschheit. «Na, alles gut überstanden? Höchste Zeit, daß du wieder da bist. Nächste Woche wollen wir schlachten. Da wird jede Hand gebraucht.»

Kein Zweifel, meine Schonzeit war vorbei.

Entsetzt hielt ich mir die Ohren zu, als eins der armen Schweine jämmerlich quiekend aus dem Stall gezerrt wurde und auf dem Hof sein Leben aushauchen mußte. Ich weigerte mich entschieden, beim Ausbluten die Schüssel zu halten.

«Mein Gott, was bist du zimperlich! Dann muß ich es eben machen.» Tante Hertha ergriff unwillig die Schüssel.

Das Schwein wurde in einem Holztrog abgebrüht, seiner Borsten beraubt und eine Nacht zum Auskühlen an einer Leiter aufgehängt. Am nächsten Tag zerlegte es der Schlachter in appetitliche Teile, und ich drehte den Fleischwolf und stopfte die Würste. Wir schnitten Speck für das Griebenschmalz, und die Küche glänzte vor Fett. Danach mußte ich stundenlang in der Waschküche in einem riesigen Kessel Blut rühren, bis mir die Arme erlahmten.

Während ich verbissen rührte, fragte ich mich, warum ich nicht längst das Hasenpanier ergriffen hatte und gleich von Berlin aus zu den Eltern zurückgekehrt war. Ich mußte verrückt gewesen sein, mich freiwillig wieder in diese Fron zu begeben. Aber es war auch die Angst vor meiner eigenen Courage. Ein zukünftiges Leben als geschiedene Frau war alles andere als verlockend.

Und dann fingen Viktor und ich an, uns recht gut zu verstehen. Er nahm mich jetzt oft bei Tante Hertha in Schutz, ging mit mir ins Kino, lief mit mir Schlittschuh und besuchte reihum die Nachbarn, die sich hocherfreut zeigten, mich endlich zu Gesicht zu bekommen. Wir wurden zu Jagden eingeladen, luden selbst ein oder besuchten Hausfeste. Endlich konnte ich mal wieder tanzen.

Wenn wir uns im Einspänner auf den Weg machten, winkte uns Tante Hertha vor der Haustür nach: «Amüsiert euch, Kinder, aber kommt nicht zu spät zurück, wir haben morgen große Wäsche!»

Im Laufe des Frühjahrs kam meine Familie nach mir gucken. Tante Hertha hatte mich beauftragt, ein Huhn zu schlachten, und weil ich es nicht fertigbrachte, es mit dem Beil zu köpfen, erschoß ich die Henne mit dem Tesching. Ich war gerade fertig mit dem Rupfen, und sie zeigte mir, wie man ein Huhn ausnimmt. Stirnrunzelnd betrachtete sie sich dabei die Innereien. «Die Leber können wir wegwerfen. Du hast die Gallenblase verletzt.»

In diesem Augenblick ertönte eine Hupe. Ein Auto verirrte sich höchst selten in unsere Gegend. Ich rannte zur Tür. Vor mir stand Schwager Georg. Er umarmte mich lachend.

Entgeistert musterte er meinen Aufzug mit Kopftuch und Warbschürze. «Mensch, Feli, Schwägerin und Kusine, wie haste dir verändert! Du warst doch früher mal so mondän.»

Papa kam nach einer seiner «wichtigen» Sitzungen in der Reichshauptstadt mal kurz hereinschauen. Er war von bestrickender Liebenswürdigkeit gegen Tante Hertha und nannte die mit viel alten Semmeln gestreckten Bratklopse, die es zum Mittagessen und gleich zum Abendbrot als kalten Aufschnitt noch einmal gab, delikat. Später erwischte ich ihn in der Speisekammer, wo er sich gerade ein großes Stück von der Schlackwurst, die wir nur scheibchenweise zugeteilt bekamen, in den Mund stopfte.

Er hielt es nur einen Tag bei uns aus. Als ich mich über seinen kurzen Aufenthalt enttäuscht zeigte, sagte er: «Das mußt du verstehen, mein Kleines. Ich kann deine Mutter nicht zu lange allein lassen.»

«Natürlich, Papa», sagte ich traurig.

Großmamas Besuch entwickelte sich zu einer Katastrophe. Daß es zwischen ihr und Tante Hertha nur so knisterte, fiel sogar Viktor auf. Großmama fand es un-mög-lich, wie ihre zarte Enkeltochter hier rangenommen wurde, und unbe-dingt nötig, daß man wenigstens ein zweites Mädchen einstellte.

Tante Hertha schnappte prompt ein. «Das können wir uns nicht leisten.»

«Feli wird das Mädchen bezahlen. Von ihrem *eigenen* Geld!» Großmama betonte das «eigene» sehr energisch.

Viktor versuchte zu vermitteln. «Vielleicht hast du recht, ich werde mich darum kümmern.»

«Als wenn es nichts Wichtigeres gäbe», knurrte Tante

Hertha, nachdem Großmama das Zimmer verlassen hatte. «Das Dach muß dringend geflickt werden. Mit der Dachrinne ist auch nicht mehr viel los, und die Dreschmaschine ist fast hinüber.»

Viktor war das Gespräch sichtlich peinlich. Er beteuerte mir gegenüber, er habe von meinem Geld noch keinen Pfennig angerührt.

Mama gab insgeheim ihrer Mutter recht. Aber sie hielt sich raus, während sie bei uns war. Doch nach einer von Mücken durchsirrten, unter klumpigen Oberbetten durchschwitzten heißen Nacht war ihr anzumerken, was sie dachte. Als sie sich von mir verabschiedete, sah ich Tränen in ihren Augen. «Wenn Jutta ihr Baby bekommen hat, wirst du dich hier wohl mal loseisen können», tröstete sie sich schließlich selbst. «Dann kalbt hoffentlich nicht gerade wieder eine Kuh oder sonst was.»

Die einzige, die von Tante Hertha wirklich ins Herz geschlossen wurde, war Tante Käthe. Ihr in jungen Jahren zwangsläufig erworbenes Talent, sich auf andere einzustellen, trug auch hier Früchte. Im Gegensatz zu mir spielte sie die wißbegierige Schülerin. «Du machst den Quark mit Schnittlauch an? Das muß ich mir merken. Und dieser herrlich schmeckende Kuchen ist wirklich nur mit *einem* Ei gebacken? Das Rezept schreibe ich mir auf.» Tante Hertha ging begeistert darauf ein.

Sie vertraute ihr beim gemeinsamen Unkrautzupfen auch ihre tragische Liebesgeschichte mit dem Nachbarssohn an, wobei sie sich dauernd umdrehte, ob ich nicht plötzlich hinter ihr stünde, und ihren großen Verzicht Viktors Vater zuliebe.

Von Tante Käthe erfuhr ich den Grund, warum Luischen

ausgerechnet den hölzernen Wiedenbrück geheiratet hatte. «Ihre Eltern haben sie praktisch dazu gezwungen.»

«Und warum?» fragte ich.

«Der Preis für die hohe Bürgschaft», erklärte Tante Käthe. «Aber du siehst ja, was es genützt hat.»

Sie bereicherte Tante Herthas Toilettenartikel, die aus Kernseife, Schwamm, Nagel- und Zahnbürste bestanden, um eine große Flasche Kölnisch Wasser und eine Tube Kalodermagelee für die aufgesprungenen Hände. Tante Hertha cremte sich folgsam damit ein und roch mit verlegenem Lächeln an ihren Fingern.

Der Mensch ist ein anpassungsfähiges Wesen. Trotz der vielen Arbeit und Tante Herthas Gängelei genoß ich diesen Vorsommer. Die Nächte waren warm, und das Rufen der Wasservögel, das Klappern der Stare in der großen Pappel hinter dem Haus, wenn es Morgen wurde, lockten Viktor und mich zum Baden. Gemeinsam mit den Kühen platschten wir im Schilf herum und bewarfen uns mit Miesmuscheln, die dort zu Dutzenden herumlagen und einem die Füße zerschnitten. Auch begleitete ich meinen Mann jetzt oft in den Wald. Er erklärte mir, wie, wo und was durchforstet oder geschlagen werden sollte. Ich half ihm, junge Alleebäume an Pfähle zu binden, und stank wie er nach Karbolineum, mit dem wir junge Kiefern bestrichen, um sie vor dem Wild zu schützen.

Im Gegensatz zu seinem Vater nahm Viktor lieber eine Axt zur Hand als ein Gewehr, denn seine ganze Passion war der Wald. Bei unserer gemeinsamen Arbeit lernte ich einen ganz anderen Viktor kennen. Er ging aus sich heraus, war heiter und ausgeglichen und voller Pläne.

Geduldig, wenn auch etwas hilflos hörte er sich meine wiederholten Klagen über seine Tante an und zuckte erschreckt zusammen, als ich den Spaten in die weiche Erde schleuderte und schrie: «Himmel Herrgott noch mal, kann sie mich nicht in Ruhe lassen!» Er versuchte Interesse an meinen Familiengeschichten zu zeigen, die ich, um mein Heimweh zu überspielen, pausenlos von mir gab, wobei er allerdings häufig mit gespielter Verzweiflung den Kopf schüttelte und fragte: «Wer ist denn nun wieder die trutzige Anna? Bei euch soll sich einer durchfinden!»

Wir versuchten, Gemeinsamkeiten zu entdecken. Zögernd begannen wir, uns manches anzuvertrauen. Aber was gaben wir schon wirklich preis, was nicht jeder hätte hören können. Oft war ich nahe daran, mein Herz zu erleichtern und mit ihm über Flunki zu sprechen, ihn wenigstens in unseren Gesprächen zu erwähnen. Aber ich unterdrückte diesen Wunsch immer noch rechtzeitig.

Ich gestattete mir nicht, ins Grübeln zu kommen, und versuchte die Vergangenheit und den Verlust des Babys zu verdrängen. Lust braucht nicht unbedingt Liebe. Es gab genug Stellen im Wald, wo wir vor Überraschungen sicher waren. «Wenn Tantchen uns so sehen würde», sagte ich lachend, während ich mir die Kiefernnadeln aus den Haaren klaubte, «sie würd's nicht glauben.»

Viktor grinste. «Sie würde sagen, denkt daran, Kinder, daß wir morgen große Wäsche haben. Dabei könnte sie in diesem Punkt vielleicht ausnahmsweise mal was von dir lernen.»

«Zu spät», sagte ich. «Was Hänschen nicht lernt ...»

In diesen Sommerwochen hatte Luischen Wiedenbrück eine ruhige Phase und behandelte mich mehr wie eine große

Schwester als wie ihre Schwiegertochter. Wir saßen beide auf der Veranda, ich, nach Tante Herthas Motto: «Fleißige Hände finden nie ein Ende», mit irgend etwas Nützlichem beschäftigt, während sie den lieben Gott einen guten Mann sein ließ und mir von ihren Mädchentagen erzählte, als sie noch der Schwarm des Regiments gewesen war und die Courmacher Schlange standen. Sie sprach von Bällen, Cotillons und Reitjagden, von Kostüm- und Hausfesten, und wie der General heimlich versucht hatte, sie im Stall zu küssen. Dadurch ermuntert, berichtete ich ihr von meiner Berliner Zeit und von meinem herrlichen, sorglosen Leben dort. Ich erzählte von Martel und Tante Thekla, der strengen Diakonisse, und warum sie mich aus dem Krankenhaus gefeuert hatte. Nur Flunki erwähnte ich nie.

«Ich denke, Luischen, du gehst jetzt wieder ins Haus. Da ist es kühler. Du weißt doch, Hitze bekommt dir nicht», bellte Tante Hertha, auf eine Hacke gestützt, zu uns herüber.

«Jawohl, Herr Major.» Luischen lächelte mich an, aber sie erhob sich gehorsam.

Im Oktober fuhren wir zur Taufe von Juttas Sohn. Seit kurzem war in Viktor wieder der alte Adam durchgekommen. Er war verschlossen und mürrisch und hüllte sich die ganze Bahnfahrt über in Schweigen.

Nach meiner Ankunft schleppte mich Jutta gleich ins Kinderzimmer, um Albi II. zu bewundern, und als ich ihn da in seinem Bettchen fröhlich strampeln sah, wurde mir zum erstenmal richtig bewußt, was ich verloren hatte. Im Juni war ich zwanzig geworden, aber ich fühlte mich uralt.

Viktor fuhr allein zurück. Er war damit einverstanden, daß ich noch ein paar Tage zu Hause blieb. Ich schob die

Abreise von Tag zu Tag hinaus und besuchte reihum die Familie. Onkel Paul ging mit mir zu unserem kleinen Tierfriedhof, auf dem nun auch der inzwischen verstorbene Schnuffi begraben war. Er stocherte mit dem Spazierstock ein paar Steine zur Seite. «Deine Puppe muß auch noch irgendwo liegen. Hatte die nicht dieser Wagnerjunge auf dem Gewissen? Ein merkwürdiges Kerlchen. Dumme Sache mit der Bank damals.»

«Habt ihr mal was von ihm gehört?» fragte ich so nebenbei.

Onkel Paul schüttelte den Kopf. Das Thema schien ihn wenig zu interessieren.

Während wir mit Tante Renata Kaffee tranken, erzählte sie die ganze Zeit von dem Kindergarten, den sie im Dorf eingerichtet hatte, bis Onkel Paul schließlich unruhig wurde und unbedingt noch eine mir längst bekannte Geschichte aus seiner Kriegsgefangenschaft loswerden wollte.

Bei Onkel Peter hatte der Fortschritt einen gewaltigen Sprung gemacht. Es gab nicht nur elektrisches Licht, sondern sogar eine Heizung. Dabei war bei einem seiner üblichen Spontaneinfälle fast das Haus eingestürzt. Vor ihrem Einbau war der Keller vergrößert worden. Als er den so gewonnenen Raum stolz dem ansässigen Baumeister zeigte, wurde der blaß und raste mit dem Ruf: «Herr Graf haben ja den Stützbalken wegschlagen lassen» die Kellertreppe hinauf.

Tante Agnes «eschperte» wie immer um uns herum und trompetete, daß Irene sich mit einem Diplomaten verlobt habe. «Ein ganz entzückender Mensch! So kultiviert.» Und Onkel Peter sagte: «Mach bitte nicht so ein Gewese.»

Ich schlüpfte wieder in meine Kinderschuhe zurück,

durfte wie früher, wenn ich krank gewesen war, im Bett frühstücken, und die Nana stellte mir jeden Abend ein Schälchen Kompott auf den Nachttisch. Sie zwang mich, ein gräßlich schmeckendes Gebräu zu trinken, weil ich ihrer Meinung nach so blaß aussah. Und Papa spielte für mich «Es klappert die Mühle am rauschenden Bach» und rutschte mit mir das Geländer hinunter.

Georg war kräftig dabei, sich auf unserem Gut einzuarbeiten. Jeden Tag kam er mit neuen, in seinen Augen fabelhaften Vorschlägen, und Papa nickte gutmütig und sagte: «Wir werden sehen, mein Junge. Wie wär's mit einer Partie Billard?»

So vergingen fast drei Wochen, ehe ich wieder zu den Wiedenbrücks zurückreiste. «Laß nur», tröstete mich Papa zum Abschied, «dein Viktor ist gar nicht so übel. Ihr werdet euch schon zusammenraufen. Und wenn du's gar nicht aushältst . . .» Er brach ab.

Im Puppenhaus herrschte bei meiner Rückkehr große Aufregung. Meine Schwiegermutter hatte plötzlich begonnen, Schmuck und sonstige Kostbarkeiten freigebig zu verschenken. Wer immer in dieser Zeit zu uns gekommen war, hatte die Stunde genutzt. Aufgeregt kam unser kleines Stubenmädchen zu Tante Hertha gelaufen: «Baronesse, der Scherenschleifer ist eben mit einer kleinen Standuhr abgezogen.» Tante Hertha raste hinter ihm her und jagte sie ihm wieder ab.

Schon heikler war es bei der Tochter unseres nächsten Gutsnachbarn, einem ziemlich vorlauten sechzehnjährigen Ding, ein Patenkind von Luischen. Wie sie behauptete, hatte sie nur mal nach ihrer geliebten Patentante sehen wollen und war deshalb herübergeritten. Daß sie dabei mit einem zweikarätigen Brillantring wieder abgezogen war, schien sie als selbstverständlich zu empfinden. Sie reagierte jedenfalls ziemlich pampig, als Tante Hertha sie ohne Umschweife bat, ihn wieder herauszurücken. Doch Tante Hertha ließ nicht locker, und ich bewunderte den «Bernhardiner» sehr dafür. Ich wäre zu feige gewesen.

Nachdem ich mir diese Geschichten angehört hatte, ging ich gleich zu meiner Schwiegermutter. Ihre Augen leuchteten auf, als sie mich sah. Obwohl der starre Ausdruck, der darin lag, mich auf der Hut sein ließ, sprach sie ganz normal mit mir. Sie fragte nach meinen Eltern, und wir plauderten ein bißchen über die Taufe. Dann erwähnte ich in irgendeinem Zusammenhang Viktor.

Sofort verfinsterte sich ihr Gesicht. «Viktor?» rief sie schrill. «Viktor verdient dich gar nicht!»

«Wie meinst du das?» fragte ich betroffen. Doch sie reagierte schon nicht mehr darauf.

Viktor war sichtlich schlechter Laune. «Du bist ja lange fortgeblieben. Wo ist denn wieder mal mein blaues Hemd? Ich muß heute abend weg.» Eine nähere Erklärung gab er nicht. «Sag Wilhelm, daß er anspannt.»

«Sag du's ihm doch!» Ich ärgerte mich gründlich.

Er achtete nicht darauf. «Ich komme spät zurück. Warte nicht auf mich.»

Ein paar Wochen später wußte ich, warum Luischen sich über ihren Sohn so echauffiert hatte. Die Mutter des patzigen Backfisches steckte es mir. Viktor hatte sein altes Verhältnis mit ihrer Gutssekretärin wieder aufgenommen. Meine Eitelkeit war verletzt, aber ich spürte auch eine gewisse Erleichterung.

Nun hielt mich nichts mehr. Es gab jetzt einen triftigen Grund, den auch die Eltern respektieren mußten. Ich schrieb ihnen einen langen Brief voller Erklärungen, der aber – wie konnte es anders sein – nur die halbe Wahrheit enthielt.

Ich kam nicht mehr dazu, ihn abzuschicken. Einen Tag später saß ich im Krankenhaus am Bett meines Mannes, wohin sie ihn schwer verletzt gebracht hatten. Eine große Kiefer war beim Fällen auf die falsche Seite gekippt und hatte ihn mit ihren Ästen unter sich begraben.

Der Arzt machte mir wenig Hoffnung. «Ich fürchte, Frau Baronin, er wird gelähmt bleiben.» Ich starrte auf den noch immer bewußtlosen Viktor. Der Arzt klopfte mir aufmunternd auf die Schulter. «Er wird jetzt Ihre ganze Liebe brauchen.»

Zum zweitenmal hatte ich den Absprung verpaßt. Einen kranken Ehemann im Stich zu lassen, das hätten selbst meine toleranten Eltern nicht verstanden.

16

Als Viktor wieder bei uns war, drückte ich mich zunächst vor der Pflege meines querschnittgelähmten Mannes, wo ich konnte. Unter dem Vorwand, Tante Hertha zu entlasten, stürzte ich mich geradezu in die Haus- und Gartenarbeit oder ritt in den Wald, wo ich angeblich nach dem Rechten sah, nur um sein Stöhnen nicht hören zu müssen. Ich überließ ihn ohne jeden Skrupel ganz Tante Hertha, die sich sogar noch dankbar und gerührt über meine plötzliche Patentheit zeigte. Wenn Not am Mann war, fütterte ich auch Kühe und Schweine. Ich ließ mir von Wilhelms Frau das Melken beibringen und lernte, mit Sichel und Sense umzugehen. Ich erntete, schlachtete und weckte ein. Früh um fünf stand ich bereits in der Küche, um Brotteig durchzukneten, bis mir der Schweiß auf der Stirn stand und Tante Hertha besorgt meinte: «Kind, nun übertreib es nicht!»

Dafür pflegte sie Viktor Tag und Nacht und war jederzeit zur Stelle, wenn er nach ihr rief. Und als er allmählich durch ihre Hingabe und ihren seelischen Beistand wieder zu einem ansprechbaren Menschen geworden war, nahm ich ihn ihr wieder weg.

Viktor wollte nicht nur auf Tante Hertha angewiesen

sein. Ihre Hilfe war ihm so selbstverständlich wie früher seine Gesundheit. Sie machte ihn gelegentlich eher ungeduldig. Er verlangte nach mir. Es hätte mich beschämen müssen, wie er in seiner schwerfälligen Art geradezu um mich warb: «Sieh mal hier, die Diamantnadel von meiner Großmutter. Sie müßte gut zu deinem Samtkleid passen.» – «Hübsch siehst du heute wieder aus!» – «Man merkt gleich, daß du heute den Kaffee aufgebrüht hast.» – «Wo willst du denn hin? Bleib doch noch ein bißchen.» – Und ich blieb gnädig bei ihm sitzen.

Tante Hertha, die alle Kraft, die sie besaß, in ihn hineingepumpt hatte, fügte sich klaglos, daß sie wieder ins zweite Glied zurückgeschoben wurde.

In der Nachbarschaft nahm man großen Anteil: Haus abgebrannt, Vater gestorben, Mutter verrückt und jetzt der Sohn ein Krüppel! Vom Schicksal geschlagen, diese Wiedenbrücks. Mein Ruf als etwas flatterhaftes, junges Ding – «Kommt vom Lande und weiß nicht mal, wie lange eine Glucke brütet!» – verwandelte sich ins Gegenteil: Ich war jetzt die tapfere, junge Frau, die durch dick und dünn zu ihrem Mann hielt: «Macht sozusagen die ganze Arbeit allein. Neulich habe ich sie sogar mit einer Schubkarre voller Mist über den Hof fahren sehen. Ob das nun nötig ist?»

Sie bedauerten mich und boten mir an: «Wenn Sie jemanden für die große Wäsche brauchen oder Hilfe beim Schlachten . . .» Dazu wurde ich von allen Seiten mit ähnlichen Tragödien eingedeckt: der Pastor beim Äpfelpflücken vom Baum gefallen – gelähmt; ein Melker vom Bullen niedergetrampelt, ein Wrack! Und erst das Unglück mit Frieda Wiedenbrück – «Sie haben noch nie etwas von dieser Tante gehört? Frieda sieht, wie eine Henne auf den Heuboden flattert. Sie wissen ja, diese dummen Tiere legen ihre Eier überallhin, nur nicht in den Hühnerstall. Frieda ergreift also einen Korb, klettert die Leiter hinauf und findet tatsächlich ein Nest mit zehn Eiern. Sie steigt wieder herunter, kommt dabei ins Rutschen und fällt in eine Pflugschar. Der rechte Arm war hin und die Eier natürlich auch.»

Jedoch verlor sich das Interesse an unserem Unglück schnell. Schließlich hatte man seine eigenen Probleme in diesen unruhigen Zeiten, wo ein Putsch den anderen jagte und nachts die Scheunen brannten. Mir blieb wenig Zeit, über die Wirren der Weimarer Republik nachzudenken. Und außerdem hatte ich mich für Politik noch nie interessiert.

Viktor war inzwischen wieder soweit, daß er seinen rechten Arm bewegen und in einem Stuhl sitzen konnte. Mit seinem Schicksal schien er sich in gewisser Weise abgefunden zu haben. Er klagte nur selten, und wenn, dann über Nichtigkeiten. Doch ich fragte mich oft, weshalb er überhaupt Wert auf meine Gesellschaft legte, denn sprechen tat er kaum. Alle meine Bemühungen, so etwas wie eine Unterhaltung in Gang zu bringen, versandeten schnell, oder die Gespräche berührten nur Alltägliches.

Die Veranda war sein Lieblingsplatz geworden. Dort brachte er viele Stunden zu und starrte auf den See, ohne mich zu beachten. «Woran denkst du?» fragte ich ihn manchmal, um ihn aus seiner Geistesabwesenheit herauszuholen. Aber ich bekam keine Antwort, nur einen unwilligen Blick, der mich verstummen ließ. Da saßen wir nun: zwei ratlose Kinder, die ihre Fluchtburg verloren hatten. Er seinen geliebten Wald und ich mein behütetes Zuhause.

Viktor beschäftigte sich jetzt mit Dingen, die ihm früher

ferngelegen hatten. So hatte er im Bücherschrank seines Vaters das Buch «Der Untergang der Erde und die kosmischen Katastrophen» entdeckt, das förmlich zur Bibel für ihn wurde. Er las uns lange Abschnitte daraus vor. Vor allem die Vulkane hatten es ihm angetan. Wir mußten uns anhören, was im August 1883 auf der Sundainsel Krakatau passiert war, als der kleine Vulkan bei einem Ausbruch ins Meer versank und eine so ungeheure Flutwelle erzeugte, daß in der Umgebung 50 000 Menschen ertranken. Und daß beispielsweise, wenn der größte noch tätige Vulkan der Welt, der Mauna Loa auf Hawaii, plötzlich versänke, eine riesige Flutwelle die ganze Menschheit wegrasieren würde.

Tante Hertha fand das hochinteressant, aber ich betrachtete mir dabei meinen äußerlich unversehrt gebliebenen Ehemann mit seinem dichten, weißblonden Haar, gut rasiert, leicht gebräunt von dem Aufenthalt im Freien, und eine Stimme zeterte in mir die ganze Zeit: ‹Warum bist du nicht wenigstens ein Mann geblieben?›

Er trieb mit diesem Buch fast so einen Kult wie Tante Hertha mit ihren Carusoplatten. Während wir im Garten die Beete begossen, stand das Grammophon auf der Veranda, und diese herrlich triumphierende Stimme, die sie über alles liebte, schmetterte ihre Arien zu uns herüber.

Die Monate flossen gleichförmig dahin, bis sich etwas ereignete, auf das ich in meinen kühnsten Träumen nicht gekommen wäre: Tante Hertha, dieser *Rocher de bronze* der Wiedenbrücks, stand plötzlich in Flammen. Ihre jahrelang unterdrückten Gefühle explodierten wie Viktors Vulkane in einer himmelstürmenden Liebe zu unserem Jagdpächter, einem fröhlichen, unbeschwerten Junggesellen in ihrem

Alter, wohlhabend dazu, der nicht nur unser vielgepriesenes Rotwild anpirschte. Er kreuzte häufig bei uns auf, um nach den «charmanten Damen» zu sehen. Er brachte Pralinen und Grammophonplatten mit und sang uns mit seiner hübschen Stimme selbst etwas vor, was gerade in Berlin hochmodern war. Er schwärmte von Claire Waldoff, der man verboten hatte, noch nach elf Uhr in Männerkleidung auf der Bühne zu erscheinen, und imitierte sie: «Charakter ist nur Eigensinn, es lebe die Zigeunerin.»

Man muß schon sagen, er brachte uns ordentlich in Schwung. Auch Tante Hertha. Sie zog sich jetzt in Erwartung seines Besuches regelmäßig um und schlenderte alle Augenblicke wie unbeabsichtigt zur Gartenpforte. Sie benutzte reichlich Tante Käthes Kölnisches Wasser und war immer tadellos frisiert. Ich fand es ganz selbstverständlich, daß der Jagdpächter sich mehr für mich interessierte. Tante Hertha war doch mit ihren 45 Jahren längst aus dem Rennen! Dabei wirkte sie jetzt, wo sie sich mehr pflegte und nicht mehr ganz so salopp herumlief, durchaus attraktiv. Wenn sie sich nur nicht, wie ich fand, so degoutant aufgeführt hätte. Sie drohte ihm schelmisch mit dem Kaffeelöffel, wenn er einen etwas zweideutigen Witz machte, und erzählte dem total desinteressierten Mann von dem, was ihren Alltag ausfüllte: von Viktors Fortschritten und was der Doktor dazu meinte; von dem Kalb, das in den Stacheldraht geraten war, und davon, daß es dieses Jahr unglaublich viel Ungeziefer gäbe.

«So viele Kellerasseln haben wir noch nie in der Küche gehabt.»

«Ist es die Möglichkeit», sagte der Jagdpächter und gähnte verstohlen. «Haben denn Baronesse für einen armen einsamen Mann vielleicht wieder eines Ihrer köstlichen selbstgebackenen Brote übrig?» Und schon hüpfte Tante Hertha kichernd vom Stuhl und eilte hinaus.

Daß er mir ebenfalls gut gefiel, stand auf einem anderen Blatt. Doch ich war ein gebranntes Kind und hatte große Angst, ich könnte ins Gerede kommen. So verzichtete ich darauf, etwas mit ihm anzufangen. Es blieb bei dem üblichen Vorgeplänkel, und er ließ fast kränkend schnell die Sache auf sich beruhen. Er hatte bereits andere Rosinen im Kopf. Er umtanzte den patzigen Backfisch, der inzwischen ins heiratsfähige Alter gekommen war, und hielt sich öfter bei ihren Eltern auf.

Trotzdem lud er uns nach wie vor gelegentlich ins Kino ein oder Tante Hertha zum Schützenfest. Sie verbrachte dafür eine halbe Ewigkeit in ihrem Zimmer, um sich «anzuhübschen». Da der Jagdpächter bereits ungeduldig auf sie wartete, ging ich zu ihr. Sie hatte mich nicht kommen hören, und ich überraschte sie dabei, wie sie fröhlich summend durchs Zimmer tanzte. Ich erzählte Viktor davon. Er fand es genau wie ich einfach grotesk.

Dem Jagdpächter wurde Herthas Zuneigung allmählich unbehaglich. Seine Besuche wurden seltener. Wir ahnten, warum. Das hinderte Tante Hertha nicht daran, ihm lange Briefe zu schreiben und ins Dorf zu laufen, um ihn von der Post aus anzurufen. Oder sie wartete im Wald an einem bestimmten Hochsitz auf ihn.

So ging es nun wirklich nicht weiter. Hier mußte mal ein offenes Wort gesprochen werden! Meine Stellung im Haus hatte sich seit Viktors Unfall sehr verändert. Daher scheute ich mich nicht, Tante Hertha mit ziemlich unverblümten Worten auf die Lächerlichkeit ihres Benehmens aufmerksam zu machen.

Sie hörte mir schweigend zu. «Aber ich bin doch noch gar nicht so alt!» war das einzige, was sie darauf erwiderte. Von nun an ließ sie den Jagdpächter in Ruhe, und wir sprachen nicht mehr davon.

Ich berichtete Tante Käthe darüber, fest davon überzeugt, daß sie meine Meinung teilen würde. Und war ganz verblüfft, als ich einen ärgerlichen, ja zornigen Brief von ihr zurückbekam. Was ich mir eigentlich einbildete, den Sittenrichter zu spielen. Das hätte sie ausgerechnet von mir nie gedacht. Die arme Hertha! Ohne sie wäre ich doch völlig aufgeschmissen gewesen.

Sie hatte recht. Zerknirscht vernichtete ich den Brief sofort.

Seit unserer kleinen Aussprache war Tante Hertha nicht mehr dieselbe. Sie war mir gegenüber unsicher, ja sogar ängstlich geworden. Und Viktor und ich taten ein übriges, um sie darin zu bestärken. Wenn wir uns unterhielten und sie hereinkam, gaben wir ihr sehr deutlich zu verstehen, daß sie uns störte.

«Ist was?» fragte ich mit erhobener Stimme.

Worauf sie sich sofort mit einer Entschuldigung zurückzog. Nur Viktors Pflege mit all ihren unangenehmen Begleitumständen überließ ich ihr weiterhin großzügig.

Die Machtverhältnisse hatten sich verschoben. Das Unglück ihres geliebten Jungen hatte Tante Herthas Energie gebrochen. So machte sie auch keinerlei Einwände, als ich anfing, das Haus umzukrempeln.

Als erstes befreite ich das Wohnzimmer von dem Zulu, der von da an im Holzschuppen seinen Speer auf Hühner und Spatzen richten mußte. Er blieb nicht der einzige Gegenstand, den ich aus dem Haus entfernte. Ich ließ den Rest meiner Möbel, die noch in der Scheune standen, aufarbeiten und neu beziehen und verteilte sie in den Räumen. Wilhelm zeigte sich hocherfreut über das durchgelegene, verschossene Sofa, das ich ihm großzügig überließ. Es gab jetzt in den Zimmern neue Gardinen, die Fenster waren frisch gestrichen und die alten, dunkelbraunen Tapeten durch neue, helle ersetzt.

«Wie findest du es?» fragte ich Viktor stolz.

«Es erinnert mich an das Schloß deiner Großmutter Semlin», sagte Viktor.

«An die Bonbonniere?» rief ich entrüstet. Großmamas Geschmack war nicht nur in meiner Familie umstritten.

Viktor beharrte darauf, daß der Neger wieder zurückkehren durfte. Er fand jetzt seinen Platz in Viktors ehemaligem Jungenzimmer, in dem er seit dem Unfall schlief, weil es direkt neben der Veranda lag.

Allmählich wurde ich Viktors verlängerter Arm. Ich ließ die gefällten Stämme schälen, entästen und für Gruben- und Papierholz in Festmeter schneiden. Es gab im Wald zu jeder Jahreszeit reichlich Arbeit. Die Schonungen mußten durchforstet, Büsche verbrannt, Kahlschläge gepflügt und im Frühjahr neu bepflanzt werden.

Jeden Morgen vor dem Frühstück, wenn es nicht gerade Ströme goß oder Eis und Schnee die Wege unpassierbar machten, ritt ich daher kreuz und quer durch den Forst zur Inspektion und entdeckte sofort, wo Holz gestohlen worden war.

Mein Ritt endete meistens an einem kleinen Bootshaus am See. Ich hatte mir ein kleines Paddelboot gekauft. Mit dem fuhr ich im Sommer herum bis zur Flußmündung, wo die Binsen so hoch standen, daß ich vom Ufer aus nicht mehr zu sehen war. Dort ging ich vor Anker und träumte mich in eine Welt zurück, die es für mich nicht mehr gab. Oder ich stakte mit dem Kahn das Schilf entlang und legte Reusen und Aalkörbe, und Viktor, der mir dafür die besten Stellen gezeigt hatte, aß mit Genuß meine gefangenen Hechte und Aale.

Die langen Wintermonate machten mir nun nichts mehr aus. Wir hatten es angenehm warm. Ich kümmerte mich darum, daß wir genügend trockenes Brennholz und Kienspäne im Schuppen hatten. Viktor verhandelte mit den Holzfirmen, und der nette Förster vom Stadtforstamt stand mir in allem hilfreich zur Seite.

Von den Flottbachs ließ sich immer mal jemand sehen. Alle fühlten sich jetzt, im Gegensatz zu früher, merkwürdigerweise ausgesprochen wohl bei uns. Mein Ehrgeiz war, es jedem Gast so angenehm wie möglich zu machen, so wie ich es von zu Hause her kannte. Ich sorgte für warmes Wasser, warme Schlafzimmer, für bequeme Matratzen, für Fliegenfenster, Blumenschmuck und gutes Essen.

Doch deswegen war ich für unsere Besucher noch lange nicht die Hauptperson. Der Mittelpunkt des Hauses war unbestreitbar Viktor. Natürlich bedauerten sie mich. Es war nicht leicht, einen Krüppel zum Mann zu haben. Aber was seinen Charakter betraf, da war ich doch ein wahres Glückskind! Er löste ihre Zungen wie ein behagliches Kaminfeuer, und das Murmeln ihrer Stimmen drang bis auf den Flur.

«Wird es dir auch nicht zuviel, Viktor?» fragte ich daher sehr bestimmt, als ich dazukam, wie Onkel Paul sich wieder einmal lang und breit über seine russische Gefangenschaft ausließ und ich sah, daß Viktor erschöpft die Augen geschlossen hatte.

Onkel Paul schnappte sofort ein und meinte: «Ich dachte, du freust dich, daß Viktor endlich mal ein bißchen Unterhaltung hat!»

Die Flottbachs durchtränkten das Haus mit ihren Eigenheiten. Nach ihrer Abreise konnte man noch lange an ihren Spuren ablesen, wer sich bei uns aufgehalten hatte: Mama, die unsere wertvollsten Kissen in den Garten verschleppte; Papa, der grundsätzlich jedes Buch verkehrtherum in den Bücherschrank zurückstellte; Onkel Peter, der unsere besten Küchenmesser verdarb, weil er in seiner Nervosität ständig an irgend etwas herumschnitzte; und Großmama mit ihrem Talent, aus jedem Kartenspiel etliche Karten zu verschusseln.

Dann besuchte uns jemand, mit dem ich nie gerechnet hatte: Erwin. Unser Diener wollte doch auch mal nach seiner Comtesse sehen, und schließlich hatte er ja noch nie Urlaub in Anspruch genommen.

17

An meinem dritten Hochzeitstag kam Wilhelm, das Haar voller Häcksel, in die Küche gestolpert und verkündete in seiner mürrischen Art: «Draußen is 'n Mann! Der will Ihnen sprechen.»

«Was denn für'n Mann?» fragte ich, abgelenkt von meinem Teig, der sich um das Nudelholz gewickelt hatte.

«'n feiner Pinkel. Fast wie 'n Graf!» Wilhelm gackerte altjüngferlich. «Er hat jesagt, ick soll ihm anmelden. Aber den Namen, den hab ick nich verstanden.» Er polterte wieder nach oben.

Wer konnte das nur sein? Ich wischte mir meine mehligen Hände ab und eilte neugierig auf den Hof. Dort stand er, unser Erwin, mitten zwischen den Hühnern. Fast so elegant wie Onkel Paul mit seinem tadellos sitzenden grauen Anzug und dem Seidenschal. Mißbilligend sah er mir entgegen.

«Erwin, Sie?» rief ich, ganz durcheinander. «Mit Ihnen habe ich erst nächste Woche gerechnet. Sonst hätten wir Sie selbstverständlich abgeholt.»

«Wenn ich mir die Bemerkung gestatten darf, Comtesse waren schon immer so ein Schussel», sagte Erwin säuerlich. «Eine Stunde hab ich auf dem Bahnhof gesessen und dann den schweren Koffer durch den Wald geschleppt. Sehen Sie sich das an!» Er deutete vorwurfsvoll auf seine mit einer dicken Schmutzschicht überzogenen Schuhe, denn es hatte die Nacht davor stark geregnet.

«Nun ist es ja überstanden», versuchte ich ihn zu trösten. «Ich mach Ihnen gleich das Zimmer zurecht und beziehe das Bett.»

«*Sie* machen überhaupt nichts zurecht und beziehen irgend etwas!» belehrte mich Erwin entrüstet.

Typisch Erwin, er konnte so wundervoll etepetete sein. Ich lachte gerührt. «Nun, gehen wir erst mal rein.»

Ich zeigte ihm stolz das Haus und erklärte, was ich alles darin verändert hatte. «Gefällt es Ihnen?» fragte ich.

«Nicht schlecht.» Erwin nickte zustimmend. «Jedenfalls besser als Comtesse selbst. Wie sehen Sie bloß aus!»

«Ach, Erwin», sagte ich halb ärgerlich, halb belustigt, «nun mäkeln Sie nicht gleich wieder herum. Was, um Gottes willen, haben Sie denn an mir auszusetzen?»

«Alles», sagte Erwin trocken. «Wie Comtesse angezogen sind, die Absätze von den Schuhen runtergetreten, die Haare ungepflegt, an der Bluse fehlt ein Knopf, und dann diese ausgeleierte Strickjacke. Comtesse dürfen sich nicht so gehenlassen! Rauf aufs Parkett ist schwer, aber wieder runter geht's im Handumdrehen.»

Ich ging über diese Bemerkung hinweg und brachte ihn zu Viktor, der ihn herzlich begrüßte. Erwin betrachtete ihn aufmerksam: «Wenn's dem Herrn Baron recht ist, werd ich mich von heute ab um ihn kümmern», sagte er.

«Recht ist gar kein Ausdruck», rief Viktor. «Aber Sie sind schließlich unser Gast, da möchte ich Ihre Hilfe auf keinen Fall in Anspruch nehmen.»

«Ich mach's gern», sagte Erwin. «Außerdem ist es ja wirklich nur ein Klacks.»

Am nächsten Morgen weckten mich ungewohnte Geräusche. Sie schienen aus dem Eßzimmer zu kommen. Wer konnte schon so früh aufgestanden sein außer Lisa, unserem Hausmädchen. Und die war in der Küche beschäftigt. Ich zog mir einen alten, abgetragenen, noch von Viktors Vater stammenden Bademantel über, den ich liebte, weil er so bequem war, und schlampte ins Eßzimmer.

Es war Erwin, der schon emsig dabei war, den Frühstückstisch zu decken, und sich gerade kopfschüttelnd das nur nachlässig geputzte Silber betrachtete. «Mein Gott, mein Gott!» hörte ich ihn vor sich hin murmeln.

«Guten Morgen, Erwin!» rief ich. Sind Sie unter die Heinzelmännchen gegangen? Oder was hat Sie schon so früh aus dem Bett getrieben? Sie sind doch nicht zum Arbeiten hergekommen!»

Er drehte sich zu mir um, wie immer tadellos rasiert, kein Flecken auf der frisch gestärkten, gestreiften Dienerjacke. Auch jetzt musterte er mich wieder so mißbilligend wie als Kind, wenn ich mein Lätzchen bekleckert hatte. «Das ist Ihr Morgenrock?» fragte er indigniert, statt auf meine Frage zu antworten. «Ich hätte es mehr für eine ausrangierte Hundedecke gehalten.»

Ich zog geniert den Gürtel des Bademantels enger. «Er ist angenehm warm und läßt sich leicht waschen.»

«Aha», sagte Erwin und wandte sich wieder hingebungsvoll dem Tischdecken zu. «Comtesse haben noch eine halbe Stunde Zeit bis zum Frühstück. Ich will erst den Herrn Baron fertigmachen.»

Gehorsam kehrte ich um und stieß auf der Treppe mit

Tante Hertha zusammen, die in ihrem verschossenen Flanellhemd und einer übergeworfenen Herrenjacke auch nicht gerade comme il faut gekleidet war. «Zieh dich bloß anständig an!» zischte ich ihr zu. «Erwin ist schon im Eßzimmer zugange.»

«O Gott!» Sie faßte sich erschreckt in ihr offenes Haar und kehrte sofort wieder um.

Wenigstens brauchten wir uns Luischens wegen in punkto Kleidung nicht vor Erwin zu schämen. Sie war jederzeit vorzeigbar, vorausgesetzt, «es tat's nicht gerade mit ihr».

Adrett und gehorsam wie Schulmädchen versammelten wir drei Frauen uns um den Eßtisch und nahmen gemessen auf den Stühlen Platz, die Erwin uns fürsorglich zurechtrückte.

Was die Mahlzeiten betraf, hatte im Haus ein ziemlicher Schlendrian um sich gegriffen. Wer von uns gerade Zeit hatte, schmiß hastig die Bestecke auf den Tisch, und irgend jemand räumte sie wieder ab. Der Einfachheit halber füllten wir das Essen gar nicht erst in Schüsseln; nur wenn Gäste im Haus waren, machten wir eine Ausnahme.

Ich zerbrach mir den Kopf, womit ich Erwin amüsieren könnte. Spaziergänge lehnte er ab: «Sie wissen doch, ich bin nicht gut zu Fuß.» Auch Pilze sammeln und Brombeeren pflücken war nicht nach seinem Geschmack. Und schon gar nicht das Angeln. So fuhr ich mit ihm ab und zu über Land und zeigte ihm die wenigen Sehenswürdigkeiten, die es bei uns gab: den Aussichtsturm, die Burgruine, die wie ein zerrupfter Uhu mitten zwischen den Feldern lag, und das Hünengrab. Die Schlösser, an denen wir vorbeifuhren, fand Erwin ausgesprochen «poplig», und die Güter bezeichnete er mehr oder weniger als Kuhpleeken: «Mein Gott, schon wieder so eine Kuhpleeke!»

Im Dorf erregte er ebensoviel Aufsehen wie der Mann, der einmal im Jahr mit einem Bären am Strick durch die Gegend zog. Man starrte uns nach und tuschelte hinter uns her. Sollte die Frau Baronin nun etwa doch...? Als man erfuhr, daß Erwin ein herrschaftlicher Diener war, nahmen die Gerüchte eine andere Richtung. Da waren diese Wiedenbrücks wohl plötzlich zu Geld gekommen? Dann brauchten sie, fand der Bäcker, auch nicht mehr wie die armen Leute im Dorf anschreiben zu lassen.

Gelegentlich ließ Erwin sich herab und stattete dem Dorfkrug einen Besuch ab. Am liebsten pusselte er jedoch im Haus herum und lag mir dauernd in den Ohren, was unbedingt angeschafft werden müßte. «'ne Teppichkehrmaschine, zum Beispiel, und ein Apparat, um die Klingen zu putzen.» Nur mit einem Korken und Scheuersand wäre damit nichts mehr auszurichten. Er ölte quietschende Türen, nahm sich der Schubladen an, die klemmten, und war vor allem nach Kräften bemüht, Viktor wieder zum Herrn des Hauses zu machen.

«Der Herr Baron befinden... Der Herr Baron meint auch... Der Herr Baron hat angeordnet», bekamen Tante Hertha und ich den ganzen Tag zu hören. Und Viktor genoß es. Erwin bürstete, rasierte und salbte unermüdlich an ihm herum und las ihm jeden Wunsch von den Augen ab.

«Er übertreibt wirklich», sagte ich ärgerlich zu Tante Hertha, nachdem ich feststellen mußte, daß Erwin Viktors Bett jeden Tag frisch bezog.

«Ach, gönnen wir's ihm doch», sagte Tante Hertha begütigend. «Diese kleinen Freuden eines Kranken.»

Sie hatte recht. Das reizte mich noch mehr. «Unsinn!» sagte ich kurz und stellte Erwin zur Rede, der gerade dabei war, sämtliche Messingklinken zu putzen, und leise vor sich hinpfiff.

«Ich finde es *rührend,* wie Sie sich um meinen Mann kümmern. Nur mit der frischen Wäsche sollten wir sparsamer umgehen. Ich hab nur einmal im Monat eine Waschfrau aus dem Dorf.»

«Dann muß sie eben öfter kommen.»

Papa hatte recht. Manchmal nahm Erwin sich einfach zuviel heraus.

«Ich denke», sagte ich gemessen, «das ist meine Sache!»

Er hatte mit Pfeifen aufgehört und sah mich betrübt an. «Der arme Herr Baron. Comtesse waren früher ein so sanftes, fürsorgliches kleines Mädchen. Sie müssen so drei gewesen sein, da haben Sie eigenhändig einen Kuchen für mich gebacken, mit Brombeeren verziert und einem Kerzchen drauf, und ihn mir ins Zimmer gebracht!»

«Ich konnte mit drei Jahren schon Kuchen backen?» fragte ich, ganz überwältigt von meinem Talent.

«Nun ja, er wird aus Sand gewesen sein», sagte Erwin. «Aber immerhin. Ein so liebes Mädchen», fügte er nachdrücklich hinzu.

«Als wenn man damit im Leben weit kommt», sagte ich bitter.

«Ich weiß, Comtesse haben's nicht leicht. Aber der Herr Baron erst recht nicht. Ein so feiner Mann, der Herr Baron, und macht sich solche Sorgen um Sie.»

Das war mir neu. «Er macht sich Sorgen um mich?»

Erwin nickte. «Man möchte sprechen, *große*!» bestätigte er. «Und wie er Sie bewundert!» Er warf mir einen schrägen

Blick zu. «Comtesse könnten ruhig ein bißchen netter zu ihm sein.»

Das saß. «Ich will mich mit Ihnen hier nicht herumstreiten, Erwin», sagte ich kühl. «Außerdem muß ich in die Küche.» Ich verließ Erwin, der wieder leise vor sich hinpfiff. Es klang zufrieden.

In dieser Nacht konnte ich nicht einschlafen. Ich weinte in meine Kissen, über das Leben allgemein, über Flunki, über Viktor, am meisten aber über mein eigenes Unglück. Ich konnte mich für alle umbringen; niemand hatte einen Funken Mitleid mit mir. Ganz allmählich gewann die Vernunft wieder die Oberhand. Es gab nichts mehr, hinter dem ich mich verstecken konnte. Es wurde Zeit, den Tatsachen ins Gesicht zu sehen. Gleich morgen würde ich damit anfangen. Ich streckte mich in dem behaglichen Doppelbett meiner Schwiegermutter aus, atmete tief durch und schlief endlich ein.

Noch vor dem Frühstück ging ich zu Viktor. In seinem ehemaligen Kinderzimmer war kaum etwas verändert worden. An der Wand hingen noch seine alten Botanisiertrommel und das Schmetterlingsnetz, und auf dem Regal mit den Kinderbüchern stand ein ausgestopfter Eichelhäher. Der Zulu bedrohte mich mit seinem Speer, als ich mich auf Viktors Bett setzte.

«Nanu?» sagte er überrascht. «So hohen Besuch schon vor dem Frühstück? Und bereits in voller Montur?»

«Das ist Erwins Verdienst. Er hat mir wegen meines Aufzugs mächtig die Leviten gelesen und meinen Bademantel eine alte Hundedecke genannt.» Ich strich über seine Bettdecke. «Wie geht es dir denn heute?»

«Wie soll es einem Krüppel schon gehen.» Er lachte. Aber

in seinem Blick lag soviel Trostlosigkeit, daß mir ganz elend wurde.

«Ich hab mir überlegt, ob wir nicht einen Wagen mit Gummirädern kaufen sollten», sagte ich in leichtem Plauderton. «Und dann vom Stellmacher einen Spezialsitz einbauen lassen. Ein Gummiwagen stuckert ja nicht so. Ich könnte dich im Wald herumfahren oder auch mal in die Stadt.»

Seine Augen leuchteten auf. «Das ist eine gute Idee! Fragt sich nur, ob sie sich realisieren läßt.»

«Man kann's doch versuchen. Ich besprech's noch heute mit dem Stellmacher.»

«Mal raus hier, das wäre einfach zu schön. Ach, Feli!» Er nahm meine Hand und küßte sie. Für einen kurzen Augenblick waren wir uns sehr nah. Ich fuhr ihm spielerisch durch sein dichtes Haar. «Höchste Zeit, daß ich's dir schneide.»

Von da an wechselte ich mich mit Tante Hertha in der Pflege ab.

Erwins Tage bei uns waren gezählt. Aber vor seiner Abreise überredete er uns noch, ein Diner zu geben. «Comtesse müssen unbedingt mehr Verkehr haben. Herr Baron brauchen schließlich Abwechslung. Das letzte Abendessen soll vor einem Jahr stattgefunden haben.»

«Dann müssen Tante Hertha und ich wieder den ganzen Abend in der Küche stehen!» rief ich unlustig. «Mit Lisa können wir nicht rechnen. Die ist nicht mal in der Lage, Kartoffeln zu kochen.» Lisa, unser sanftmütiges, kleines Hausmädchen mit dem Silberblick war sonst sehr anstellig. Aber sie scheiterte bei der Zubereitung der einfachsten Gerichte.

«Das lassen Comtesse mal meine Sorge sein», sprach Erwin milde. «Die Baronesse ist jedenfalls begeistert.»

Ich stellte Tante Hertha deswegen zur Rede. «Er hat mich rumgekriegt. Aber frag mich bloß nicht, wie», jammerte sie.

Es blieb mir gar nichts anderes übrig, als ins Dorf zu radeln und die Nachbarn nacheinander anzurufen. Keiner gab mir einen Korb. Wiedenbrücks jetzt mit einem Diener! Diese interessante Neuerung durfte man nicht verpassen.

Wie bei den Eltern das Personal, so scheuchte Erwin nun uns durchs Haus. Seine Begeisterung steckte uns allmählich an. Wir begannen, an dem ganzen Drum und Dran Spaß zu finden. Die Zimmer wurden mit Blumen geschmückt, der Weg zum Haus geharkt und der Hof gekehrt.

Als Vorspeise sollte es Hecht in Dillsoße und als Hauptgericht Wild geben. «Schade, daß wir nicht das Rezept für die Cumberlandsoße haben», sagte ich bedauernd zu Erwin. «Damit würden wir bestimmt bei den Gästen Ehre einlegen!»

«Wenn's weiter nichts ist. Das hab ich.» Er sagte das so gleichmütig, als handle es sich um irgend etwas Nebensächliches und nicht um dieses geheiligte Geheimnis der Flottbachs. Und schon war er fort und kam mit einem Oktavheft zurück. «Ich hab die Zutaten genau aufgeschrieben.»

«Ich dachte», rief ich verblüfft, «die kennt nur Tante Agnes.»

«Und ich», sagte Erwin. «Man muß eben die Augen offenhalten!»

Tante Hertha und ich sahen uns an. Dann lachten wir. Mein Gott, was für ein Theater war um dieses Rezept gemacht worden!

Die Gäste waren sichtlich beeindruckt von der festlich gedeckten Tafel und von Erwin, der sogar mit Handschuhen servierte. Trotzdem mißlang dieser Abend. Es war Luischen, die all unsere Mühe zunichte machte.

Während die Gäste sich ganz dem vorzüglichen Essen widmeten, wurde die Unterhaltung zwischen ihr und ihrem Tischherrn immer lauter. Der General, ein recht betagter Trottel, mußte sie irgendwie in Rage gebracht haben. Jedenfalls war ihre helle Stimme plötzlich überdeutlich zu hören, als sie ihn fragte, ob vielleicht auch er gern die Töchter seiner Untergebenen im Pferdestall abgeknutscht hätte.

«Ich muß doch sehr bitten, Frau Baronin!» schnarrte der Unglückliche. Seine Verlegenheit ermunterte Luischen zu Obszönitäten. Der General sprang auf, murmelte etwas von einem «unerhörten Affront», und obwohl man ihm von allen Seiten zuzischelte, was es mit Luischen auf sich habe, verließ er zusammen mit seiner enttäuschten Frau das Haus.

Es trat eine gewisse Beruhigung ein, aber als Erwin zum zweitenmal die Platten herumreichte, nahm Luischen den nächsten Mann aufs Korn. Tante Hertha und ich wollten sie aus dem Zimmer bringen, aber sie wehrte sich heftig und schrie: «Dem hab ich's gegeben! Dem hab ich's gegeben!»

Den Herren war anzusehen, wie unheimlich ihnen die Situation wurde. Sie verabschiedeten sich hastig mit der Begründung, Gäste wären jetzt sicher für uns eine zusätzliche Belastung. Man solle lieber schleunigst nach einem Arzt schicken. Vergeblich versuchten die Ehefrauen sie umzustimmen – «Mein Gott, du kennst doch Luischen!

Die beruhigt sich auch schnell wieder.» – und flüsterten mir zu, es wäre ja geradezu albern, wie sich die Männer mal wieder anstellten.

Erwin war so konsterniert, daß er mit einem Tablett voller Gläser fast über den Erpel gestolpert wäre. Er setzte das Tablett ab, ergriff das erschreckte Tier und schüttelte ihn wie ein ungezogenes Kind, wobei er ihn mit polnischen Flüchen bedachte. Der Erpel schrie, als seien fremde Hunde hinter ihm her. Erwin riß die Küchentür auf und schmiß ihn mit großem Schwung nach draußen, wo der arme Fritz völlig benommen auf die Erde klatschte.

Schweigend räumten wir auf, trugen Viktor ins Wohnzimmer und setzten uns zusammen, um alles noch einmal durchzusprechen.

«Was macht ihr denn noch da unten?» rief Luischen. «Kann ich nicht zu euch kommen?»

Sie durfte. Wir leerten die Bowlenkanne und die Kognakflasche dazu. Erwin zog das Grammophon auf und versuchte, Krakowiak zu tanzen oder das, was er dafür hielt. Es wurde noch ein sehr gelungener Abend. Erwin brachte Viktor ins Bett und bot sich an, das gleiche mit mir zu tun.

«Nun nehmen Sie sich aber mal 'n bißchen zusammen», sagte ich würdevoll mit einem kleinen Schluckauf.

Und Erwin sagte: «Jawohl, Comtesse.»

Der Tag seiner Abreise war gekommen, und ich überlegte mit Tante Hertha hin und her, womit ich ihm eine Freude machen könnte.

«Am besten mit Geld», entschied Tante Hertha nüchtern.

«Ist das nicht zu prosaisch?» gab ich zu bedenken. «Erwin ist in solchen Sachen sehr empfindlich.»

«Tu es trotzdem», sagte Tante Hertha.

Ich beschloß, sehr großzügig zu sein, und drückte ihm mit verlegenem Lächeln eine stattliche Summe in die Hand.

Er nahm sie gelassen in Empfang. «Comtesse werden Ihrer Großmutter immer ähnlicher», bemerkte er dabei.

«Wirklich?» Ich war geschmeichelt, galt doch Großmama Semlin beim Personal als besonders spendabel und war daher äußerst beliebt. «Ich soll ihr ja in gewisser Weise auch ähnlich sehen.»

Erwin betrachtete mich nachsichtig. «Ich meine nicht die gnädige Frau. Ich meine die Mutter vom Herrn Grafen.»

Ich habe Viktor nie wieder so lachen hören wie damals, als ich ihm diese Geschichte erzählte.

Bald darauf bekam ich einen Brief von meinem Vater. Er war in ziemlich vorwurfsvollem Ton gehalten: «Ich kann ja verstehen, mein Kleines, daß Du in Deiner Situation nach jedem Strohhalm greifst. Erwin ist nun mal ein hilfsbereiter, gutmütiger Mensch. Aber daß Du auch noch ein Diner geben mußtest, war doch wohl etwas überflüssig. Jedenfalls kam Erwin in einer sehr schlechten Verfassung hier wieder an. Er wirkte völlig überarbeitet, dabei hatte er sich so auf seinen Urlaub bei Dir gefreut! Du weißt ja, es war sein erster nach zehn Jahren. Er läßt Dich übrigens herzlich grüßen und Dich noch einmal an die Hundedecke erinnern. Du wüßtest dann schon.»

Ich hatte den Bademantel bereits ausrangiert. Aber nun holte ich ihn mir voller Wut wieder zurück.

18

«Die Tage wie die Wolken geh'n . . .» Habe ich in all diesen Jahren nur mit meinem Schicksal gehadert? Keineswegs. Es gab durchaus Momente des Glücks oder besser vielleicht: des Wohlbehagens, was dasselbe sein kann.

Natürlich, ein Zuckerlecken war es nicht. Viktor war ein schwieriger Patient; seine wortlose Verzweiflung verdüsterte oft das Haus. Es brauchte Geduld und Kraft, um dagegen anzugehen. Er war schnell gereizt und nörgelte an Kleinigkeiten endlos herum, was mich in Rage brachte. Dazu war die finanzielle Situation alles andere als rosig. Ständig bangten wir um unsere einzige Einnahmequelle, den Wald, der abwechselnd mit Borkenkäfern, Bränden oder Windbruch für Aufregung sorgte. Dazu kam die Plackerei von früh bis spät. Wenn auch alles, was wir ernteten, nur für den Eigenbedarf angebaut wurde, so mußten doch das Heu gewendet, das Korn gedroschen, die Kartoffeln ausgebuddelt werden. Die Gartenarbeit nahm nie ein Ende. Es war ein ewiges Pflanzen, Gießen, Hacken. Hatte man endlich alle Beete durchgejätet, konnte man bereits wieder bei den ersten beginnen.

Viktor half, so gut es ging. Er streifte Johannisbeeren von

den Rispen, schnippelte Bohnen, entkernte Kirschen und Pflaumen und putzte Pilze. Er flickte Reusen und Netze, ja sogar die Kartoffelsäcke, während Tante Hertha und ich unermüdlich Wasser zum Gießen schleppten und uns an Quecken den Rücken krummzogen.

Um so köstlicher waren die Stunden der Freuden: das Angeln im See, wenn sich bereits die hochgetürmten Gewitterwolken im Wasser spiegelten, die Frösche vor dem nahenden Unwetter ängstlich verstummten und nur die Grillen und der Rohrspatz zu hören waren und dann jäh der Korken an der Angelschnur zu tanzen begann; der unvergeßliche Geschmack des noch warmen, dick mit Griebenschmalz beschmierten Brotes auf der Zunge; der Galopp über das Stoppelfeld, geradewegs der Sonne entgegen; der plötzliche Windstoß, der einem bei der Sommerhitze kühlend über den Körper fuhr; und als Krone vor allem, der wöchentliche Kinobesuch.

Nie kamen Tante Hertha und ich zu spät. Immer zu früh, voller Sorge, von den billigen Plätzen nicht mehr die besten zu bekommen, mit gebrannten Mandeln im Mund, während der schwere braune Samtvorhang sich öffnete. Der obligatorische langweilige Kulturfilm verstärkte unsere freudige Erwartung auf den Spielfilm: «Die drei von der Tankstelle», «Der tolle Bomberg», «Der Kongreß tanzt» – wir versäumten keinen. Während wir, auf den schmalen Waldwegen hintereinander radelnd, nur mühsam die Balance haltend, zurückfuhren, riefen wir uns gegenseitig noch einmal die Handlung des Films zu. Willy Fritsch, Conrad Veidt, Harry Liedtke durchgeisterten das Puppenhaus, und Lilian Harveys schmale Taille ließ mich resignieren.

Viktor hatte gegen unsere Kinobesuche nichts einzuwenden. «Dann hab ich wenigstens meine Ruhe!»

«Die hast du ja wohl in reichem Maße», neckte ich ihn. «Ich finde, du könntest auch etwas Ablenkung gebrauchen. Vielleicht sollte mal wieder jemand aus deinem Corps vorbeischauen.»

«Deine Familie mit ihren Marotten genügt mir völlig. Onkel Paul, der jeden Friedhof im Umkreis besucht, und seine Frau mit ihrem sozialen Tick. Und erst Tante Agnes!» Er ahmte ihre kräftige Stimme nach: «Wach auf, mein Herz, und singe!»

Er imitierte sie nicht einmal schlecht. Aber ich war gekränkt. «Du tust geradeso, als ob die Flottbachs allesamt verschrobene Trottel wären. Dabei verstehst du dich mit allen sehr gut. Besonders mit Georg.»

«Stimmt. Ich begreife nur nicht, warum die Bilder von den Wänden fallen müssen, wenn er durchs Haus geht.»

Ich warf ihm einen unfreundlichen Blick zu. «Er hat wenigstens Temperament!»

«Du willst damit wohl sagen, daß wir Wiedenbrücks gegen euch eine langweilige, stocknüchterne Familie sind.»

«Ausgenommen Luischen», sagte ich.

«Bis auf Luischen», bestätigte er ziemlich bitter. «Deshalb hast du sie wohl auch so in dein Herz geschlossen?»

Es stimmte. Ich mochte meine Schwiegermutter sehr, obwohl sie mich mit ihrer Unberechenbarkeit ganz schön in Atem hielt. Sie war die einzige gewesen, die mich mit offenen Armen aufgenommen hatte und mit der ich wie mit einer Gleichaltrigen herumalbern konnte. Auch kam es mir manchmal so vor, als wenn sie uns gelegentlich Theater vorspielte und sehr wohl wußte, was sie tat. Dann hatte sie ein verstecktes Lachen in den Augen, was mir zu denken gab. So liebenswert ich sie fand, eine gute Mutter war sie nie gewesen. Auch jetzt noch, nach dem Unglück, blieb sie Viktor gegenüber eher distanziert.

«Was stört dich so an ihm?» wollte ich wissen.

«Er ist seinem Vater zu ähnlich. Den hab ich nie ausstehen können, diesen pharisäerhaften, hölzernen Greis.»

«Er war doch höchstens dreißig, als er dich heiratete.»

«Trotzdem. Ein Methusalem», beharrte Luischen. «Was hat dieser Mensch an mir herumerzogen! ‹Das schickt sich nicht› – ‹Das tut man nicht›. Nie ist er mal mit mir verreist oder hat mich zur Grünen Woche nach Berlin mitgenommen. Alles drehte sich immer nur um diesen verfluchten Wald. Von mir aus könnte er abbrennen! Ich würde viel lieber in der Stadt leben. Sieh dich doch an, was die Wiedenbrücks aus dir gemacht haben! Ein Aschenputtel. Was warst du für ein schickes, lustiges Mädchen. Jetzt sprichst du schon wie Tante Hertha. Und deine Jahre gehen dahin.»

Sie hatte mich richtig aufgekeschert. Nachdenklich betrachtete ich mich im Spiegel. Was ich sah, gefiel mir nicht. «Vom Frühling nahtlos in den Herbst», sprach ich zu mir selbst. Von guter Figur konnte keine Rede mehr sein. Ich war recht pummelig geworden, vor allem um die Hüften. Mein Gesicht hatte die etwas zigeunerhafte Frische der Mädchentage verloren. Und von Märchenaugen würde wohl kaum noch jemand sprechen bei den vielen Fältchen!

Ich, der Fisch an der Wiedenbrückschen Angel, spürte wieder einmal schmerzhaft den Haken. Ich mußte einfach mal aus diesem Trott heraus. Mit dürren Worten teilte ich Viktor meinen Entschluß mit, ein paar Tage zu Tante Käthe zu fahren.

«Das kommt ja sehr plötzlich», sagte mein Mann unwillig. «Hast du das mit Tante Hertha abgesprochen?»

«Es ist alles geregelt», sagte ich mit so sanfter Stimme wie der Wolf im Märchen, der Kreide gefressen hat.

«Du fährst doch sowieso in ein paar Wochen zu deinen Eltern. Es gibt jetzt hier viel zu tun.»

«Was denn?»

«Hertha, sag doch auch mal was!»

Aber die arme Hertha hatte längst gelernt, daß es besser war, sich aus unseren Streitigkeiten herauszuhalten. Sie verließ unter einem Vorwand eilig das Zimmer.

«Nun gönn mir doch die paar Tage», sagte ich einlenkend.

Er sah mich an. Ich wußte, er würde etwas finden, um mir die Reise zu vermiesen. Da kam es auch schon: «Jeder vernünftige Mensch ist froh, wenn er dieser Stadt den Rükken kehren kann. Bei den vielen Straßenschlachten. Wir haben immerhin über sechs Millionen Arbeitslose. Berlin ist im Moment wirklich ein Pulverfaß.»

«Pulverfässer liebe ich», sagte ich.

Er mußte jetzt selbst lachen. «Und wer schubbert mir den Rücken, wenn du weg bist?» fragte er kläglich.

«Deine vielgeliebte Tante natürlich.» Ich gab ihm einen Kuß.

Berlin empfing mich mit strahlendem Sonnenschein. Die Jahre fielen von mir ab. In einem neuen, von Tante Käthe großzügig spendierten Frühlingskostümchen mit passendem Hut tänzelte ich neben ihr über den Kurfürstendamm wie ein Pferd, das den ganzen Winter im Stall verbracht hat. Das Kostüm, ein anständiger Haarschnitt und ein wenig Kosmetik machten aus mir wieder ein ganz annehmbares

Wesen. Ich hakte mich bei Tante Käthe ein. «Wenn ich dich nicht hätte!»

«Dann hättest du jemand anderen», sagte sie lachend. «Leider muß ich dich heute nachmittag und am Abend allein lassen. Ich bin eingeladen. Dein Besuch kam so überraschend, daß ich nicht mehr absagen konnte.»

«Ich werde Martel besuchen und ein bißchen durch die Stadt bummeln», sagte ich.

Doch ich traf Martel nicht an, und so fuhr ich kreuz und quer durch die Stadt und suchte jene Plätze auf, die damals für mich eine so große Rolle gespielt hatten.

Auf der Tauentzienstraße kam mir ein Ehepaar entgegen, das nur vom Lande stammen konnte. Ich blieb überrascht stehen. «Sweety!» rief ich. Eine fremde Frau sah mich fragend an. Ich entschuldigte mich hastig, aber ihre Ähnlichkeit mit Flunkis ehemaliger Freundin war ein weiterer Anstoß, mich mit ihm intensiv zu beschäftigen.

Für die Familie war er noch immer verschollen, was man vielleicht verstehen konnte. Aber warum hatte er nie versucht, sich mit mir in Verbindung zu setzen? Ich war und blieb eine Närrin, nach so vielen Jahren überhaupt noch einen Gedanken an ihn zu verschwenden.

Trotz dieser Einsicht fuhr ich erinnerungssüchtig zu dem kleinen Strandcafé am Wannsee mit dem Bootsverleih, wo alles begonnen hatte. Auch heute schien jeder Platz besetzt zu sein. Aber dann deutete ein Herr an einem Tischchen für zwei Personen auf den Stuhl ihm gegenüber und nahm seinen Strohhut, den er dort plaziert hatte, an sich. Ich dankte ihm und setzte mich.

«Ich hab ihn extra für Sie freigehalten», sagte er lächelnd.

Das verblüffte mich. «Wir kennen uns doch gar nicht.»

«Ich Sie schon.»

Ich grübelte vergeblich, wo ich ihn getroffen haben könnte. «Tut mir leid», sagte ich schließlich.

«Ich bin Ihnen nämlich die ganze Zeit gefolgt», sagte er, «und habe Sie genau beobachtet.»

Ich erschrak. Mein Gott, vielleicht irgendein merkwürdig veranlagter Mensch. Ich hatte gerade den Film «M – eine Stadt sucht einen Mörder» gesehen und war davon nachhaltig beeindruckt. Ich musterte mein Gegenüber. Mit Peter Lorre hatte er nun wirklich keine Ähnlichkeit. Er sah eigentlich ganz normal aus. Ein bißchen wie der Erpel Fritz, fand ich. Mit seinen gesträubten weißblonden Haaren, den gelbgrünen Augen und der leichten Sattelnase. Alles in allem ein nicht unsympathisch wirkender, recht passabler Mann, etwa in Viktors Alter, der nicht den Eindruck machte, als ob er einem Berliner Ringverein angehörte. Und der hatte mich nun praktisch durch die ganze Stadt begleitet, ohne daß ich etwas gemerkt hatte.

Ich war geschmeichelt und beunruhigt zugleich. Ich bestellte mir eine Tasse Kaffee, und er verwickelte mich in ein Gespräch, nachdem er sich mir als Dr. Winter vorgestellt hatte. Ich erfuhr, daß er als Assistenzarzt an einem Krankenhaus arbeitete, und er holte spielend aus mir heraus, daß ich mit einem gelähmten Mann verheiratet war und mir zu Hause die Decke auf den Kopf fiel.

«Ich brauchte einfach mal Tapetenwechsel», erklärte ich.

«Also Urlaub auf Ehrenwort.» Er lachte. Ich wurde rot und blieb ihm die Antwort schuldig. «Hätten Sie Lust, mit mir heute abend ins Theater zu gehen?» fragte er mich.

Fast wäre mir herausgerutscht: «Theater habe ich zu Hause genug.» Ich verschluckte es gerade noch rechtzeitig.

«Ich sehe schon, keine Gegenliebe. Dann schlagen Sie was anderes vor. Nur geben Sie mir keinen Korb.»

Das flirrende Licht durch die Blätter der Bäume, das Glucksen der Wellen am Bootssteg, die schilpenden Spatzen um unseren Tisch... Ich reckte mich in der Sonne und fühlte mich rundherum wohl.

«Ich möchte mal wieder so richtig tanzen», sagte ich, und das taten wir dann auch. Wir tanzten auf Vorrat, bis mir die Füße brannten und ich mit ihm nur noch zu einer Droschke humpeln konnte.

«Und was machen wir jetzt?» fragte er.

Ich zögerte keinen Augenblick. Ich war eine *femme fatale!* «Jetzt», sagte ich, «dürfen Sie mir Ihre Briefmarkensammlung, Ihre Fotoalben zeigen oder Ihre neuste Platte vorspielen.»

Es wurde spät, trotzdem war ich noch vor Tante Käthe wieder in der Wohnung und legte seine Visitenkarte achtlos auf das Garderobentischchen.

«Mit Dr. Winter bist du also ausgegangen», sagte Tante Käthe beim Frühstück. «Das finde ich ja nett. Hat er dich angerufen?»

«Wer soll mich angerufen haben?» fragte ich verständnislos.

«Dieser junge Doktor. Er war damals Famulus in der Privatklinik, wo du wegen deines kleinen Malheurs lagst.»

«Ich kann mich überhaupt nicht an ihn erinnern!» sagte ich perplex.

«Er hat öfter nach dir gefragt.»

«Woher wußte er denn, daß ich in Berlin bin?» Das konnte sich Tante Käthe allerdings auch nicht erklären.

Ich stellte mein «Abenteuer» zur Rede: «Wieso hast du

dich denn nicht zu erkennen gegeben und bist mir statt dessen durch die ganze Stadt gefolgt?»

Er lachte verschmitzt: «Bin ich gar nicht. Unser Wiedersehen war reiner Zufall. Ich saß in diesem Café an dem Tisch, als du plötzlich auftauchtest. Das war alles.»

«Warum hast du mir dann diesen Bären aufgebunden?» rief ich empört.

«Ich wußte ja von der Krankheit deines Mannes und dachte mir, vielleicht hättest du's ganz gern etwas romantisch.»

Im D-Zug schmeckte ich noch einmal mein Berliner Abenteuer nach und bedauerte, daß ich mit niemandem darüber reden konnte.

Auf der Kleinbahnstation war weit und breit kein Wiedenbrückscher Wagen zu entdecken. So ging ich zum Stationsvorsteher.

«Der Herr Baron hat für Sie ein Fahrrad abgeben lassen», erklärte er mir.

Das verschlug mir die Sprache, aber ich beherrschte mich und ließ mir ein Taxi aus der Stadt kommen. Die Anfahrt war weiter als der Weg von der Station bis zum Puppenhaus. Die Fahrt kostete ein Vermögen.

Mit einem fröhlichen «Da bin ich wieder!» betrat ich das Wohnzimmer, wo die Familie gerade vesperte. «Besten Dank für das Fahrrad», sagte ich leichthin. «Aber ich habe mir ein Taxi genommen.»

Damit traf ich bei Viktor voll ins Schwarze. «Bist du verrückt!» brüllte er los. «Warum hast du nicht gleich eins gekauft?»

«Ein Auto?» tat ich erstaunt.

«Kinder!» beschwichtigte Tante Hertha.

«Und wie siehst du überhaupt aus? Diese Haare! Furchtbar. Das Kostüm! Scheußlich. Und angemalt bist du wie ein Indianer.»

Ich ließ mich lässig in einen Sessel fallen, wobei mir der Rock ziemlich hochrutschte, schlug die Beine übereinander, holte aus meiner Handtasche Spiegel und Lippenstift und zog mir mit einem Seitenblick auf Viktor sorgsam die Lippen nach. «Der Untergang der Erde» zitterte in seiner Hand.

Ich wippte mit dem übergeschlagenen Bein. «Na, wie geht's denn deinen Vulkanen?» fragte ich spöttisch.

Einen Augenblick dachte ich, er würde mir das Buch an den Kopf werfen. Tante Hertha flüsterte mir zu: «Laß es doch, Kind, bitte!»

Ich schämte mich. Aber Luischens Augen funkelten vor Schadenfreude.

Bevor ich schlafen ging, sah ich noch einmal bei Viktor hinein. Er saß im Bett und übte verbissen mit seinen Hanteln, um die Armmuskeln zu stärken.

«Dein Rückenkrauler meldet sich zur Stelle», sagte ich bußfertig.

19

Tante Agnes' Briefe waren die einzigen, die nicht nur von militärischer Kürze waren und belanglose Fragen enthielten wie: «Geht's Euch gut? Regnet es bei Euch auch so in Strömen?», oder nüchterne Mitteilungen wie: «Mit der Ernte sieht's schlecht aus. Wir haben in letzter Zeit viel Besuch gehabt.» Von Tante Agnes bekam ich auch einen dramatischen Bericht über die Fehlgeburt der schönen Freda. Bernhard sei aber voller Zuversicht und habe die Hoffnung auf Nachwuchs noch nicht aufgegeben. Im nächsten Brief schrieb sie, daß bei Onkel Paul plötzlich dieser Hauptmann aus Sachsen, mit dem er zusammen in russischer Kriegsgefangenschaft gewesen war, aufgetaucht sei.

«Du erinnerst Dich vielleicht noch, daß Onkel Paul ihm seine Entlassung verdankte, obwohl er noch gar nicht auf der Liste stand. Dieser Hauptmann wollte lieber im Lager bleiben, als zu seiner bösen Frau zurückzukehren, und so haben die beiden damals einfach ihre Namen getauscht.» Wie Tante Agnes schrieb, habe es ein rührendes Wiedersehen gegeben, aber nun hocke dieser Hauptmann schon seit Wochen bei Tante Renata und Onkel Paul herum und könne den Absprung nicht finden.

Auch über meine Eltern berichtete sie sehr ausführlich, und daß Papa jetzt wieder viel in Berlin zu tun habe. An dieser Stelle mußte ich unwillkürlich lächeln. Die Katze ließ das Mausen nicht.

Georg habe ebenfalls enorm viel zu tun. Die Leute heutzutage seien ja so unzuverlässig. Er müsse praktisch überall zugleich sein. «Aber Deine Mutter und Jutta sind jetzt sowieso fast nur noch mit Albertchen beschäftigt. Er wächst und gedeiht prächtig und ist Deinem Vater wie aus dem Gesicht geschnitten.»

Wie oft hatte ich meiner Schwester in den Ohren gelegen, den Jungen mitzubringen. Irgendwie war sie schwerfällig geworden und stellte sich dazu mit ihrem Herzepimpel fast so an wie früher mit ihrer Puppe.

Ich schwor mir: In diesem Jahr würde sie damit nicht durchkommen. Ich schrieb einen geharnischten Brief, und – o Wunder! – es klappte. An meinem Geburtstag kam sie mich mit ihm besuchen. Da stand er vor mir, Albi II., in seinem blauen, mit großen Perlmuttknöpfen verzierten Mäntelchen, über das er ein altes Koppel seines Großvaters geschnallt hatte, eine Botanisiertrommel über der Schulter, mit rutschenden Wadenstrümpfen in Sandalen.

«Aber ich sage dir gleich», verkündete Jutta nach der Begrüßung, «viel Zeit habe ich nicht. Ich kann höchstens ein paar Tage bleiben. Du weißt ja, ich lasse Georg ungern allein. Er hat dann nicht so seine Ordnung.» Ein Satz, der mir sehr bekannt vorkam.

Nach einer knappen Woche verließ sie uns denn auch, aber ohne ihren Augapfel. Der hatte sich in den paar Tagen vollkommen bei uns eingenistet und wollte auf keinen Fall mehr weg. Der Kampf begann: Er versteckte sich, er trampelte, er schrie, er spuckte das Essen aus und klagte über heftige Bauchschmerzen. Kurz, er entwickelte alle Symptome, die einem kleinen Kind als Waffe zur Verfügung stehen. Schließlich kapitulierte Jutta. «Vielleicht ist es wirklich besser, er bleibt noch bei euch. Er hat leider eine etwas zarte Gesundheit.»

«Mir ist ja so schlecht», jammerte Albertchen. «Mein Kopf tut so weh!» Die Geste, mit der er sich dabei an die Stirn faßte, war mir ebenfalls nicht unbekannt. Ich versprach Jutta, ihn eigenhändig zurückzubringen, sobald er wieder auf dem Posten wäre. Immerhin vergingen vier Wochen, bis es soweit war. Von da an kam Albertchen regelmäßig einmal im Jahr und gelegentlich auch öfter, obwohl, wie ich herausbekam, Erwin alles tat, um diese Reise zu uns zu hintertreiben.

Bei der Beerdigung der Nana, die friedlich mit den vorwurfsvollen Worten: «Im Wohnzimmer hat wieder die ganze Nacht das Licht gebrannt!», in Papas Armen gestorben war, stellte ich ihn deswegen zur Rede.

«Sie meinen wohl, unsere Kuhpleeke ist für ihn nicht gut genug», sagte ich ironisch.

«Comtesse lassen ihn zu sehr verwildern. Er erbt schließlich mal eine große Herrschaft.»

«Ja, ja, ich weiß», sagte ich. «Keine Angst, mein Mann achtet schon auf gute Manieren, auch wenn wir keinen Diener haben.»

Erwin kriegte seinen fischigen Blick. «Beim letztenmal kam er mit Läusen zurück!»

«Himmel Herrgott noch mal», rief ich, «die hat er sich im Zug geholt! Was kann ich dafür?»

Dagegen zeigte sich Jutta recht einsichtig. «Das Zusammenleben mit Viktor ist für ihn vielleicht ganz lehrreich. Dann lernt er gleich mit Kranken umzugehen.»

Natürlich spielte Albertchen auch im Puppenhaus schon längst die erste Geige. Wir waren nur noch bessere Untertanen und eilten, um ihn zu bedienen. Jeder hatte seine Aufgabe, die er ihm abverlangte. Mit Tante Hertha fütterte er die Hühner, durchstöberte die Scheune nach versteckten Nestern, schnitt Brennesseln und Löwenzahn und sah den frischgeschlüpften Hühnerküken zu, die sich in einem alten Schuhkarton im Backofen wärmten, bis die Glucke den Rest der Eier ausgebrütet hatte. Mir folgte er beharrlich mit seinem Lieblingsbuch, «Puh, der Bär», und der Geschichte vom ungezogenen Kaninchen, das seinen Eltern weggelaufen und daher beinahe im Kochtopf gelandet war. Ich las ihm vor oder erzählte ihm Geschichten von früher, und die alten Erinnerungen an Flunki bedrängten mich. Von diesem Onkel, von dem ich da erzählte, hatte er noch nie gehört.

«Vergiß es», sagte ich hastig und erreichte damit, daß er prompt beim Mittagessen davon anfing.

«Ich hab 'nen Onkel, von dem weiß niemand, wo er ist», begann er.

Ich unterbrach ihn sofort: «Ach, Albi, sei ein netter Junge und lauf mal eben in den Stall zu Wilhelm. Ich hab ganz vergessen, ihm zu sagen, daß heute nachmittag der Tierarzt kommt.»

Er erhob sich gehorsam, und Tante Hertha meinte stirnrunzelnd: «Hat denn das nicht Zeit? Dem armen Kind wird ja das Essen kalt.»

Viktor hatte es sich in den Kopf gesetzt, aus ihm einen perfekten Förster zu machen. Ich kutschierte die beiden im Wagen mit den Gummirädern, den wir inzwischen angeschafft hatten, im Wald herum, und Viktor erklärte dem Jungen die verschiedenen Fährten von Hase, Reh und Fuchs und die Vogelstimmen. Er sprach mit ihm wie mit einem Erwachsenen über seinen geliebten Wald, und Albertchen ließ die Augen kullern und gähnte verstohlen.

Bald konnte der Junge wie ein Reh fiepen und wie ein Käuzchen klagen. Aber Viktor brachte ihm auch bei, wie er uns Frauen am meisten ärgern konnte.

Unter Viktors altem Spielzeug hatte Albertchen einen Scherzartikel gefunden: zusammengebundene Messingplättchen, die, wenn man sie hinwarf, klangen, als sei ein ganzes Tablett mit Geschirr auf die Erde gefallen. Er mußte das natürlich sofort ausprobieren, und Tante Hertha ließ bei diesem Geräusch vor Schreck die Schüssel mit den Kartoffeln fallen.

«Na, warte!» Ich packte ihn mit festem Griff. Er schmiegte sich an mich, sah mich mit seinen seelenvollen braunen Augen an: «Wie hübsch du bist, Tante Feli!» Meine drohend erhobene Hand sank wieder herab.

Der Junge hielt uns ganz schön in Trab. Er fiel die Kellertreppe hinunter und mußte mit einer leichten Gehirnerschütterung ins Bett; er stocherte, wie seinerzeit Flunki, in einem Hornissennest herum und erreichte mit knapper Not das rettende Haus.

«Ich hätt's ihm gegönnt», brummte Wilhelm, der einzige, der ihm ablehnend gegenüberstand. «Der Bengel hat nichts wie Unsinn im Kopf!» Er lehnte es kategorisch ab, mit ihm aufs Feld zu fahren, und schnauzte ihn im Stall an, er solle ihm die Pferde nicht verrückt machen. Albi, der überall Wohlgelittene, fand das hochinteressant und folgte ihm, wenn auch in respektvoller Entfernung, wie ein Schatten.

Als er noch kleiner war, schlief er gern bei einem von uns im Bett, und jeden Abend sahen wir ihn erwartungsvoll an, wen er sich erwählen würde. «Was is' denn nu?» fragte Viktor ungeduldig, weil Albi sich nicht entschließen konnte.

Albi rieb verlegen ein nacktes Bein am anderen und druckste schließlich: «Ich will bei Wilhelm schlafen.»

«Bei dem alten Muffkopp? Na, denn viel Glück», sagte Viktor gekränkt, bei dem er zwar nicht im Bett, aber in einer Hängematte übernachten durfte, die er für ihn mit großen Schwierigkeiten im Zimmer hatte anbringen lassen.

Von da an war das Eis gebrochen. Eine Zeitlang war Albi mehr mit Wilhelm als mit uns zusammen. Er lernte, mit der Peitsche zu knallen und sogar zu unserem Entsetzen mit der Sense umzugehen. Auch daß er ihm von seinem Priem abgab, gefiel mir nicht. Den ganzen Tag deckten wir Albertchen mit Ermahnungen ein: «Rudere nicht allein auf dem See, hörst du?» – «Rutsch nicht im Heu herum, und laß den Unsinn mit dem Brennglas!»

Das Brennglas, eine alte Lupe, faszinierte ihn besonders. Er entzündete Streichhölzer, verkohlte eine arme Kellerassel und setzte einmal fast den Wald in Brand. Glücklicherweise kam einer der Waldarbeiter noch rechtzeitig dazu und konnte das Feuer löschen.

Diesmal nützten weder sein Augenaufschlag noch seine schmeichelnden Worte etwas. Er versuchte es erst gar nicht. «Wenn du mich haust, krieg ich wieder meine Kopfschmerzen», warnte er mich mit zitternder Stimme.

«Dann weißt du wenigstens, wovon du sie hast.» Ich gab ihm ein paar tüchtige Klapse.

So wuchs Albi heran und mit ihm das Dritte Reich. «Mit uns zieht die neue Zeit», sangen sie. Albi zog begeistert mit. «Robinson Crusoe», «Sigismund Rüstig» und «Lederstrumpf» verstaubten in Viktors Regalen. Ebenso die Zeitschrift «Der gute Kamerad». Dafür zierten jetzt Fettflecke und Eselsohren «Deutsche Heldensagen», «Hitlerjunge Quex» und «SA-Mann Brandt».

Albert trug die Uniform des Jungvolks und statt einer Botanisiertrommel den Dolch mit der eingravierten Inschrift «Blut und Ehre». An diesem Dolch hatten sich die Flottbachschen Gemüter erhitzt. «Ein so kleiner Junge und ein so scharfes Ding», erregte sich Jutta.

Georg hatte gemeint: «Er kann schließlich auch schon mit einem Luftgewehr umgehen.»

Alberts Hingabe an die große Sache nahmen wir Wiedenbrücks mit Nachsicht hin. Ideale waren nun mal etwas Schönes! Es blieb allerdings abzuwarten, ob sie hielten, was sie versprachen. Dagegen fanden wir Luischens Schwärmerei für Josef Goebbels eher befremdlich. «Was gefällt dir nur an ihm?» fragte ich. «Ein Bild von einem Mann ist er doch nun wirklich nicht!»

Luischen lächelte verklärt und schüttelte ihre Armbänder. «Er hat so was in seiner Stimme.»

Auch die Flottbachs verhielten sich eher indifferent. Nur Onkel Peter posaunte: «Die Zeit der Schmach und Schande ist Gott sei Dank vorüber!» Es mache fast den Eindruck, als gingen wir großen Zeiten entgegen. «Endlich mal wieder jemand, der sagt, was Sache ist!»

«Und was ist Sache?» fragte Tante Renata kriegerisch, die nach wie vor ihrem Bebel und seinen Genossen die Treue hielt.

«Zum Beispiel, daß wir den Weltkrieg nur durch Verrat verloren haben.»

«Ich finde», sagte Onkel Paul nachdenklich, «dieser Führer nimmt den Mund reichlich voll.»

Und Papa seufzte: «Wo soll das alles enden? Obwohl ja die Arbeitslosenzahl ständig sinkt.»

Erwin hatte zunächst überlegt, ob er nicht der SA beitreten sollte. Aber als er erfuhr, daß Kutscher Anton, der im Gegensatz zu ihm gedient und es bis zum Gefreiten gebracht hatte, dann sein Vorgesetzter geworden wäre, nahm er davon sofort Abstand.

Im Puppenhaus wurde weiterhin wenig über Politik gesprochen. Alles, was den Wald bedrohte, war uns wichtiger. Dagegen hatte sich im Dorf so manches verändert: Einige wurden Parteimitglieder, und der Bauer, der das meiste Holz aus unserem Wald klaute, wurde Ortsgruppenleiter.

Röhmputsch, Verhaftungen, über die gemunkelt wurde, die Vorsicht vor jedem politischen Wort – wir nahmen es hin und gewöhnten uns an, mit dem Dritten Reich wie mit den Stubben auf den Kahlschlägen umzugehen: am besten, man pflügte und pflanzte drumherum. Wir aßen gehorsam unseren Eintopf, gaben Spenden für die Winterhilfe und steckten, wenn es befohlen wurde, die neue Fahne aus der Dachluke.

«Mein Gott, diese ewigen Buschtänze», sagte Viktor hin und wieder, denn es wurde nun zu jedem Anlaß getrommelt, gepfiffen und marschiert.

Das stimmte. Man hielt uns wirklich in Atem: Befreiung des Saarlandes, Anschluß Österreichs, Sudetenkrise, dazu Aufmärsche, Parteitage und Kundgebungen. Und Reden über Reden.

Und dann hatten wir ihn, den Zweiten Weltkrieg. Albertchen gebärdete sich wie sein Onkel Bernhard 1914. Er besaß jetzt bereits einen höheren Dienstgrad beim Jungvolk, und wir hatten ihn sogar in der Wochenschau bewundern können, wo die Kamera einen langen Augenblick auf seinem Gesicht verweilte, obwohl er kein nordischer Typ war.

Während er in den Herbstferien bei uns in der Küche saß und sich gerade Brot in eine Satte mit Sauermilch brockte, die er besonders gern aß, gab er sich redliche Mühe, auch in uns Begeisterung zu wecken.

«Ach, Albertchen», seufzte Tante Hertha. «Du weißt nicht, was Krieg bedeutet.» Sie strich ihm übers Haar und verließ die Küche.

Albi sah ihr kopfschüttelnd nach und meinte nachsichtig: «Sie ist eben doch schon recht verkalkt.»

Frankreichfeldzug, Kämpfe in Afrika, Unternehmen Barbarossa. Der Krieg begann sich mehr und mehr auszuweiten. Aber im Puppenhaus ging alles seinen gewohnten Gang. Albertchen hatte jetzt eine Freundin. Er präsentierte sie uns stolz. Sie entsprach keineswegs dem Idealbild eines deutschen Mädchens und mißfiel uns gründlich. Tante Hertha nannte sie halbseiden. «Irgendwie nicht unsereins.»

«Mit Siegelring und Perlenkette», sagte Luischen und plinkerte mir zu.

Albertchen bestand das Abitur und wurde zum Arbeitsdienst eingezogen. Seine Briefe klangen recht aufgekratzt, zu sehr, wie wir fanden. Denn wir hatten längst gelernt, zwischen den Zeilen zu lesen. Er sollte Urlaub bekommen und wollte uns übers Wochenende besuchen. Sein Weg führte über Berlin, wo sie ihn nach einem schweren Bombenangriff aus dem Zug holten, um Tote und Verletzte zu bergen. Der Schock darüber saß ihm so in den Knochen, daß er die von Tante Hertha liebevoll zubereitete Omelette aux fines herbes stehenließ und wie ein paralysiertes Huhn vor sich hinstarrte. Erst allmählich gelang es Viktor, mit behutsamen Fragen seine Zunge zu lockern. Aber das, was er gesehen und erlebt hatte, war für ihn nicht in Worte zu fassen. Er stammelte herum, und dann fing unser stolzer Fähnleinführer und Vormann im Reichsarbeitsdienst hilflos an zu weinen.

«Mein armes, armes Kind», sagte Tante Hertha und stellte behutsam die Teller zusammen.

20

Bis zum Krieg war ich von der Flottbachschen Verwandtschaft in der Stadt gern als «die arme Feli dort in diesem Kaff» beseufzt worden, wenn auch nicht ohne erhobenen Zeigefinger: «Sie soll ja früher ein rechter Feger gewesen sein, was man so hört. Die gute Helene hat das wohl gar nicht so mitgekriegt.»

Inzwischen hatte ich mich trotz der traurigen Umstände in ihren Augen wieder in ein rechtes Glückskind verwandelt, beneidenswert weit ab vom Schuß ohne jeden Schimmer, was es bedeutete, Nacht für Nacht im Keller zu verbringen.

Kusinen und Tanten, die ich bis dahin nur von Familientagen flüchtig kannte, kamen plötzlich aus den Großstädten angereist, um mir ihre Schätze anzuvertrauen. Überall standen Kisten mit Silber und sonstigen Wertsachen herum. Viktor betrachtete sie sich lüstern und meinte: «Ein Jammer, daß wir so anständige Leute sind. Was könnten wir sonst mit diesem Plunder Nützliches anschaffen. Und was für Raritäten von Bäumen pflanzen!»

Luischen drängelte: «Laßt uns doch wenigstens mal reingucken!»

Gott sei Dank waren die Kisten fest vernagelt, und so erübrigte sich dieser Wunsch.

Was die äußeren Umstände betraf, hatten wir Wiedenbrücks tatsächlich wenig unter dem Krieg zu leiden. Die Partei interessierte sich nicht für uns, und niemand sah genau hin, ob die Zahl der abzuliefernden Eier auch mit den vorhandenen Hühnern übereinstimmte oder die zu schlachtenden Schweine das erlaubte Gewicht überschritten. Dazu war uns der Ortsgruppenleiter wohlgesonnen. Verlor ich doch kein Wort darüber, wenn er mir wie gewohnt im Wald mit einer stattlichen Fuhre Brennholz begegnete. Auch von den Evakuierten, mit denen sich das Dorf allmählich füllte, blieben wir verschont. Sie weigerten sich strikt, in diese Einöde zu kommen. Dann schon lieber wieder in den Keller! Wenn ich zum Kolonialwarenhändler oder zum Bäcker fuhr, sah ich jetzt viele fremde Gesichter.

Der Strom der Bomber, die bisher nur nachts geflogen waren, riß nun auch am Tage nicht mehr ab, und ich flehte Tante Käthe geradezu an, alles stehen und liegen zu lassen und zu uns zu kommen. Aber das wollte sie auf keinen Fall. Ihre Wohnung war nach wie vor ihr Hort, ihre Burg, auch wenn sie nur noch zwischen zerborstenen Wänden, zersplittertem Holz und zum Teil verschalten Fenstern hauste.

Unsere Lisa mit dem Silberblick hatte im Dorf für reichen Gesprächsstoff gesorgt. Sie hatte in einen der größten Bauernhöfe eingeheiratet. An ihre Stelle war Martels Tochter Lenchen getreten. Wir freuten uns alle, sie im Haus zu haben. Tante Hertha nannte sie ein tüchtiges junges Ding, und Viktor sagte, endlich müsse er nun nicht fünfmal nach einem Glas Wasser brüllen.

Im Aussehen ging Lenchen mehr nach ihrem Vater, dem

Herrscher über Gorillas und Springaffen. Aber das Kecke, Flinke war ein Erbteil ihrer Mutter. Mit politischen Gesprächen hielten wir uns allerdings in ihrer Gegenwart zurück, sang sie doch mit Vorliebe das Lied «Als die goldne Abendsonne sandte ihren letzten Schein, letzten Schein, zog ein Regiment von Hitler in das kleine Städtchen ein», während Lisa «Du, du liegst mir im Herzen» bevorzugt hatte. Auch Lenchens Freundschaft mit einem SS-Mann ließ uns häufiger als sonst bei den Unterhaltungen den «deutschen Blick» ausüben, das heißt, wir sahen uns jedesmal erst um, ob sie nicht hinter uns stand.

Da Wilhelm jetzt viel kränkelte, setzte ich durch, daß wir einen französischen Kriegsgefangenen bekamen, einen hübschen, lustigen Jungen. Lenchen schäkerte kräftig mit ihm herum, und ich sagte tadelnd: «Ein deutsches Mädchen tut so was nicht!», worüber sie genauso kicherte wie ihre Mutter vor zwanzig Jahren.

Eines Tages kam sie freudig erregt zu mir und erzählte, daß ihr Freund mit seiner Sondereinheit im Dorf Quartier bezogen hätte. Sie sollten die Gegend nach entlaufenen Kriegsgefangenen und mit dem Fallschirm abgesprungenen Amerikanern durchkämmen. Der Ortsgruppenleiter mahnte mich sehr eindringlich zur Vorsicht bei meinen morgendlichen Ritten: «Diese Elemente sind doch zu allem fähig.»

Außer einem Telefon besaßen wir seit einigen Jahren auch einen Volksempfänger. Er sorgte an den langen Winterabenden für Abwechslung. Während wir Domino spielten, Zankpatiencen legten, Wäsche flickten oder strickten, hörten wir das Wunschkonzert und die Sendung Laterna magica: «Wir wollen jetzt in bunten Bildern, was in der

Welt geschah, in kurzen Worten schildern.» Am Sonntagmorgen diente er der geistigen Erbauung. Da bildete uns das Schatzkästchen mit der «Kleinen Nachtmusik» und Boccherinis Menuett, eingerahmt von Gedichten und Balladen, die Matthias Wiemann mit sonorer Stimme vortrug.

Sonst kamen die schöngeistigen Dinge in diesem Haus eher zu kurz. Tante Hertha und ich bevorzugten Schmöker wie «Perdita», «Die Barrings», «Das Kreuz des Südens», während Viktor neben seinen Vulkanen sich mehr für jagdliche und waldwirtschaftliche Artikel interessierte.

Aber hin und wieder schlug die Stunde der Symphoniekonzerte. Tante Hertha zog sich zu diesem Anlaß sogar um und duldete nicht, daß während der Musik gesprochen wurde. Nur Erpel Fritz, bereits die Nummer drei im Haus, schnatterte gelegentlich dazwischen und wurde von Viktor angeherrscht: «Halt gefälligst deinen Schnabel!» Fritz war ein sehr empfindsames Tier. Er zischte ihn ärgerlich an und nahm beleidigt auf meinen Schuhen Platz.

So saßen wir auch an einem milden Juniabend wieder einmal einträchtig beisammen und lauschten andachtsvoll dem meisterhaft gespielten Trompetensolo aus der Leonorenouvertüre, als wir aus Luischens Zimmer ganz andere Klänge vernahmen. Eine kratzige Stimme aus dem Grammophon, denn unsere Grammophonnadeln gingen zur Neige, fragte: «Haben Sie schon mal im Dunkeln geküßt?»

Tante Hertha, die zwischendurch gern ein kleines Nickerchen machte, fuhr auf. «Ich muß wohl mal nach Luischen gucken», flüsterte sie mir zu. «Sie war heute den ganzen Tag schon so komisch.»

«Laß nur, ich mach das schon.» Ich erhob mich und ging hinauf zu meiner Schwiegermutter.

«Hast du deine Medikamente genommen?» fragte ich und stellte das Grammophon ab. Es war erst ein paar Tage her, daß sie zur großen Freude einer Jungvolkschar, die, erst in den Trauerweiden sitzend, dann platt im Grase liegend, «Spähen nach dem Feinde» übte, nackt über die Wiese zum See gelaufen war. Sie antwortete nicht, sondern sah mich nur an. Der Blick beunruhigte mich, Trauer lag in ihren Augen.

«Was ist denn» fragte ich sie.

Sie kroch ganz in ihrem Stuhl zusammen: «Erde zu Erde, Asche zu Asche», murmelte sie.

Was meinte sie nur damit? Was mochte sie quälen.

«Ich denke, du gehst jetzt besser ins Bett», sagte ich in aufmunterndem, energischen Ton. Sie gehorchte ohne Widerrede. Tante Thekla, die Diakonisse, hatte mich wirklich unterschätzt. Ich wäre eine vorzügliche Krankenschwester geworden.

Das Symphoniekonzert war inzwischen zu Ende gegangen, und ich half Viktor ins Bett. Er hatte wie üblich noch tausend Wünsche. Ich rannte hin und her. Und als er endlich zufrieden war, jammerte Tante Hertha herum, sie könne ihre Brille nicht finden. Dabei lag sie auf dem Wohnzimmertisch. Es war wirklich der reinste Kindergarten.

Schließlich herrschte Ruhe im Haus, und ich setzte mich noch ein Weilchen auf die Veranda. Der laue Juniabend war für die Liebe wie geschaffen, Glühwürmchen schwirrten durch den Garten, und ein fetter Mond stieg über dem Wald auf. Doch er lockte den Tod herbei. Ein fernes Brummen von Flugzeugen war bereits zu hören. Ich machte mir Gedanken um Luischen. Aber auch das, was sonst so in meinem Kopf herumkreiste, war kaum dazu angetan, mich die

Nacht genießen zu lassen. Ich dachte voller Sorge an Albertchen und Georg, an Papa und die Onkel, die ebenfalls an der Front waren. Sogar Erwin mußte diesmal dran glauben. Wie Mama schrieb, hatte er aber Glück gehabt und einen schönen Druckposten bekommen. Er bewache ganz in der Nähe französische Kriegsgefangene. Seitdem werfe er mit französischen Brocken nur so um sich.

Doch am meisten beschäftigte mich Tante Agnes' Brief. Georg hatte Flunki in Frankreich getroffen. Flunki war ein «großes Tier» in der deutschen Verwaltung geworden und residierte geradezu fürstlich in einem beschlagnahmten herzoglichen Schloß.

Ich haderte mit mir selbst, daß die Erwähnung seines Namens bereits genügte, um mich aus dem Gleichgewicht zu bringen, während der junge Arzt, mit dem ich mich noch ein paarmal getroffen hatte, fast in Vergessenheit geraten war. Diese Affäre war allmählich im Sande verlaufen. Irgendwann hatte er geheiratet.

Die Unruhe trieb mich umher. Zusammen mit Fritz, der hinter mir herwatschelte, sah ich noch einmal nach den Pferden und verriegelte das offenstehende Scheunentor. Dann kehrte ich ins Haus zurück. Von den Wiedenbrücks war nichts zu hören. Sie lagen anscheinend in tiefem Schlaf. Ein günstiger Augenblick für eine kleine Nervenstärkung. Ich zündete die Lampe in der Küche an, holte mir ein Glas und die Flasche mit dem französischen Kognak, ein Mitbringsel von Georg. Ich trank bedeutend mehr als nur einen damenhaften Schluck von dieser Kostbarkeit. Dann sah ich auf die Uhr. Gerade war ich neununddreißig Jahre alt geworden.

Im selben Augenblick läutete das Telefon. Ich eilte in den

Flur und nahm den Hörer ab. «Hier Amt, Sie werden aus Berlin verlangt.» Es war Tante Käthe, mein erster Gratulant. Sie hatte sich ein Blitzgespräch geleistet. Es kostete zwar die zehnfache Gebühr, brauchte dafür aber höchstens eine Stunde Wartezeit. Sie erzählte von einem schweren Bombenangriff und daß nun auch mein früheres Zimmer hinüber wäre. «Die halbe Decke ist heruntergekommen! Und dein geliebtes Bett mit dem Baldachin ist futsch.»

Ehe ich ihr erneut zusetzen konnte, Berlin endlich zu verlassen, waren wir schon wieder getrennt.

Ich war sehr früh wach am nächsten Morgen, zog mir mein Reitzeug an und ging in den Stall, um zu satteln. Es versprach ein herrlicher Tag zu werden. Die Natur gratulierte mir auf ihre Weise. Die Wiesen, kurz vor dem Schnitt, waren bedeckt mit Pusteblumen, Wiesenschaumkraut und Kuckucksblumen. Mauersegler, die in den steilen Wänden einer stillgelegten Kiesgrube ihre Nester hatten, schossen über mich hinweg, und ein Storch stakte auf der Suche nach Fröschen durchs Gras. Ein leichter Nebel lag schon auf den Wiesen und hing zwischen den Bäumen im Unterholz.

Ich ließ dem Pferd die Zügel lang. Es wußte seinen Weg allein. Im Wald war es friedlich und still, nur die Eichelhäher versuchten ein Käuzchen wegzuzetern. Es saß in einer großen Eiche auf einem dicken Ast und blickte erstaunt hinter mir her.

Wie gewohnt, endete mein Ritt am Bootshaus. Ich stieg ab und band die Stute an einen Pfahl. Ich setzte mich in den Kahn und sah über den See. Das Dorf auf der gegenüberliegenden Seite erwachte langsam. Jemand dengelte seine Sense. Kühe brüllten, das Krähen mehrerer im Wettstreit liegender Hähne drang zu mir herüber. Die milde Morgensonne wärmte mich angenehm.

Ich genoß die Ruhe, die vom Wasser ausging, bis mich das Wiehern der Stute herumfahren ließ. Hinter mir stand ein verwahrlost aussehender Mann. Langsam kam er auf mich zu. Der Ortsgruppenleiter hatte recht gehabt. Ich griff nach dem Ruder im Boot.

«Laß es liegen, Feli», sagte eine, mir nach so vielen Jahren immer noch wohlvertraute Stimme.

Ich fiel auf den Sitz des Kahns zurück, starrte Flunki entgeistert an und hatte nur den einen Gedanken: Nichts wie weg hier! Da saß er schon neben mir. Hinter dem unrasierten, hohlwangigen Männergesicht, dem ein Vorderzahn fehlte, kam wieder der unbekümmerte Flunki von damals zum Vorschein. Seine Dohlenaugen funkelten wie früher; auch die Delle auf der Nase erkannte ich wieder. Im Gegensatz zu mir war er schlank geblieben, nur sein dichtes, dunkles Haar war jetzt von weißen Strähnen durchzogen.

Er legte seinen Arm so vorsichtig um mich, als sei ich ein junges Pferd, dem man zum erstenmal den Halfter überstreift. Der Teer- und Fischgeruch, der glitzernde See, die im Schilf herumpaddelnden Wasserhühner und Enten, der vertraute Körper neben mir – die Jahre schnurrten zusammen. Ich war wieder achtzehn und hörte mich in diesem schauderhaft munteren Ton meiner Mädchenjahre fragen: «Heinrich Wagner, du Ebenbild Gottes, was hat dich denn hierher verschlagen?» Und er antwortete auf die gleiche Weise: «Die Sehnsucht nach dir, Darling.»

Ich kam wieder zur Besinnung und befreite mich von

seinem Arm. «Hau ab!» hätte ich am liebsten geschrien. «Laß mir meinen Seelenfrieden. Zerr nicht wieder ans Licht, was ich immer von neuem begraben mußte.»

Er schien zu spüren, was in mir vorging. «Feli», sagte er, und seine Stimme verriet große Angst. «Du mußt mir helfen.»

Ich musterte ihn. Schnorrer-Karlchen wäre gegen ihn eine elegante Erscheinung gewesen, so heruntergekommen sah er aus. Stroh hing ihm im Haar. Wahrscheinlich hatte er in einer Feldscheune übernachtet. Das Jackett war fleckig, ihm fehlte ein Knopf, und dem Hemd war anzusehen, daß es schon lange nicht mehr gewechselt worden war.

Ich nahm mich zusammen. «Was tust du hier?»

Er blickte nervös um sich. «Komm lieber in den Schuppen. Da können wir ungestört reden.»

«Um diese Tageszeit ist hier kein Mensch, aber meinetwegen.»

In einer Ecke des Bootshauses neben Reusen und Netzen stand eine Holzkiste, auf die ich mich mit immer noch weichen Knien setzte, während er vor mir stehen blieb, neugierig beobachtet von zwei Schwalbenjungen, die über den Nestrand guckten. «Ich höre», sagte ich kurz.

«Und was willst du hören?»

«Die Wahrheit, natürlich!»

Er sah micht belustigt an. «Die Wahrheit? Was ist das? Ich hab sie nicht gefunden – und du bestimmt auch nicht.»

Ich wurde ärgerlich. «Halt mir keine philosophischen Vorträge. Du steckst doch in der Klemme!»

«Du sagst es. Sie sind hinter mir her, die Nazis.»

«Darf man wissen, warum? Soweit ich über dein Leben noch informiert bin, warst du doch sogar in der Partei. Und hattest eine Bombenstellung im besetzten Frankreich. Georg hat jedenfalls geschrieben, du hättest in einem Schloß residiert. Mit Dienerschaft und allem Drum und Dran. Das war ja wohl schon immer dein Traum.»

«Wie klug du bist!» Seine Stimme klang nicht gerade freundlich.

«Und wieso ist es nun mit dieser Herrlichkeit vorbei? Hast du dich etwa dem Widerstand angeschlossen?» Es sollte ironisch klingen, aber ich lieferte ihm damit das Stichwort. Ich bekam eine recht verworrene Geschichte aufgetischt, von der Résistance und wie er den Franzosen geholfen habe, wertvolle, von den Deutschen beschlagnahmte Kunstschätze rechtzeitig beiseite zu schaffen.

Ich glaubte ihm kein Wort. «Könnte es nicht eher sein, daß du ein bißchen Zapzerrap in deine eigene Tasche gemacht hast?» Diesen Ausdruck hatten wir von den polnischen und russischen Kriegsgefangenen übernommen.

Flunki grinste. «Sagen wir besser, organisiert, das klingt hübscher. Ich war beauftragt, für den Reichsluftmarschall Bilder, Möbel und andere Kunstgegenstände zu requirieren, und habe tatsächlich einiges für die Franzosen retten können. Aber sie haben mich erwischt und wollten mich im Reich vor ein Gericht stellen. Du kannst dir denken, wie das Urteil ausgefallen wäre. Mit anderen Häftlingen setzten sie mich in Marsch. Unterwegs wurde der Zug glücklicherweise von Tieffliegern angegriffen. Bei dem allgemeinen Durcheinander ist es mir gelungen, das Weite zu suchen. Wirst du mir helfen, Feli? Ich bin jetzt eine Woche unterwegs und ziemlich am Ende.»

«Wie bist du bloß auf mich gekommen?» wollte ich wissen. Doch das, was meine romantische Seele insgeheim erhoffte, die Erinnerung an unsere große Liebe oder ähnliches, blieb aus.

«Ihr liegt so schön hinterm Mond», sagte er statt dessen.

Ich überlegte hin und her, wo ich ihn verstecken könnte. Das Bootshaus kam ebensowenig in Frage wie eine nahe gelegene Feldscheune oder die Jagdhütte. Beides wurde jetzt regelmäßig von dem Sonderkommando kontrolliert. Aber genauso unmöglich war es, ihn unbemerkt mit nach Hause zu nehmen. Schließlich kam mir eine Idee: Am vernünftigsten wäre wahrscheinlich, ihn wie einen regulären Gast zu behandeln.

«Weißt du was», sagte ich zu Flunki, «ich werde Viktor einfach sagen, du wärst ein entfernter Vetter von mir. Und daß du gefragt hättest, ob du deinen Genesungsurlaub bei uns verbringen könntest, weil deine Wohnung in Berlin nach dem letzten Angriff zerstört wurde. Er hat ja keine Ahnung von den Zusammenhängen. Ich habe ihm nie etwas von dir erzählt. Ich hole dich dann ganz offiziell von der Kleinbahn ab. So lange bleibst du hier. Das Risiko mußt du eingehen. Sobald es dunkel ist, bringe ich dir einen Anzug, einen Koffer und Rasierzeug, damit du nicht ohne Gepäck ankommst.»

«Und vor allem was zu essen», sagte Flunki. «Ich habe fast vierundzwanzig Stunden nichts gegessen. Aber fällt auf der Kleinbahnstation ein fremdes Gesicht nicht auf? In so einem Dorf, da kennt doch jeder jeden.»

«Die Zeiten sind längst vorbei. Wir haben jetzt zu viele Evakuierte, die dauernd hin- und herfahren. Auch die Urlauber und ihre Angehörigen nehmen lieber die Kleinbahn, weil sie so gut wie nie kontrolliert wird. Die Station ist von dichten Fliederbüschen umgeben. Da kannst du dich verstecken, bis der Zug einfährt. Dann mischst du dich einfach unter die aussteigenden Fahrgäste.»

Als ich aufgesessen war, rief er mir noch einmal zu: «Feli, warte!»

«Hast du noch was vergessen?»

«Manches, aber nicht alles. Herzlichen Glückwunsch zum Geburtstag!» Er kam lächelnd auf mich zu, aber die Stute war bereits angetrabt.

21

Durch den Geburtstag gab es für mich mehr Post, so daß ich Tante Hertha und Viktor weismachen konnte, daß auch ein Brief dieses entfernten Vetters dabeigewesen sei. Trotzdem reagierte Viktor erstaunt. «Von dem hast du uns noch nie was erzählt!»

«Von ihm vielleicht nicht. Aber bestimmt von der trutzigen Anna. Die ist nämlich seine Mutter. Du wirst sehen, ein angenehmer, unkomplizierter Mensch. Du jammerst doch oft genug, daß du in diesem Weiberstall keinen richtigen Gesprächspartner hast!»

Ich ließ Lenchen ein Gastzimmer zurechtmachen und fuhr, als es dunkel geworden war, unbemerkt mit dem Fahrrad noch einmal zum See.

Am nächsten Tag fand ich mich pünktlich mit dem Einspänner auf der Kleinbahnstation ein. Es gab ein paar gefährliche Momente, bis ich Flunki endlich auf dem Wagen hatte. Einer der SS-Männer, die auf dem Bahnhof herumlungerten, schenkte Flunki in meinen Augen zuviel Aufmerksamkeit. Auch mich musterte er sehr genau. Nur weg hier! Ich gab dem Pferd die Peitsche. «Hat er dich etwa gesehen, als du aus dem Busch kamst?» fragte ich.

«Leider! Er wirkte sehr mißtrauisch. Ich fürchtete schon, er würde nach meinen Papieren fragen. So habe ich kurz entschlossen den Stier bei den Hörnern gepackt und bin auf ihn zugegangen, habe ihn um Feuer gebeten und dabei gemurmelt: ‹Dieser verdammte Bauchschuß, Kamerad, kann einen ganz schön in die Bredouille bringen.› Da hat er verständnisinnig genickt.»

«Um Ausreden warst du noch nie verlegen!» sagte ich.

Es blieb nicht aus, daß wir wieder anfingen, wo wir vor zwanzig Jahren aufgehört hatten, obwohl ich mich eigentlich dagegen sträubte. Bis auf die Geschichte mit dem jungen Arzt hatte ich Viktor nicht betrogen. Doch Flunki schaffte es, daß ich ihm ein drittes Mal verfiel. Ich mußte mich verdammt beherrschen, um mich nicht ebenso albern zu benehmen wie Tante Hertha mit dem Jagdpächter. Wenn ich auf seine Zärtlichkeiten allzu stürmisch reagierte, sah er mich recht belustigt an und witzelte: «Nu mal sachte mit die jungen Pferde!»

Für ihn bedeutete dieses Intermezzo nicht viel. Er stand keineswegs erneut in Flammen. Es war wohl mehr die Erinnerung an alte Zeiten und Dankbarkeit, daß ich ihm half.

Wenn Tante Hertha etwas ahnte, so ließ sie es sich nicht anmerken. Und Viktor? Über seine Bedürfnisse war außer den flüchtigen Zärtlichkeiten, zu denen ich mich herabließ, in diesem Haus nie gesprochen worden. Das blieb ein Tabu. Er mußte selbst sehen, wie er damit fertig wurde. Aber er war glücklich über die Abwechslung, die Flunki ihm bot. Dieser Gast stellte sich wenigstens ganz auf ihn ein, las geflissentlich das Buch über den Weltuntergang und diskutierte mit ihm darüber. Auch brachte er ihn oft mit seinen

Geschichten zum Lachen. Wenn Viktor ihn nach seiner Einheit fragte und an welcher Front er gewesen sei, log er so geschickt das Blaue vom Himmel herunter, daß Viktor keinen Verdacht schöpfte.

Von dem Baby erzählte ich Flunki nichts. Wozu auch? Seine Antwort wußte ich im voraus. «Aber Feli, das ist doch Schnee von gestern.»

Nach ein paar Tagen sah es fast so aus, als schnappte die Falle zu. Wir saßen gerade bei der Vesper, da hörte ich die Gartenpforte quietschen. Ich ging zum Fenster und sah einen SS-Mann auf die Haustür zugehen. «Kennst du ihn vielleicht?» fragte ich Lenchen.

Sie stellte die Kaffeekanne auf den Tisch und kam zu mir. «Das ist ja mein Robbi!« jubelte sie los. «Den wollte ick Ihnen doch schon lange vorjestellt haben.»

Mein Herz setzte aus, als ich ihn erkannte. Es war derselbe Mann, der uns auf der Kleinbahnstation so forschend gemustert hatte. Ich unterdrückte meine Nervosität und begrüßte ihn freundlich im Flur.

«Schön, daß Sie sich mal blicken lassen. Lenchen hat mir schon so viel von Ihnen vorgeschwärmt. Wie wäre es mit einem Schluck Kaffee? Er ist zwar aus Gerste, aber Lenchen hat da so ein Geheimrezept. Er schmeckt fast wie echter.»

Ich ging vor ihm her ins Eßzimmer. Er begrüßte erst höflich Viktor im Rollstuhl, dann die anderen und gab seiner Braut einen flüchtigen Kuß. Ich versuchte so etwas wie eine Unterhaltung in Gang zu bringen.

«Fühlen Sie sich wohl in unserem Dorf?» fragte ich.

«Netter kleiner Ort.» Er starrte mich unentwegt an.

«Vielleicht ein bißchen wenig los für jemanden, der aus

der Großstadt kommt.» Ich bemühte mich, mir meine Nervosität nicht anmerken zu lassen.

«Jetzt endlich fällt's mir wieder ein», rief er plötzlich, «woher ich Sie kenne, Frau von Wiedenbrück! Aus dem Krankenhaus. Wissen Sie nicht mehr? Robert, der Schiffsjunge. Sie haben mir immer leid getan», fuhr er fort. «Sie waren so ein niedliches Ding, und die olle Schwester hat Sie mächtig schikaniert. Damals habe ich mir fest vorgenommen, zur Marine zu gehen. Aber dann ist es die SS geworden.» Robert schwelgte geradezu in Erinnerungen an das Krankenhaus. Er wußte noch Einzelheiten, die ich längst vergessen hatte.

«Ach ja, ich weiß», sagte Flunki unbedacht.

Ich trat ihn kräftig unter dem Tisch. Das fehlte noch, daß er sich verplapperte.

«Bleiben Sie noch lange im Dorf?»

«Hoffentlich nicht!» Er warf Flunki wieder einen eigenartigen Blick zu. «Diese Art Kommandos sind nicht gerade mein Fall. Aber was soll's, Dienst ist Dienst.»

Nach einer Weile verabschiedete er sich und schüttelte mir kräftig die Hand: «Es war richtig nett, Sie mal wiedergesehen zu haben. ‹Wie du gemessen hast, so soll dir gemessen werden.›»

Ich lachte.

«Was bedeutet denn dieser orakelhafte Spruch?» fragte Viktor, als er das Zimmer verlassen hatte.

«Der stammt aus ‹Robert, der Schiffsjunge›», erklärte ich. «Den hast du doch sicher früher auch gelesen.»

Drei friedliche Wochen waren uns vergönnt. Tante Hertha und ich hatten wie üblich viel im Garten zu tun. Den anstelligen Kriegsgefangenen beschäftigte ich jetzt meist im Wald. Flunki machte sich nützlich, wo Not am Mann war. Er half Wilhelm beim Holzsägen und Häckselschneiden, fütterte die Pferde und ging sogar Lenchen beim Fensterputzen zur Hand. Ich hörte sie oft zusammen lachen. Nur im Dorf ließ er sich nicht sehen. Es war besser, schlafende Hunde nicht zu wecken.

Die Stimmung im Haus war ausgesprochen gut. Auch Wilhelm und seine Frau mochten unseren Gast. Nur Erpel Fritz begegnete ihm mit Mißtrauen. Sobald er Flunki sah, sträubte sich sein Gefieder, er schoß aus der Ecke hervor und biß ihn ins Bein.

Manchmal fuhr Flunki bei Einbruch der Dunkelheit mit dem Rad zum Bootshaus, legte Aalkörbe und Reusen, die er in aller Herrgottsfrühe wieder einsammelte. Über die Zukunft zerbrach er sich sehr viel weniger den Kopf als ich. Irgendwie würde er schon durchkommen. «Oder willst du mich loswerden?» fragte er lachend.

«Hast du noch Kontakt mit deinen Eltern?» fragte ich.

«Sie wollen nichts mehr von mir wissen. Die Sache damals mit der Bank, das hätten sie mir vielleicht im Lauf der Jahre noch verziehen, aber daß ich ausgerechnet bei den Nazis Karriere gemacht habe, das entschuldigen sie nicht. Da ist Mutter konsequenter als mein Vater.»

Erst als man im Dorf anfing, mehr und mehr Interesse an unserem Gast zu zeigen, wurde auch er unruhig. «Du hast recht, es ist wohl besser, ich verschwinde», meinte er, als ich ihm davon berichtete. «Einen so langen Genesungsurlaub glaubt mir auf die Dauer niemand. Selbst Viktor fängt an, sich zu wundern, daß ich noch nicht zur Nachuntersuchung ins Lazarett bestellt worden bin.»

Wir überlegten hin und her. Schließlich faßten wir den Entschluß, daß er in Berlin untertauchen sollte. «Am besten, du benutzt die Kleinbahn. Die letzte Strecke fährst du dann mit dem Vorortzug», sagte ich.

«Ich werd's schon irgendwie schaffen.» Flunki gab sich unbekümmert.

«So ein Glückskind, wie du bist.» Ich konnte nicht verhindern, daß meine Stimme anfing zu zittern. Aber eine andere Wahl blieb uns nicht.

Ich fuhr noch einmal ins Dorf, um Proviant für ihn zu besorgen. Im Bäckerladen traf ich Robert. Er trug mir höflich den Korb zum Wagen. Während er ihn unter dem Sitz verstaute, sprach er halblaut vor sich hin, ohne mich anzusehen: «Lassen Sie den Herrn dort schnell verschwinden.» Und dann, weil einer seiner Kameraden herbeigeschlendert kam: «Grüßen Sie mir mein Lenchen. Ich werde wahrscheinlich heute nachmittag kurz hereinschauen.»

«Tun Sie das», rief ich. «Sie freut sich immer.»

Ich jagte die arme Stute die Anhöhe hinauf und nahm mir nicht einmal Zeit, sie auszuspannen. Ich stürzte ins Haus, an dem verdutzten Viktor auf der Veranda vorbei, die Treppe hinauf.

In meinem Schlafzimmer hörte ich Lenchen lachen und Flunkis Stimme. Ich riß die Tür auf, und während ich sprachlos auf die beiden hinunterstarrte und völlig idiotisch rief: «Raus aus meinem Bett!», fiel mir meine Schwiegermutter wieder ein, die vor zwanzig Jahren fast dasselbe zu mir gesagt hatte.

Ich wartete die Reaktion nicht ab. Zum zweitenmal rannte ich an Viktor vorbei auf den Hof, wo die Stute friedlich an einem Strohballen knabberte. Ich spannte sie aus, rieb sie trocken, schüttete ihr Futter in die Krippe und tränkte sie, wobei ich achtsam eine Handvoll Heu in den Wassereimer tat, damit sie das Wasser nicht zu hastig schlürfte. Dann nahm ich mein Rad und fuhr zum Bootshaus. Dort blieb ich sitzen, bis die Glocken den Feierabend einläuteten. Ihr gleichmäßiger Klang beruhigte meinen Zorn. Ich kam wieder zur Besinnung und radelte nach Hause. Zu spät. Man hatte Flunki bereits abgeholt. Robert war zurückgeblieben, um auf mich zu warten, damit er uns Frauen zur Gendarmerie bringen konnte.

Auf dem Revier verhörte man uns ziemlich lustlos. Der inzwischen eingetroffene Gestapomann aus der Stadt litt sichtlich an einem entzündeten Backenzahn, der ihm höllische Schmerzen bereitete. Er wollte deshalb so schnell wie möglich alles hinter sich bringen.

Tante Hertha war völlig aufgelöst. Sie brauchte wenigstens nicht wie ich die Ahnungslose nur zu spielen. Es war richtig, dieser Herr war ein Vetter von mir, wenn auch sehr entfernt. Natürlich hatte ich nicht gewußt, daß er gesucht wurde. Ich sah den Gestapomann entsetzt an. Ein Verwandter von mir sollte ein Volksfeind sein? Ich konnte es einfach nicht glauben.

Lenchen, noch mit roten Flecken am Hals, die kaum von Mückenstichen herrühren konnten, sprang voll für mich in die Bresche. Ihr wäre dieser Besuch gleich ein wenig merkwürdig vorgekommen. Nicht mal 'n Pyjama im Schrank. Und die Haare so strubbelig! Aber die Frau Baronin sei ja ein so gutgläubiger Mensch, der könne man sonst was erzählen. Und nie ein Wort der Klage. Nicht leicht immer, mit so 'nem kranken Mann. Alles Wertvolle habe sie weggegeben für die Winterhilfe. Keinen Pelz mehr im ganzen Haus.

Armes Lenchen! Sie saß ganz schön in der Tinte. Sie liebte ihren Robert wirklich. Und Robert? Der nickte zu allem, was sie sagte, zustimmend.

«Also fassen wir zusammen», sagte der Mann von der Gestapo nicht ganz ohne Ironie und hielt sich die ganze Zeit seine schmerzende Backe. «Anscheinend haben wir es ja hier nur mit vorbildlichen Volksgenossinnen zu tun. Warum sind dann die Damen nicht in der Partei?»

Nun war der Ortsgruppenleiter, der gerade seine gewohnte Fuhre Stangenholz um eine prächtige, bereits geschälte und eingeschnittene Eiche vermehrt hatte, an der Reihe, um uns herauszuhauen. «Eine vom Schicksal geschlagene Familie, die Wiedenbrücks!» Die Frauen plagten sich redlich, diesen volkswirtschaftlich wichtigen Betrieb in Gang zu halten. Da wäre wohl die politische Arbeit zwangsläufig etwas in den Hintergrund geraten. Aber für unsere Gesinnung, da lege er seine Hand ins Feuer.

Ein jäher Schmerz trieb den Mann von der Gestapo förmlich in die Höhe. «Alles zu Protokoll genommen?» Noch während wir der Reihe nach unterschrieben, stand er auf. Kaum waren wir fertig, riß er die Protokolle an sich und eilte zu seinem Wagen. Wir einheimischen Nationalsozialisten waren wieder unter uns und sahen ihm mit unbewegten Gesichtern vom Fenster aus nach, wie er davonfuhr. Dann verabschiedeten wir uns hastig voneinander mit einem zakkigen: «Heil Hitler!»

Viktor schwankte zwischen Bewunderung und Mißtrauen. «Ist er denn wirklich ein Krimineller?»

«Niemals!» rief ich. «Du kennst doch diese Brüder. Denen ist jede Anschuldigung recht. Er hat den Franzosen geholfen. Das ist alles.»

«Warum hast du uns nicht eingeweiht?»

«Weil ich euch nicht belasten wollte!» Ich brach in Tränen aus. «Ich habe versagt, ich habe versagt!»

«Unsinn!» sagte Tante Hertha. «Wie solltest du wissen, daß er noch im Haus war? Wo Lenchen doch gesagt hat, daß er zum Bootshaus geradelt ist.»

Meine «Kinder» versuchten mich zu trösten, jeder auf seine eigene karge Art. Viktor, der sonst beim Halmaspiel schlecht verlieren konnte und dann jedesmal unwirsch die Steine zusammenschob, lobte mich jetzt, wenn auch mit einem kleinen Seufzer: «Du spielst allmählich besser als ich, Feli.» Tante Hertha wiederum drängte mir geradezu die fällig gewordenen Punkte ihrer Kleiderkarte auf: «Ich hab da im Städtchen eine sehr elegante weiße Bluse aus Bembergseide gesehen.» Und Lenchen brachte mir an ihrem freien Tag mit gesenktem Blick das Frühstück ans Bett.

Während ich gerade die Kartoffeln für Kartoffelpuffer in der Küche rieb, war Luischen hereingekommen und beobachtete mich, an den Geschirrschrank gelehnt.

«Na, Luischen», sagte ich mit abwesender Freundlichkeit, «was gibt's?» Ihre Sonderlichkeiten nahmen zu. Ich machte mir Sorgen um sie.

«Wir kommen aus dem Nichts und gehen in das Nichts», flüsterte sie statt einer Antwort und verschwand wieder.

Ich starrte auf das Reibeisen. Luischen liebte in letzter Zeit verschlüsselte Botschaften. Was hatte sie damit sagen wollen? Vielleicht hatte dieser Gedanke ja wirklich etwas Tröstliches. Er entband einen schließlich von jeder Verantwortung.

Die kommenden Monate waren wenig dazu angetan, mich ins Grübeln kommen zu lassen. Viktor ging es nicht gut. Wir mußten ihn ins Krankenhaus bringen. Als wir ihn wieder zurückbekamen, war er fast so schwach und elend wie kurz nach dem Unfall. Dazu warfen jetzt die Amerikaner und Engländer mit Vorliebe Brandplättchen ab, die sich in der Sonne entzündeten. Die örtliche Feuerwehr, verstärkt durch die Hitlerjugend, war unentwegt zum Löschen im Einsatz. Es wurden Brandwachen aufgestellt, um jede kleine Rauchsäule zu melden.

Im Winter riß die Verbindung zu meinen Eltern ab. Durch Trecks, die in unserem Dorf eintrafen, erfuhr ich, daß sie sich wohl auch auf den Weg gemacht hatten.

Anfang April bekam Viktor eine Lungenentzündung. So beschlossen wir zu bleiben, auch wenn die Front bedrohlich näherrückte. Tante Hertha und ich beschlossen, einige Vorräte im Wald zu verstecken, und ich packte für alle Fälle für jeden von uns einen Rucksack. An «Führers Geburtstag», dem 20. April, radelte ich in die Stadt, um gegen ein Stück Speck einen neuen Akku für unser Radio einzutauschen, damit wir wenigstens ungefähr wußten, wie die Lage war.

Ich hatte Glück. Außer dem Akku ergatterte ich noch 30 Pfund Zucker, der plötzlich ohne Marken ausgeteilt wurde. Keuchend schob ich das schwerbeladene Rad die Anhöhe hinauf. Das Brummen der Flugzeuge, das mich den ganzen Rückweg begleitet hatte, verstärkte sich. Als ich oben angekommen war, sah ich den Luftkampf. Er spielte sich direkt über unserem Haus und der Wiese ab. Deutsche Jäger griffen einen Bomberpulk an und wurden vom Begleitschutz der Bomber in ein Gefecht verwickelt. Eins der deutschen Jagdflugzeuge geriet in Brand und stürzte und stürzte wie in einem Alptraum vor meinen ungläubigen Augen, eine lange Rauchfahne hinter sich herziehend, auf das Puppenhaus zu. Sekunden später stand es in Flammen, und der Funkenregen setzte Stallungen und Scheune in Brand. Auch das Haus von Wilhelm. Die Feuerwehr konnte niemanden mehr retten. Nur Lenchen und der Franzose kamen mit dem Leben davon. Sie waren zur Mühle gefahren, um Mehl zu holen.

Ich übernachtete im Dorf und radelte am nächsten Tag zu unserem Haus zurück. Die Brandwache war inzwischen abgezogen worden. Ich starrte auf das, was von unserem Hof übriggeblieben war, unfähig, einen vernünftigen Gedanken zu fassen.

Aus den Büschen hinter dem Backofen kam etwas hervorgekrochen. Mit entzückten kleinen Lauten watschelte Fritz auf mich zu und kauerte sich, wie gewohnt, auf meine Schuhe. Ich streichelte ihn sanft, und meine Tränen tropften auf sein rußgeschwärztes Gefieder.

22

Mein sehnlicher Wunsch von vor zwanzig Jahren ist in Erfüllung gegangen. Ich bin in den Schoß der Familie zurückgekehrt. Aber unter Umständen, die keiner von uns sich je hätte vorstellen können.

Wir Flottbachs haben es Tante Agnes zu verdanken, daß wir wieder ein «warmes Plätzchen» gefunden haben. «Wenn man bedenkt, daß drei Personen einen Ofen ersetzen, kann man es wohl so nennen», meint Papa.

Unter ihrer weitverzweigten Korrespondenz hatte sich auch eine Internatsfreundin aus Bayern befunden. Eine Durchlaucht sogar, die voller Erleichterung, daß eine verirrte Bombe nicht auf ihr Schloß, sondern in den nahe gelegenen Fischweiher gerauscht war, Tante Agnes «für den Fall der Fälle», wie sie eine eventuelle Flucht vorsichtig unschrieb, uneingeschränkte Gastfreundschaft anbot – fest davon überzeugt, daß es niemals soweit kommen würde.

Diese Adresse war von Tante Agnes sofort «generalstabsmäßig», wie Onkel Peter lobte, mit einer kleinen Wegzeichnung ergänzt und an alle engeren Mitglieder der Familie verteilt worden. Also auch an mich.

Als ich total erschöpft, von den Übernachtungen in Kuh-

und Schweineställen wie ein Wiedehopf stinkend, nach langer Irrfahrt zu ihnen stieß und in der Behelfsküche erschöpft auf einen Stuhl sank, sagten sie zur Begrüßung nur «Oh!» und starrten mich an. Doch dann nahm mich Mama in die Arme und meinte tröstend: «Na, wenn du dich erst gewaschen hast.»

Während der Flucht befand sich meine Seele sozusagen im Niemandsland. Ich war nur noch mit Überleben beschäftigt und konnte mich nicht mit Schuld und Trauer herumplagen. Aber jetzt, wo ich in Sicherheit war und die Spannung nachließ, kaute ich erneut darauf herum. Ich kauerte mich auf einen Stuhl zusammen und fing an zu weinen.

Ich weinte über das schreckliche Ende des Puppenhauses und der Wiedenbrücks, über Flunki, den ich den Schergen ausgeliefert hatte, und weil ich gerade so gut im Zuge war, auch gleich mit über mein Fahrrad (Marke Brennabor, mit Halbballon und grünem Speichennetz), ein Geburtstagsgeschenk von Viktor, das mir unterwegs geklaut worden war.

Die Familie hörte sich meine verworren vorgetragene Geschichte geduldig an, bestürzt darüber, daß ich mich gar nicht beruhigen konnte, bis Onkel Peter schließlich energisch sagte: «Nun ist es ja gut, mein Kind. *Contenance*!»

Das wirkte. Ich schluchzte ein letztes Mal auf: «Der arme, arme Fritz!»

Sie sahen sich ratlos an. «Wer ist denn das nun wieder?»

Als sie hörten, daß es sich um eine Ente handelte, warfen sie sich vielsagende Blicke zu. «Schlaf dich erst mal aus!»

Aber ich wollte jetzt nicht allein sein. «Erzählt mir lieber, wie es euch ergangen ist, und wie ihr rausgekommen seid.»

«Also, die Sache war die», begann Mama in ihrer gewohnten Art.

Aber Papa meinte: «Laß lieber Paul erzählen. Er ist doch nun mal unsere Scheherezade.»

Er nickte mir zu: «Es muß so Ende Januar gewesen sein. Wir sitzen bei euch im Kaminzimmer, spielen Karten und reden hin und her, was werden wird und was wir eigentlich machen sollen. Die Treckwagen standen ja schon seit Tagen bereit. Peter fängt mal wieder von der Jagd an, die er unbedingt noch geben will. Und das, wo der Kanonendonner bereits die Gläser klirren läßt! ‹Wer gibt?› frage ich. Da ist es soweit. Deine Schwester bekommt ihren Rappel. Sie springt auf: ‹Seid ihr denn alle verrückt? Sollen wir warten, bis sie uns das Dach über dem Kopf anzünden!›»

«Das Schloß ist ja dann auch abgebrannt. Bis auf die Grundmauern», bestätigte Onkel Peter.

Ich starrte ihn an. «Abgebrannt?» wiederholte ich ungläubig und stellte fest, daß sogar Onkel Peter Mühe hatte, die Fassung zu bewahren.

«Gleich am nächsten Morgen haben wir uns auf die Socken gemacht», fuhr Onkel Paul fort. «Den Rumpel-Pumpel-Weg bis zur Chaussee. Aber weit sind wir nicht gekommen. Es war ein solches Chaos auf den Straßen. Du kannst es dir nicht vorstellen. Sie beharkten uns mit Maschinengewehren, und von oben schmissen sie Bomben. Dann haben wir die Pferde ausgespannt und sind haste was kannste mit den Hofeleuten querfeldein zu Fuß weitergelaufen bis zu dem kleinen Güterbahnhof. Dort hat Peter den Zug entdeckt. Er stand bereits unter Dampf. ‹Auf, zum Sammeln geblasen!› hat er geschrien. Dein Vater ist gleich auf den völlig konfusen Lokführer los, der ihm sagte, er müsse hier warten, bis irgendwelche hohen Herrschaften von der Regierung eingetroffen wären. Aber du kennst ja deinen Vater. Der hat es tatsächlich fertiggebracht, den Mann zu überzeugen, daß die schon vor ihm stünden. Ich hab ihn dabei unterstützt und ihm irgendwelche abgestempelten Papiere unter die Nase gehalten.»

«Und das hat er geglaubt?»

«Na ja, hohe Beamte der Reichsregierung hat er sich wohl anders vorgestellt. Nicht gerade wie den zahnlosen Spuk-Schulze. Aber da waren wir bereits im Zug, und los ging's. Und wir winkten den Damen und Herren, die draußen gerade aus ihren Autos geklettert kamen, freundlich zu.»

«Glaub ihm kein Wort!» rief Jutta dauernd dazwischen. «So ist es doch einfach nicht wahr.»

«Niemand hat euch aufgehalten?» fragte ich.

«Irgendwann schon», sagte Papa. «Aber da waren wir bereits mehr oder weniger aus der direkten Gefahr heraus. Danach haben wir uns eben so durchgeschlagen.»

«Ihr Glückskinder», sagte ich, und Mama ergänzte: «Unser größtes Glück war, daß wir nicht getrennt worden sind. Und daß die Wehrmacht deinen Vater und deine Onkel gerade rechtzeitig entlassen hat. Der arme Bernhard hat ja leider ein Bein verloren. Er liegt noch in Köln im Lazarett. Von Georg wissen wir, daß er in amerikanischer Gefangenschaft ist, und Albi ist in französischer.»

«Und Irene?»

«Sie ist mit ihrer Dienststelle noch rechtzeitig nach Hannover evakuiert worden.»

Um unsere neue Gastgeberin nicht zu verprellen, waren als Vorboten bei der Fürstin zunächst nur Tante Agnes und Freda erschienen und überaus herzlich aufgenommen worden. Bis dann peu à peu ein Flottbach nach dem anderen auftauchte, in ihrem Gefolge auch Hofeleute und Personal.

Die Fürstin erlebte mit Entsetzen, daß diese Sippe und ihr Anhang sich getreu ihrem Namen wie Entenflott ausbreitete und bald aus jedem Zimmer ein Ofenrohr nach draußen ragte. Erschreckt zog sie sich in den äußersten Winkel des Schlößchens zurück und ließ den Gang durch eine große Tür abschotten, um Ruhe vor uns zu haben. Wir bekamen sie nur selten zu Gesicht, etwa am Sonntag, wenn sie die Kirche besuchte, wo sie wahrscheinlich Gott anflehte, sie von dieser unverdienten Plage zu befreien.

Manchmal stand sie plötzlich in einem unserer Zimmer und holte schweigend irgend etwas heraus: einen reichgeschnitzten Stuhl, ein kostbares Tischchen oder ein Bild, was Tante Renata, unsere Sozialistin, unmöglich fand. «Mein Gott, das Schloß ist vollgestopft mit diesem Kram.»

«Dieser Kram», sagte Onkel Paul und blickte wehmutsvoll auf den leeren Platz, den bis vor kurzem noch eine hübsche Vitrine eingenommen hatte, «ist reines Rokoko.»

Immerhin verdankten wir der Fürstin eine abgeschlossene, wenn auch winzige Wohnung in einem Seitenflügel über der Remise.

«Des Hauses Ehr' ist Gastlichkeit», zitierte Papa, als Erwin als einer der letzten auf seinen Plattfüßen angehumpelt kam. Er deutete mit einer einladenden Bewegung auf die Küchenbank. «Hier hätten wir vielleicht noch ein Eckchen.»

«Es wird sich schon alles zurechtruckeln.» Mama war wie immer die Zuversicht selbst. Es war ihr unbegreiflich, warum die schöne Freda sich dauernd über das zugige Plumpsklo beklagte, wo einem tatsächlich der Wind von unten unangenehm unter die Röcke fuhr. «Ein eignes Klo, ganz für uns allein. Noch dazu direkt in der Wohnung!»

«Wir Glückskinder!» schmollte Freda und besah sich sorgenvoll ihre einst so hübschen, jetzt durch Frostbeulen etwas entstellten Hände.

Auch Großmama Semlin hatte sich bei uns eingefunden. Ein wenig zerzaust und zusammengeschrumpft, aber mit ungebrochener Energie, den Hals von haselnußgroßen Perlen fast zugeschnürt.

Tante Renata war fassungslos. «Was für ein Leichtsinn, Mutter! Es sind schon Menschen für viel weniger umgebracht worden. Hattest du denn keine Angst?»

«I wo!» Großmama sprang erstaunlich behende von dem Milchwagen, der sie unterwegs aufgelesen hatte. Ein Flakleutnant hatte sich ihrer angenommen. Er sah sie auf der Straße umherirren, während die Bonbonniere bereits lichterloh brannte, verfrachtete sie kurzerhand in seinen Spähwagen und brachte sie aus der Gefahrenzone.

Mich hielt es nicht lange bei der Familie. Ich war von einer merkwürdigen Unrast gepackt. Unter dem Vorwand, den armen Bernhard in Köln zu besuchen und nach Irene zu sehen, machte ich mich auf die Wanderschaft. Bis zur Flucht gab es für mich praktisch nur drei Orte: Zuhause, Berlin und das Gut der Wiedenbrücks. Jetzt trampte ich von einer Zone in die andere. Es war Sommer, und es störte mich nicht, in Feldscheunen und Schobern zu übernachten.

Auch ich entwickelte mich allmählich zu einer begabten Schwarzhändlerin. Anscheinend hatte ich den Geschäftssinn meines Großvaters Semlin geerbt. Ich unterzog unsere wenigen geretteten Wertsachen einer Prüfung. Mit dem Schmuck war nicht viel Staat zu machen. Nicht einmal Mamas Brillantring erfüllte unsere Erwartungen. Der Bauer, dem wir ihn anboten, bemäkelte den altmodischen

Schliff und die Fassung; er bejammerte ausgiebig das Pfund Butter, die Eier und das Mehl, die er uns schließlich dafür gab, und tat obendrein, als wäre er ein leibhaftiger Samariter.

Unsere früher so großzügige Großmutter weigerte sich entschieden, sich von einem ihrer «Klunker» zu trennen, und rief, sie würde doch nicht ihre Perlen vor die Säue schmeißen. Dafür wurde Erwin unser rettender Engel. In einer Anwandlung von Sentimentalität hatte er die Goldknöpfe mit dem Flottbachschen Wappen und der neunzakkigen Krone von seiner Livree abgetrennt und mitgenommen.

Papa betrachtete sie gerührt. «Mein Gott, Erwin! Diese Knöpfe trugen bereits Ihre Vorgänger an der Livree.»

«Ich denke, jetzt ist kaum der geeignete Augenblick, um darüber in Tränen auszubrechen», meinte Mama und zwang den sich sträubenden Erwin, sie mir auszuhändigen.

So machte ich mich mit den Goldknöpfen auf den Weg. Sehr schnell hatte ich in der Person eines amerikanischen Captains einen Abnehmer gefunden und mehrere Stangen Zigaretten dafür eingeheimst. Er hatte mich in seinem Auto mitgenommen und war ganz Ohr für die Historie, die ich ihm kostenlos dazu lieferte: daß diese Knöpfe von dem Leibdiener der unglücklichen Marie-Antoinette stammten, den man versehentlich für einen Adligen gehalten und deshalb hingerichtet hatte.

«*My goodness*!» rief der Amerikaner, und ich wußte nicht recht, ob er damit die anschauliche Schilderung oder mein grauenhaftes Englisch meinte. Im selben Moment faßte er mir ins Genick und drückte meinen Kopf kräftig hinunter.

«Mein Gott», murmelte ich nun meinerseits fast erstickt. Wollte mich dieser Ami etwa umbringen? Doch er führte nichts Böses im Schilde. Es war nur eine Vorsichtsmaßnahme, weil gerade eine Militärstreife an uns vorbeifuhr, denn noch bestand strengstes Fraternisierungsverbot.

Ein paar Tage später saß ich in München im Wartesaal zweiter Klasse und löffelte eine Kohlsuppe, als mein Blick auf eine alte Dame fiel, die aussah, als käme sie gerade von einer Gamsjagd, nur waren mehr Sicherheitsnadeln als Knöpfe an ihrer Lodenjacke, und die derben Schuhe waren mit Bindfäden zugeschnürt. Ihre Kopfhaltung, ihre Bewegungen kamen mir bekannt vor. Wo hatte ich sie schon einmal gesehen? An wen erinnerte sie mich?

Dann kam die Erleuchtung: Sie erinnerte mich an Flunki. Es mußte die trutzige Anna sein. Ich stand auf, stieg über einen sperrigen Rucksack hinweg und fragte zögernd: «Frau Wagner? Tante Anna?»

Sie blickte mich freundlich an. «Sieh da, die Feli Flottbach!» Ihre Stimme klang so gleichmütig, als hätten wir uns erst vor ein paar Tagen gesehen und es lägen nicht dreißig Jahre dazwischen.

Ihr Gesicht war fast faltenlos geblieben, und sie wirkte noch ebenso pomadig, wie sie in die Familiengeschichte eingegangen war. Dabei wußte ich von den Eltern, was sie durchgemacht hatte: Drei der Söhne waren gefallen, eine der Töchter an Blutvergiftung gestorben, eine andere beim Baden ertrunken. Ich erfuhr, daß sie und Trutz bei einem Bauern im Bayerischen Wald gelandet waren. «Es geht uns nicht schlecht. Trutz bereitet den Jungen des Bauern auf die Oberschule vor, und der bezahlt in Naturalien.»

Während wir sprachen, packte mich plötzlich die unsinnige Hoffnung, Flunki sei vielleicht doch noch einmal davongekommen. Ich faßte mir ein Herz und fragte nach ihm.

Sie lehnte sich zurück und faltete die Hände hinter dem Kopf, eine Angewohnheit, die Flunki von ihr geerbt hatte. Sie ging nicht auf meine Frage ein. «Ich glaube, ich war ihm keine gute Mutter», sagte sie statt dessen. «Er war mir zu fremd, so großspurig, wie er war. Vielleicht war es ein Fehler, gerade ihn als Kind soviel der Verwandtschaft zu überlassen. Ich dachte immer, es ist wichtig, daß er lernt, sich im Leben allein zurechtzufinden. Wirklich wohlgefühlt hat er sich nur bei euch. Deine Mutter hat er förmlich angebetet. Eine Zeitlang hoffte ich ...» Sie brach ab.

«Was hofftest du?»

«Daß er eine von euch heiratet. Dich mochte er sehr, auf seine etwas verrückte Weise, natürlich. Aber dann kam diese dumme Geschichte mit der Bank. Außerdem hattest du da wohl schon diesen Wiedenbrück im Kopf?»

«Habt ihr was von ihm gehört?» Ich konnte nicht verhindern, daß meine Stimme zitterte.

Sie nickte. «Vor der Flucht hat Trutz noch erfahren, daß er in ein Arbeitslager gekommen war. Du weißt ja, Trutz hat so seine Kanäle. Kurz vor Kriegsende hat man die Häftlinge in Uniform gesteckt, praktisch für ein Todeskommando, und an die Front geschickt. Dort ist er schon am ersten Tag gefallen.» Sie sprach über Flunki in der gewohnten nöligen Art, so, als handle es sich um einen entfernten Verwandten. Aber ihre Augen glänzten verdächtig.

Ich erhob mich. «Ich muß zu meinem Zug», sagte ich und verlor kein Wort darüber, daß Flunki vergeblich bei mir Schutz gesucht hatte.

Im Oktober beschloß ich, noch einmal aufzubrechen. Ich wollte versuchen, nach Berlin zu kommen, um nach Tante Käthe zu sehen, zu der jede Verbindung abgerissen war. Ich hatte einen Tip bekommen, wonach Engländer in gewissen Notfällen Deutschen gestatten, den Militärzug von Hannover nach Berlin zu benutzen. So trampte ich wieder einmal, diesmal nach Hannover, und legte der zuständigen Militärdienststelle ein gefälschtes Telegramm vor. Darin stand, daß beide Eltern in Berlin verschieden waren. Ein Herr hinter mir in der Schlange, mit pfiffigem Gesicht, sah mir über die Schulter, als ich es noch einmal durchlas. «Mein herzliches Beileid», murmelte er. «Derselbe traurige Fall auch bei mir.» Wir sahen uns verständnisinnig an.

Es klappte. Ich erhielt die Erlaubnis, den Militärzug zu nehmen. «Aus Mitleid erregenden Gründen», wie es in meinem Passierschein in schönem Amtsdeutsch stand.

Ich irrte in dieser Mondlandschaft, die einmal die Reichshauptstadt gewesen war, lange umher, bis ich endlich Tante Käthes Straße und das Haus gefunden hatte oder besser, das, was von ihm übriggeblieben war. Tante Käthe hatte sich im Souterrain etabliert. Wir sanken uns wortlos in die Arme.

«Sieh mal, da», sagte Tante Käthe.

Ich dachte, sie meinte ihren geretteten Tisch «Nimm und iß, der Armen nicht vergiß!» Er bildete sozusagen das Paradestück der dürftigen Einrichtung.

«Daß du den gerettet hast!»

Tante Käthe zupfte mich am Ärmel. «Nein, dort!» Ich drehte mich um. Da stand sie, die Gefährtin meiner Kindheit und Jugend: Kutscher Antons Martel. Adrett wie immer im Dirndl aus einem blau-weißkarierten Bettbezug und in Korksandalen mit Keilabsatz. Sie begrüßte mich mit gewohnter Zurückhaltung. «Comtesse sehen ja mal wieder aus wie Braunbier mit Spucke», war zunächst alles, was sie sagte. Es kostete einige Mühe, sie zum Erzählen zu bringen.

«Wie ist es dir denn ergangen, Martel?» fragte ich schließlich ungeduldig. «Laß dir doch nicht jedes Wort aus der Nase ziehen.»

«Also, mit sich alt und häßlich machen war nischt», sagte Martel nüchtern. «Mich hat ein russischer Offizier für eine Woche in sein Quartier mitgenommen. Wie sich Comtesse denken können, nicht gerade um ihm die Socken zu waschen. Aber er hat mich gut behandelt und seine Kameraden von mir ferngehalten.»

«Du Glückskind!» sagte ich. Ich erfuhr, daß ihre Schwiegereltern bei dem letzten großen Bombenangriff umgekommen waren und ihr Leo als vermißt galt. «Und was tust du jetzt?» fragte ich.

«Jetzt», sagte sie zufrieden, «sorgt John für mich. Die armen Jungen sind doch hier sehr einsam. Er wird bald nach München versetzt. Da werde ich dann auch hinmachen. Zu Lenchen. Wenn die wüßte, daß Sie ganz in ihrer Nähe untergebracht sind!»

Mich zog es noch einmal an den Ort zurück, wo ich mehr als die Hälfte meines Lebens verbracht hatte. Es wurde eine aufregende Reise. Die Schlange, die auf dem zerbombten Berliner Bahnhof vor dem Fahrkartenschalter anstand, war endlos und rückte nur langsam voran. Als ich fast an der Reihe war, wurden wir von russischen Soldaten umstellt. Jeder zweite wurde herausgefischt und mußte auf einen bereitstehenden Lastwagen klettern. Ich schloß ergeben die Augen und wartete darauf, daß auch mich eine Hand antippen würde. «Du, Frau, *dawai*!» Aber der Kelch ging an mir vorüber.

Auf dem Trittbrett des Personenzuges stehend, festgeklammert an den Türgriff, mit tränenden Augen von dem Rußstaub, erreichte ich schließlich die Kreisstadt der Wiedenbrücks und stellte fest, daß man dabei war, die Geleise abzumontieren, so daß ich zu Fuß weiter mußte.

Nach drei Stunden war ich endlich in unserem Dorf. Es schien unverändert. Wie gewohnt nahmen die Hühner auf der Straße in der Sonne ein Sandbad, und aus den Ställen klang das Muhen der Kühe. Niemand ließ sich blicken. Es war fast so wie vor einem halben Jahr, als ich früh am Morgen davongeradelt war.

Nach dem Brand hatte ich mich nur einen Tag dort aufgehalten, um mich mit dem Nötigsten zu versehen und von den Menschen zu verabschieden, die ich inzwischen ebenso lange kannte wie unsere Hofeleute. Zum Beispiel die Postfrau, mein ehemaliges Nachrichtenblatt. Sie litt an Rheuma; daher hatte ich ihr oft bei schlechtem Wetter den Weg abgenommen und die Post selbst geholt. Sorgenvoll hatte sie sich mit einer Haarnadel auf dem Kopf gekratzt, als ich mich von ihr verabschiedete. «Und wat mach ick nu mit Ihre Briefe?» Ich mußte unwillkürlich lachen. «Behalten», sagte ich.

Lenchen war damals beim Ortsgruppenführer untergekommen. Sie weinte, als ich mich von ihr verabschiedete. «Ach, Frau Baronin, nun sind se alle tot und allens is verbrannt. Auch mein Unterrock mit den schönen Spitzen is futsch. Und Sie machen nu auch noch weg.»

Auch der Gastwirt, ein verhärmtes Männchen, dem der Kummer über die gefallenen Söhne den einst so stattlichen

Bauch hatte hinwegschmelzen lassen, zeigte sich besorgt um mich. «Wo woll'n Se denn nu hin? Die sind doch schon überall und nirgends. Überhaupt die Fremde! Ick bin noch nie von zu Hause weggewesen. Aber was meine Erna ist, die war sogar schon mal im Schwarzwald mit der NSV. Dafür sind unsre beeden Jungens durch de halbe Welt gelatscht. Von Kreta bis zum Ural. Und was haben'se davon gehabt? Nich mal 'n anständiges Begräbnis.» Er räusperte sich. «Was is'n nu, Frau von Wiedenbrück? Woll'n Se nu meinen alten Rucksack oder woll'n Se'n nich?»

«Gern!» Ich hatte dankbar genickt und die Milch in meinem Gerstenkaffee verrührt. Die Scheibengardinen in der Schankstube hätten dringend mal wieder in die Wäsche gemußt, und der Fliegenfänger über meinem Tisch stammte noch vom letzten Jahr. Unbekümmert umtanzten die Fliegen ihre festgeklebten toten Brüder und Schwestern. Die Glocken läuteten den Sonntag ein und überdeckten das gleichförmige Brummen der in großer Höhe fliegenden Bomber. Am Fenster vorbei, die Dorfstraße entlang, hüpfte fröhlich die Tochter vom Bäcker in ihrer Jungmädelkluft. Als sie mich am Fenster sitzen sah, zeigte sie stolz auf ihre neuerworbene Führerinnenschnur. Ich hatte ihr zugewinkt. Was mochte wohl aus ihr geworden sein?

Das letzte Haus lag jetzt hinter mir. Ich marschierte durch den Wald. Er strömte Ruhe und Frieden aus und gab mir das Gefühl, als sei ich nie fortgewesen. Auf der Anhöhe blieb ich stehen. Der See blinkte zu mir herüber. Kühe weideten auf den Koppeln, und eine Wolke von Staren kreiste über der Wiese und fiel ins Schilf ein. Für einen Moment war es mir, als müßte ich Caruso gleich singen hören: «Ach wie so trügerisch sind Weiberherzen!» Doch der Anblick des zerstörten Puppenhauses, von dem nur noch die Mauern standen, ließ mich schnell in die Wirklichkeit zurückkehren.

Zögernd, nach allen Seiten sichernd, näherte ich mich dem Garten. Auf unseren einst sorgsam gepflegten Beeten konnten nun endlich Quecken und Brennesseln triumphieren. Ich löschte meinen Durst an der Pumpe auf dem Hof und erwartete jeden Augenblick, Erpel Fritz schnatternd aus einer Ecke kommen zu sehen. Dann lief ich über die Wiese zum See. Der Kahn lag immer noch an gleicher Stelle. Ich setzte mich wie gewohnt hinein, und die Erinnerungen überfielen mich wie Mücken.

«Grüß Gott, tritt ein, bring Glück herein.» Dieser Spruch zu meinem Empfang hatte sich für die Wiedenbrücks wohl kaum erfüllt. Aber wer war das Opfer von wem? Die Oktobersonne machte mich schläfrig. Furcht und Trauer fielen von mir ab.

Eine Explosion ließ das Wasser neben mir hochschießen. Mich riß es förmlich in die Höhe. Hinter mir stand ein junger russischer Soldat mit glattrasiertem Schädel und zog bereits die zweite Handgranate, um auf diese bequeme Art zu fischen.

Ich war so durcheinander, daß ich ihn wütend ankreischte. «Du Idiot! Krieg vorbei!»

Als er langsam, mit nicht gerade freundlichem Gesichtsausdruck auf mich zukam, ergriff ich die Flucht. Es war gar nicht so leicht. Ich stolperte dauernd in den viel zu großen Stiefeln, die mir Martel von ihrem Leo geborgt hatte.

Auch diesmal übernachtete ich wieder im Krug. Bei einem Teller Milchsuppe hörte ich mir die Leidensgeschichten an: Vieh weggetrieben, Männer verschleppt, Frauen mißbraucht.

«Und was haben sie mit dem Ortsgruppenleiter gemacht?» fragte ich.

Der Wirt grinste mich an: «Zum Bürgermeister ernannt.»

Mich drängte es zurück zu meiner Familie. Hier hatte ich nichts mehr verloren. Der Militärzug brachte mich sicher wieder nach Hannover. Sonst war ich per Anhalter immer recht schnell vorangekommen. Aber diesmal wollte und wollte es nicht klappen. Zwischendurch erwischte ich einen Bauern, doch seine Angriffe auf meine Tugend waren für die eine Blutwurststulle, die er mir schenkte, ein bißchen übertrieben. Und so stieg ich wieder aus.

Ich trottete viele Kilometer die Straße entlang. Mein Herz klopfte wie rasend. Wahrscheinlich bekam ich eine Grippe. Endlich erbarmte sich meiner ein schwarzer amerikanischer Sergeant in einem Jeep. Nach zwei Stunden legte er eine Pause ein und hielt an einem Fluß, nicht weit von einer gesprengten Brücke.

An einer sanften Biegung standen Pappeln in schnurgerader Reihe, ein Bombentrichter am gegenüberliegenden Ufer hatte sich in einen Teich verwandelt, auf dem zwei Enten schwammen. Es wehte ein lauer Wind. Auf dem Fluß bildeten sich kleine Inseln von gekräuseltem Wasser. Die ersten Wildgänse zogen über uns hinweg.

Es war ein unverhältnismäßig warmer Tag. Die Oktobersonne heizte die Erde noch einmal richtig auf, bevor es Winter werden würde. Ich vergaß, was hinter mir lag. Ich lebte! Nur das zählte. Tiefe Freude ergriff mich. Der schwarze Sergeant hatte sich gerade gewaschen und war dabei, sich frische weiße Socken anzuziehen. Ein Neger, halbnackt und in Socken! Die Nana hätte mir bestimmt vor Schreck die Augen zugehalten. Mich überkam eine unbezähmbare Lachlust. Ich lachte, bis mir die Luft wegblieb. Dann verlor ich das Bewußtsein.

23

Seit über einem Jahr ist Frieden. Die Familie hat sich eingerichtet. Nur ich mache ihnen Kummer. Als ich auf meinem Heimweg im Oktober vor den Augen des erschrockenen Ami zusammenbrach, hatte er mich im nächstgelegenen Krankenhaus abgeliefert, und die Eltern waren vom Stationsarzt benachrichtigt worden. Bald darauf stand Jutta an meinem Bett und mit ihr – ich traute meinen Augen kaum – Lenchen und Robert, der Schiffsjunge!

Das Krankenhaus war mehr ein Feldlazarett, die Fensterfront teilweise noch mit Pappe vernagelt. Ich drängte den Chefarzt, einen etwas hilflosen, tauben Greis, aber dafür politisch mit blütenweißer Weste, mich zu entlassen, obwohl ich mich miserabel fühlte. Er hatte nichts dagegen und schien eher froh, mich loszuwerden. «Ehrlich gesagt bin ich mit meinem Latein am Ende.»

Lenchens Robbi organisierte einen Lastwagen, mit dem wir loszockelten. Ich auf einem Feldbett liegend unter der Plane, fast bewußtlos von dem Gerüttel.

Während meiner Abwesenheit waren Lenchen und Robert bei den Eltern aufgetaucht und hatten ihnen als erstes von meiner Heldentat berichtet, von einem von mir versteckten, als Fronturlauber getarnten, Widerstandskämpfer, der aus dem KZ oder sonstwoher gekommen war. Sie, Lenchen, hätte natürlich gleich gemerkt, daß mit diesem Herrn was nicht stimmte. Aber kein Wort zu irgend jemand über ihre Lippen!

Nach meiner Ankunft steckten sie mich gleich ins Bett. Ich war erleichtert und dankbar, dem Krankenhaus entronnen zu sein.

«Nun verrate uns doch mal, wer ausgerechnet bei dir untertauchen wollte», fragte Mama, während sie alle um mich herumsaßen.

«Flunki», sagte ich schwach.

«Heinrich Wagner?» rief Mama. «Der soll im Widerstand gewesen sein?»

«Es war ganz anders», versuchte ich zu erklären. Aber ich wurde sofort von Lenchen unterbrochen, die wieder einmal erzählen mußte, wie ihr Robbi der Frau Baronin bei der Gestapo geholfen habe. «Die hätten sie doch sonst glatt kassiert!»

Onkel Peter sah mich ganz ehrfürchtig an. «Eine echte Flottbach! Immer bereit, den Verfolgten beizustehen.»

Sie redeten über mich hinweg, und ich schlief dabei ein.

Der Winter war hart. Trotzdem kann Onkel Peter es sich bis heute nicht verzeihen, daß er dem im Zaun hängen gebliebenen verängstigten Hasen einfach mit einem Knüppel den Garaus machte. Diesen weidmännischen Fauxpas würde ihm St. Hubertus nie vergeben. Trotzdem hat ihm der Hase recht gut geschmeckt.

Eine Zeitlang setzten uns die Ratten sehr zu. Deshalb organisierte Onkel Peter eine richtige Treibjagd, um sie abzumurksen. Es wurde ein schwieriges Treiben, denn auf den langen Fluren im Schloß stapelte sich, was die Flüchtlinge in den Zimmern nicht unterbringen konnten: Eimer mit Kartoffelschalen, Kiepen mit Holz, Kohlenkästen, Kartoffelsäcke und Gartengeräte. Unter Onkel Peters anfeuernden Rufen gelang es dann doch, eine Ratte aus dem Wirrwarr herauszukeschern. Er traf sie mit einem Spaten, und sie hauchte genau vor Juttas Füßen ihr Leben aus, als diese gerade müde von der Arbeit nach Hause geschlurft kam. Vor Schreck kriegte sie mal wieder einen Rappel. «Typisch Onkel Peter!» schrie sie. «Immer muß irgend etwas umgebracht werden.» Es gab, mit Großmamas Worten, eine große Piquage und dauerte eine gewisse Zeit, bis der Familienfrieden wiederhergestellt war.

Doch seit dem Frühjahr haben wir die «Kurve bekommen», wie die Familie sich ausdrückt. Erwin ist von einem amerikanischen General als Butler engagiert worden und hat ihm sofort als zweiten Diener Papa aufgeschwatzt. Jetzt führt Erwin das Kommando. Er ordnet an, und Papa führt aus: versieht Hemden mit Manschettenknöpfen, putzt Schuhe und Silber, bohnert das Parkett, bürstet Anzüge aus, meldet Besucher an und erledigt Einkäufe. Das Ehepaar ist von den beiden entzückt. Erwin sorgt wie gewohnt für Sitte und Anstand. Er findet es unmöglich, daß die halbwüchsige Tochter im Nachthemd durchs Haus läuft. «Das schickt sich für eine Lady nun wirklich nicht!» Auch daß der Bursche des Generals dauernd Kaugummi kaut, mißfällt ihm. Der General hat es sofort verboten – wenigstens beim Servieren.

Der Haushalt des Generals ist fest in Flüchtlingshand. Der Hausdiener stammt aus Breslau, die Putzfrau aus Königsberg und der Babysitter aus Pommern.

Erwin hat Papa streng untersagt, Kippen zu sammeln. Er war ganz außer sich, als er ihn dabei erwischte. Das wäre ja noch schöner! Seitdem liefert der Fahrer des Generals wöchentlich ein Paket bei uns ab, das außer Nahrungsmitteln wie Butter und Speck auch reichlich Zigaretten enthält.

Die Frau des Generals zeigt für Papa großes Interesse. Sie nennt ihn *marvellous* und läßt sich von Erwin gern über die Flottbachs aufklären; was für eine alte Familie wir sind und wer so an höchsten Herrschaften auf unserem Schloß zu Gast weilte. Auf ihren Wunsch setzt sich Papa hin und wieder ans Klavier und singt mit umflorter Stimme: «Im tiefen Böhmerwald, wo meine Wiege stand ...» Die Lady ist dann jedesmal ganz ergriffen. Sogar Erwin muß sich die Augen wischen.

Onkel Peter ist ebenfalls bei der amerikanischen Armee in Lohn und Brot. Er führt den General und seine Gäste auf Jagd und schwärmt uns dauernd von sagenhaften Wildbeständen vor. Später wird er Treibjagden organisieren, die Herren auf Anstand führen und ihnen beibringen, welches Wild man mit welchem Gewehr schießt. «Denn davon», behauptet er, «haben die ja keine Ahnung. Die würden glatt mit Schrot auf einen Hirsch losballern!» Selbstverständlich sind ihm in den jeweiligen Revieren die Förster unterstellt, die er herumhetzen kann. Und der General zitiert jetzt schon in fast fehlerfreiem Deutsch: «Nur wem die Lieb' das Herz durchglüht ...»

Tante Renata findet seine ewigen Jagdgeschichten enervierend. Dagegen ist Tante Agnes heilfroh, daß er eine Beschäftigung gefunden hat und nicht mehr ständig fragt: «Was gibt es denn heute zu essen?»

Albertchen, unser Herzepimpel, ist zur großen Freude

aller vorzeitig aus der französischen Kriegsgefangenschaft entlassen worden – durch einen Trick: Er hat sich kräftig auf die Zunge gebissen, bis sein Mund voller Blut war. Da haben sie gedacht, es wäre ein Blutsturz und er wäre schwerkrank, so dünn und hohlwangig, wie er aussah. Ihm ist es nicht schlechtgegangen. Nur zu Anfang haben ihm die marokkanischen Bewacher zu schaffen gemacht. Sie waren zu entzückt von ihm. Aber dann hat sich der Kommandant seiner angenommen und ihn bei sich im Garten arbeiten lassen.

Albertchen mit seinen, von Papa geerbten, seelenvollen braunen Augen, dem leichtgewellten Haar und den eleganten Bewegungen ist sofort der Liebling der Fürstin geworden, die sich überhaupt sehr verändert hat und gern mal bei uns hereinschaut, um mit uns eine Tasse Nescafé oder einen Whisky pur zu trinken. Er lungert dauernd bei ihr herum, und sie hat ihm sogar die goldene Uhr ihres Vaters geschenkt.

Tante Agnes verschwendet viel Gedanken daran, daß es vielleicht gar nicht so abwegig wäre, in ihm den zukünftigen Schloßherrn zu sehen. Die Fürstin hat ja wirklich einen Narren an ihm gefressen. Irgend jemand muß doch diesen Kasten erben, wo sie unverheiratet ist. Ach, wäre das schön! Dann hätten wir sozusagen wieder ein richtiges Zuhause!

Onkel Paul will davon nichts hören: «Zuhause! Zuhause! Der Mensch hat nur eine Heimat, und dahin kehren wir hoffentlich bald wieder zurück.» Wir machen uns um Onkel Paul Sorgen. Er nimmt sich alles so schrecklich zu Herzen und kommt einfach nicht weg über die Greueltaten, die das Volk der Dichter und Denker verbrochen hat, wie man es jetzt lesen und hören kann. Millionen von Menschen ermordet!

«Aber du hast sie doch nicht umgebracht!» versucht Tante Renata ihn zu trösten.

Mit Onkel Paul hat die Familie überhaupt so ihre Schwierigkeiten. Den Vorschlag seiner Brüder, dem Friedhofsgärtner zur Hand zu gehen oder dem Beerdigungsinstitut in der Stadt, lehnte er schroff ab. Auf Vermittlung des Generals gibt er jetzt amerikanischen Offizieren Unterricht in Russisch, einer Sprache, die er recht gut beherrscht, obwohl sein Wortschatz sehr von der Zarenzeit geprägt ist und Papa bezweifelt, ob das noch so angebracht ist.

Erwin hat sich auch für Robert eingesetzt, diesen verführten jungen Mann. Bei der SS zwar, aber doch voller Moral und Anstand. So ist Robert jetzt bei der Straßenreinigung untergebracht. Und Lenchen feudelt täglich sorgfältig den PX-Laden.

Freda ist ein brauchbares Mitglied der Flottbachs geworden. Ebenfalls durch Erwins Vermittlung arbeitet sie in demselben amerikanischen Laden wie Lenchen, aber als Verkäuferin. Und was sie so ranschleppt, kann sich sehen lassen. Im Augenblick trampt sie gerade nach Köln, um Bernhard endlich in den Schoß der Familie zu holen. Albertchen hat deshalb der Fürstin ein kleines Zimmer für seinen Onkel abgeschwatzt. Dort wird Tante Agnes es dem Heimgekehrten gemütlich machen.

Keine der Flottbach-Frauen legt die Hände in den Schoß. Tante Renata hilft in der Schloßgärtnerei und darf dafür seit dem Herbst ein eigenes kleines Stück Land bewirtschaften. Was sie von dem bereits geerntet hat, ist fast so ein Wunder wie Tante Käthes Obst in meiner Kindheit. Mama hilft auf dem Gemeindebüro. Sie ist jetzt kein «Zehrer» mehr, sondern ein «Mehrer». Besonders für Kochtöpfe, Geschirr und

Bettwäsche, die wir auf die von ihr organisierten Bezugsscheine erhalten.

Tante Agnes ist emsig damit beschäftigt, so lange hin- und herzutauschen, bis wir das zusammenhaben, was wir wirklich brauchen. Briketts, zum Beispiel, oder auch Kerzen und Streichhölzer, da der Strom häufig ausfällt.

Jutta ist weiterhin bei der Post, und Onkel Peter ödet sie jedesmal an, wenn er sie das Rad durch den Matsch schieben sieht, mit dem Vers von Wilhelm Busch: «Der Hilfspostbote Säbelbein packt in der Post Pakete ein.» Sie ist abends ganz erledigt. Die Einödhöfe liegen weit auseinander, und die ungepflasterten Wege dorthin sind voller Löcher. Die Familie hofft, daß man sie irgendwann zur Beamtin machen wird. Aber da sieht sie schwarz: «Ich hab ja nicht mal eine richtige Ausbildung.»

Großmama hat uns verlassen. Sie ist in der Schweiz. Wie sie da hingekommen ist, bleibt ihr Geheimnis. «Soviel mir bekannt ist, sind die deutschen Vermögen dort beschlagnahmt», hatte Papa sie gewarnt.

Großmama konnte darüber nur lächeln. «Meins doch nicht!»

Papa und Onkel Peter lieben Planspiele. Sie überlegen ernsthaft, ob wir nicht nach Amerika auswandern sollen. Dort, wo der General herstammt, gibt es viele Millionäre mit großen Ranches; die würden sich um Papa und Erwin geradezu reißen. Und um Onkel Peter natürlich auch. Dort könnte man dann eventuell eine neue Dynastie der Flottbachs gründen.

Papa schnuppert mißbilligend. «Gott, stinkt das heute wieder hier!» In der Remise unter unserem Wohnzimmer stapeln sich die Karnickelställe der Flüchtlinge bis an die Decke, so daß durch die breiten Dielenritzen ab und an ein Hasenohr auftaucht. Und Karnickel fabrizieren sehr viel Mist. Aber Onkel Peter meint, wir sollen uns nicht anstellen. Kaninchenfleisch schmeckt nun mal vorzüglich. Das ist wichtiger. Man kann nicht alles haben im Leben. «Nun soll es auch noch gut riechen. Womöglich nach *Soir de Paris*!» Er lacht kräftig.

So herrscht allgemeine Zufriedenheit. Nur ich mache ihnen Kummer. Und gehe ihnen auch ein bißchen auf die Nerven. «Du hast es gut, so den ganzen Tag im Bett», sagt Jutta, wenn sie sich bei Schauerwetter zum Briefeaustragen in aller Frühe auf den Weg macht.

«Heute hast du doch sicher keine Schmerzen», sagt Tante Renata leicht gereizt, wenn sie mir das Frühstück bringt. Und Papa seufzt: «Mußt du denn nachts wirklich soviel aufs Klo?» Ich denke dann an Viktor und daran, wie ungeduldig ich oft mit ihm gewesen bin. Jetzt muß ich aufpassen, daß ich niemandem lästig werde. Noch dazu, wo ich das Wohnzimmer blockiere.

Das Sofa, auf dem ich liege, ist viel zu kurz. Bei jeder Bewegung rutscht der Stuhl am Fußende schurrend zurück. Ein unangenehmes Geräusch, für das ich vorwurfsvolle Blicke ernte. Unter mir rumoren die Karnickel in ihren Ställen. Das kleine Wohnzimmerfenster führt in den fürstlichen Obstgarten. Dahinter kann ich ein Gerstenfeld sehen.

Es ist ein schwüler Junitag. Am Horizont türmen sich bereits Gewitterwolken. Der Duft blühender Lupinen mildert den Karnickelgestank. Die Familie sitzt um den Tisch versammelt, ißt Abendbrot und unterhält sich. Onkel Paul erzählt wieder eine entsetzliche Geschichte von einem kürzlich entdeckten Massengrab.

«Wirklich schrecklich», sagt Papa. «Wo soll das nur alles enden?» Er riecht skeptisch an dem Butterstück auf dem Teller. «Ich weiß nicht, Erwin, sie wird doch wohl nicht ranzig sein.»

«Keinesfalls, Herr Graf», beteuert Erwin respektvoll, der sich, sobald er sich sozusagen wieder auf Flottbachschem Grund und Boden befindet, in sein altes Ego zurückverwandelt.

Onkel Peter schneidet sich gerade ein Stück saftigen durchwachsenen Speck ab und fragt: «Weißt du noch, Albi, wie sich der Hund über den Rehrücken hermachte? Zehn Minuten bevor die Gäste kamen? Da habe ich unsere Mutter das erste Mal fassungslos gesehen.»

Ich liege und höre ihre Reden. Der Schmerz läßt mich zusammenzucken. Papa mustert mich mitleidig. «Moment mal, ich hab dir doch was mitgebracht.» Er wühlt in seinen Taschen. «Hier.» Er zieht eine Ampulle Morphium hervor und überreicht sie mir mit feierlicher Geste. Den Arzt zu holen, haben sie aufgegeben. Bei seinem letzten Besuch hat er mich aus seinen vor Müdigkeit rotgeränderten Augen schweigend angesehen und Mama, ohne seine Stimme zu dämpfen, erklärt: «Es ist zwecklos, daß Sie mich kommen lassen. Hier kann niemand mehr helfen.»

Darüber hat sich Mama sehr erregt. Aber Papa hat sie getröstet. «Was weiß dieser Quacksalber schon. Der kennt die Flottbachs eben nicht.»

Die Krankenschwester, die Papa auftrieb, gab nur ein kurzes Gastspiel. Sie machte ein solches Getue um die einzige Spritze, die sie mitbrachte, und ihr Zigarettenkonsum war so beachtlich, daß wir auf ihre Dienste verzichteten. Wir helfen uns lieber allein. Eine Spritze besitzen wir nicht. So breche ich den Hals der Ampulle ab und trinke den Inhalt.

Langsam beginnt das Morphium zu wirken. Der Schmerz zieht sich zurück. «Buß' und Reu', Buß' und Reu'...!» Meine Gedanken kreisen und kreisen. Um Viktor und das Puppenhaus und Flunki. «Wir haben Millionen auf dem Gewissen», sagt Onkel Paul. Mir genügt die eine Schuld, die ich auf mich geladen habe.

Das Morphium läßt meine Gedanken angenehm zerflattern. Ich werde schläfrig und tauche in die Vergangenheit zurück: Es ist Juni. Wiesen und Sträucher blühen. Wir sitzen im Wohnzimmer und machen Pfänderspiele. Die Nana kommt herein und schimpft: «Was hockt ihr hier herum bei dem herrlichen Wetter? Geht lieber an die frische Luft.»

Ich sehe uns sitzen und höre die Schatten flüstern. Mama und Papa – Mama und Papa. Und eine helle Jungenstimme ruft: «Was soll der tun, dessen Pfand ich hab in meiner Hand? Herr Richter, was spricht er?»